나는 사별하였다

나는 사별하였다

—

초판 **1쇄 발행** 2021년 3월 8일
초판 **3쇄 발행** 2024년 2월 20일

지은이 이정숙, 권오균, 임규홍, 김민경
펴낸이 한종호
디자인 임현주
제 작 미래피앤피

펴낸곳 꽃자리
출판등록 2012년 12월 13일
주소 경기도 의왕시 백운중앙로 45, 207동 503호(학의동, 효성해링턴플레이스)
전자우편 amabi@hanmail.net
블로그 http://fazari.tistory.com

ISBN 979-11-86910-29-0 03810
값 15,000원

나는 사별하였다

이정숙 · 권오균 · 임규홍 · 김민경 지음

꽃자리

목차

나는 사별하였다

나는 사별하였다

6장 사별자들이 자주 묻는 질문과 답변

언 손을 녹이는 것은 언 손이구나

한희철

글을 읽으며 자주 마주해야 했던 '사별자'라는 말은 내내 낯설게 다가왔습니다. 뜻이야 이내 헤아릴 수 있었지만 뭔가 체온이 빠져나간 듯한 어감과, 나도 모르게 그 말로부터 거리를 두려하는 마음이 그랬습니다. '사별자'와 대조가 되는 '비사별자'란 말도 그랬고, '비사별자'란 '잠정적인 사별자'라는 말도 마찬가지였습니다. 이해와 공감은 되면서도 낯설기는 마찬가지였습니다.

원고를 다 읽은 뒤에야 항복하듯 서너 가지 사실을 인정하게 됩니다. 세상을 살아가며 우리가 경험하는 수많은 이별 중에서 가장 아픈 이별이 사별이라는 것, 그리고 그것을 피할 사람은 아무도 없다는 것, 그 일로 겪어야 하는 아픔은 근원적인 아픔이라는 것 등입니다. 분명 처음 해보는 생각은 아닌데도, 조심스레 걸음을 옮기던 얼음장 아래 날카로운 소리를 내며 금이 가는 것 같았습니다.

북미원주민들은 그의 신발을 신고 1마일을 걸어보기 전까지는 그 사람을 판단하지 말라고 일러줍니다. 목회의 길을 걸어오며 적지 않은 장례식에 참여했습니다. 대부분은 교우들이나 교우 가족들과의 헤어짐이어서 집례를 맡게 되었고, 집례자에게 주어진 가장 중요한 역할인 슬픔을 위로하는 일에 참여했습니다.

그런 자리에서 자주 떠올린 이야기들이 있습니다. '죽음이란 목숨이 끊어지는 것이 아니라, 관계가 끊어지는 것'이라 했던 모리 교수의 이야기도 그 중 하나였습니다. 비록 헤어진다 해도 소중한 관계가 끊어지지 않는 한 함께 살아가는 것이라 말하고는 했지요.

'회자정리 거자필반'會者定離 去者必返이라는 말도 종종 떠올렸습니다. 모든 만남 뒤엔 헤어짐이 따르지만, 그것이 전부가 아니어서 언젠가는 다시 만날 날이 있으니 소망을 갖자며 위로를 구하고는 했습니다.

너무 서둘러 떠났다 싶은 죽음 앞에서는 조선시대 시인 박은의 시 한 구절을 떠올리곤 했습니다. 평생 농사를 지으며 살자고 약속한 그의 아내가 스물다섯의 나이로 세상을 떠났을 때, 시인은 자신에게 찾아온 슬픔을 두고 '인명기능구, 이갈여우잠'人命豈能久, 亦磊如牛蹔이라 노래했습니다. '사람의 목숨이란 게 어찌 오래 가랴, 소 발자국에 고인 물처럼 쉬 마를 테지'라는 뜻입니다. 소 발자국에 잠깐 고였다가 이내 마르고 마는 물의 이미지는 '아침 안개와 같고 풀의 꽃과 같다'는 말씀보다도 인생의 덧없음에 훨씬 더 가까웠습니다.

'천붕'이나 '참척'이란 말을 떠올릴 때도 있었습니다. '천붕'天崩은 하늘이 무너진다는 뜻으로 아버지가 돌아가셨을 때를 말하고, '참혹할 참'에 '근심할 척'을 쓰는 '참척'慘慽은 자식이 부모보다 먼저 떠나는 것을 말합니다. 창자가 끊어진다는 단장지애斷腸之哀의 고통은 참척이 아닐까 짐작하고는 했습니다.

많은 장례식에 참여하여 사랑하는 사람과 사별한 이들의 슬픔과 아픔과 허전함을 위로하며 지내왔다 싶었던 내게《나는 사별하였다》에 실린 글들은 묵중하고도 날카로운 통증으로 다가왔습니다. 그동안 내가 슬픔을 당한 이의 신발을 제대로 신지 못했구나, 그들이 겪고 있는 슬픔과 아픔과 허전함의 일부만을 헤아렸구나, 쉽게 가늠을 수 없는 아픔을 두고 상당 부분 교리에 기댔구나 싶었습니다.

뼛속 깊이 울어야 하는 마음의 몸살을, 하나님께 독기 든 언어로 대드는, 창자까지 꼬이는, 더듬이를 잃어버려 어디로 가야 할지를 모르는 개미의 심정을, 슬픔에 절망하는 나와 그런 나를 망연히 바라보는 또 하나의 나를, 하루씩만 살아가기로 겨우 다짐하는 이의 심정을, 지붕이 사라진 추운 집에 외투도 걸치지 못한 채 머무는 시린 느낌을, 도무지 잠을 이룰 수 없는 수많은 불면의 밤을, 자신도 모르게 겪어야 하는 대인기피증과 혼자서는 어떤 결정도 할 수가 없는 안쓰러운 결정장애를, 익숙했던 일이 갈수록 서툴러지는 퇴화현상

나는 사별하였다

을, 버리면서 지우기와 품으면서 지우기를 수없이 반복하는, 가족관계증명서를 뗄 때마다 확인해야 하는 허전함과 당혹감을, 여행이나 일이나 쇼핑이나 신앙생활에 몰두하는 것으로는 다 메울 수 없는 근원적인 공허함을, 시간이 지나가도 결코 엷어지거나 가벼워지지 않는, 그런 슬픔과 아픔과 허전함을 나는 다 모르고 있었구나, 충분히 짐작하지 못했구나, 그동안 이만하면 됐다고 여겼던 순간들이 깊은 자괴감으로 다가왔습니다.

젊은 시절부터 김남조 시인의 〈사랑초서〉를 좋아했습니다. 사랑에 관한 가장 깊고 맑은 절창이다 싶었지요. 세월이 지나가면서도 아직 다 끝나지 않은 메아리처럼 마음에 남은 대목들이 적지가 않습니다.

부싯돌을 그어 불을 붙인 듯 《나는 사별하였다》를 읽으며 문득 떠오른 〈사랑초서〉의 한 구절이 있었습니다. '누군가 네 영혼을 부르면/ 나도 대답해/ 소름끼치며 처음 아는/ 영혼의 동맹'이었습니다.

서로 다른 먼 길을 걸어온 두 사람이 어느 날 만나, 처음 세상이 열리듯 마음의 문을 열어 서로를 모시고, 내가 너인 듯 그대가 나인 듯 하나 되어 걸어온 길, 그러던 어느 날 한 사람이 훌쩍 곁을 떠나는 것은 나의 절반이 아니라 나의 전부가, 나의 반쪽이 아니라 나 자신이 사라지는 것일지도 모를 일입니다. 원하지도 않았고 준비되지도 않은 순간 영혼의 동맹이 깨어진다는 것은 내 영혼이 흔적조차 찾지 못할 만큼 사라지는 것일 지도 모릅니다.

가까이 지내는 원로장로님 내외분과 차를 마시는 시간이었습니다. 남편인 장로님은 사진을 찍고 아내인 권사님은 시를 씁니다. 서너 해 전부터 두 분은 달력을 만듭니다. 남편의 사진과 아내의 시가 어울린 달력은 세상에 하나밖에 없는 달력으로, 두 사람의 어울림 자체가 세상을 아름답게 바라보게 합니다.

여든이 넘어 늘 건강에 관심을 기울이며 살아가는 두 분께 막 읽기를 마친《나는 사별하였다》이야기를 했습니다. 우리가 준비해야 할 것 중에는 이 세상을 떠나는 죽음 자체도 있겠거니와 함께 살아온 사랑하는 사람과의 이별도 빠져서는 안 되겠다는 이야기였습니다.

그런 이야기를 하고 있을 때, 이야기를 듣고 있던 권사님이 갑자기 두 눈을 손으로 감쌌습니다. 그런 모습은 한참을 이어졌습니다. 권사님은 울고 있었습니다. 생각지 못한 일, 괜한 말을 한 것 같아 죄송하다고 하자 어렵게 눈물을 닦은 권사님이 말문을 열었습니다. 요즘 권사님에겐 내게 남은 시간이 얼마나 될까, 내가 먼저 떠나면 저 사람은 어떻게 될까, 밥도 못하고 빨래도 못하는 사람이 집에 들어서다가 대문 비밀번호도 잊어버린 채 문 앞에 오래 서 있는 건 아닐까, 그런 생각이 찾아들곤 한다는 것이었습니다. 그런 중에 듣게 된 '사별자' '비사별자' '잠정적인 사별자'라는 말이 권사님의 마음을 울컥하게 만든 것이었습니다.

우리가 꽃을 사랑하는 진짜 이유는 꽃의 빛깔이나 모양 혹은 향기가 아니라 꽃이 시들기 때문, 꽃이 시든다는 사실을 알고 있기 때문에 피어있는 그 순간을 사랑하는 것, 다른 욕심 없이 다만 함께 있는 순간들을 소중히 여기며 사랑하며 살아가자고, 그게 최선의 걸음일 거라고 서로를 위로하며 이야기를 마무리했습니다.

나도 모르게 젖는 두 눈을 닦으며, 어떤 때는 멍하니 창밖을 바라보며 글을 다 읽고는 불씨처럼 마음에 담아둔 생각이 있습니다. 사별의 아픔을 경험한 이들이 한결같이 들려주는 경험담이 있었습니다. 광야에 홀로 내던져진 것처럼 혼자가 되고 나니 가까운 이들의 마땅한 관심도, 관심을 가져야 할 이들의 무관심도 모두가 부담과 원망으로 다가오더라는 것이었습니다.

드문 위로가 되었던 것은 따로 있었는데, 같은 일을 경험한 이들과의 만남이었습니다. 같은 아픔을 경험한 이들과의 만남과 대화가 송두리째 삶의 뿌리가 뽑힌 듯한 상처와 허전함을 어루만져 주었다고 했습니다.

어쩌면 언 손을 녹여줄 수 있는 것은 그 손을 단번에 녹여주는 뜨거운 손이 아닐지도 모릅니다. 차가움을 단번에 녹여주는 뜨거운 손은 분명 고맙겠지만, 까닭모를 아픔이 될 지도 모를 일입니다. 언 손을 녹여줄 수 있는 손은, 그 손을 오래도록 잡아주는 언 손일지도 모르겠습니다.

교우 중 얼마 전에 남편을 떠나보내신 권사님이 있습니다. 이미 마음의 준비를 한 터인지 권사님은 담담하게 장례를 마쳤습니다. 그랬던 권사님이 이렇게 속마음을 털어놓으셨다는 이야기를 들었습니다. 그럴 수만 있다면 단 오 분만이라도 남편과 함께 있었으면 참으로 좋겠다고, 남들이 그런 말 할 땐 그 심정 전혀 몰랐는데 이제는 그 말을 실감하게 된다고 말이지요. 다음에 권사님을 만나면 권사님의 손을 오래 잡아드리려고 합니다. 내 손이 충분히 따뜻하지 못해도 그럴수록 오래 마주잡아야지 싶습니다.

누군가의 언 손을 마주잡기 위해 큰 용기를 가지고 내밀한 아픔을 털어놓고 있는 언 손들을, 부디 하늘이 가없는 사랑의 손으로 어루만져 주시기를 빕니다.

한희철 감리교신학대학교를 졸업하고 강원도의 작은 마을 단강에서 15년간 목회했다. 1988년 〈크리스챤 신문〉 신춘문예를 통해 동화작가로 등단했고, 단강 마을 사람들의 이야기를 주보에 실어 많은 사람들에게 사랑을 받았다. 삶에서 우러나오는 그의 글은 작고 외롭고 보잘것없는 것들을 따뜻하게 보다듬는 품을 보여주고 있으며 정릉감리교회를 섬기고 있다.

나는 사별하였다

다시 길 위에 서서

사랑하는 사람이 죽었다. 죽지 않는 사람이 어디 있겠냐마는 우리는 사랑하는 사람을 저세상으로 보내고 날마다 울음을 삼켰다. 눈부신 해가 떠올라도 사별자인 우리는 눈도 뜨기 싫은 아침이 있었다. 사랑하는 배우자가 곁에 없는 삶은 상상조차 싫었는데 우리의 현실이 되었다. 그러나 우리는 믿기지 않는 현실을 살아 내지 않으면 안 되었다.

우리에게는 돌봐야 할 자녀들이 있고, 부모 형제가 있으며 나의 생명을 내려준 하나님이 있다. 그들을 봐서라도 우리는 당당히 삶을 살아야 했지만, 수시로 밀려드는 외로움에 힘들어했고 죄인처럼 고개를 들지 못한 날들도 있었다.

아빠나 엄마가 세상을 떠났는지도 모르고 망울망울한 눈빛으로

해맑게 웃는 어린 자녀를 보면서 우리 중 누군가는 뼛속 깊이 울었다. 어린 자녀를 지켜내며 앞이 깜깜한 세월을 홀로 헤쳐 나가야 하는 두려움이 덮치는 날엔 마음이 몸살을 앓았을 것이다.

'나에게 왜 이런 고통을 주십니까?'라며 신에게 질문을 던지고 원망하던 날도 수없이 많았다.

사별은 우리로 하여금 슬픔과 고통의 광야를 걷게 했고, 우리는 그 광야에서 울고 있는 서로를 만났다. 배우자와 사별한 이들이 같이 울어 주고 서로의 슬픔을 위로하는 사별 카페에서 우리는 처음 만났다. 사별 후 나는 창자까지 꼬이는 고통과 슬픔과 그리움을 온라인 사별 카페에서 글로 토해 냈다.

카페의 어떤 글은 사별자의 심금을 울렸고, 어떤 글은 힘과 위로와 도전이 되기도 했다. 우리는 얼굴도 이름도 모르지만 수많은 사별 경험자들의 글을 통해 적절한 위로와 다시 살아갈 용기를 얻었기에 그 경험을 다른 사별자들과 함께 나누고 싶었다. 그래서 우리는 감히 의기투합했다.

죽지 않는 사람은 한 사람도 없다. 그러니 결혼을 하였다면 한 사람은 필연적으로 사별자가 될 수밖에 없다. 지금 우리를 측은하게 바라보고 있는 이들도 언제 사별자가 될지 모른다. 고통과 슬픔의 크기는 경우마다 차이가 있겠지만, 누구도 사랑하는 이를 보낸 고통과 슬픔에서 예외가 될 수는 없다. 그래서 우리는 먼저 사별을 경험한 우리의 이야기를 사별 후 고통과 슬픔으로 힘들어 하는 이들이나 사별자를 어떻게 위로하고 도와야 할지 고민하는 이들과 공유한다면 조금이나마 그들을 도울 수 있으리라 생각했다.

이 책은 사별자로서의 우리의 경험과 생각을 글로 모아 책으로 엮은 것이다. 우리는 직업, 성별, 자녀의 연령, 그리고 사별시기도 대부분 다르다. 사별 후 우리가 처한 상황들이 다르기 때문에 서로 다른 우리가 함께 만든 책이 다양한 공감대를 만들어 낼 수 있고, 더 많은 이들에게 위로와 도움을 줄 수 있을 것이란 기대를 해본다.

배우자의 죽음을 부둥켜안고 마냥 슬픔에 잠겨 삶을 포기하거나 망쳐서는 안 된다. 우리는 먼저 간 배우자들이 그토록 살기 위해 몸부림쳤던 하루하루가 얼마나 귀한 시간임을 절감했고, 인생이 얼마나 무상하고 허망한 것인지도 체감했다. 우리는 상실의 고통과 시간을 통해 남들은 얻을 수 없는 또 다른 삶의 의미를 깨달았다.

나는 이 책을 쓰기 위해 지나간 사별의 슬픔과 그리움, 고통의 시간을 되새김하는 일이 정말 괴로웠다. 기억하기 싫은 추억을 들춰내야 하고 생각도 하기 싫은 투병 시절 아내의 모습을 회상할 때마다 베개를 눈물로 적신 적이 한두 번이 아니다. 다른 저자들도 다들 힘들게 옛 추억을 회고하며 글을 써 나갔다.

무척이나 힘든 작업이었지만 우리는 사별 카페를 통해서 슬픔을 위무 받았던 감사함으로 우리의 경험과 생각을 글로 쓰고 다듬었다. 우리가 누군가의 글을 통해 위로를 받은 것처럼 지금 어딘가에서 혼자 울고 있는 사별자에게 이 책이 조금이라도 위로가 될 수 있길 바랄 뿐이다.

저자들을 대표하여,
임규홍

1장
사별 이야기

사별은 우리로 하여금 슬픔과 고통의 광야를 걷게 했고, 우리는 그 광야에서 울고 있는 서로를 만났다. 고통과 슬픔의 크기는 경우마다 차이가 있겠지만, 누구도 사랑하는 이를 보낸 고통과 슬픔에서 예외가 될 수는 없다. 우리는 먼저 간 배우자들이 그토록 살기 위해 몸부림쳤던 하루하루가 얼마나 귀한 시간임을 절감했고, 인생이 얼마나 무상하고 허망한 것인지도 체감했다. 우리는 상실의 고통과 시간을 통해 남들은 얻을 수 없는 또 다른 삶의 의미를 깨달았다.

왜 또 나입니까?

 2018년 10월 5일, 강한 비바람을 동반한 태풍 콩레이가 한반도로 북상 중이라는 일기예보를 보면서도 12시간이 지나지 않아 그 태풍이 우리 가정을 휩쓸고 갈 것을 나는 예측하지 못했다. 10월 6일 새벽, 남편은 토요일 조기축구를 하러 간다며 주섬주섬 운동 가방을 챙겼다. 축구하는 순간이 제일 좋다던 남편은 비가 오든 눈이 오든 쉬는 날이면 어김없이 축구장으로 향했고 그날도 비올 때 공을 차면 더 재미있다며 서둘러 집을 나섰다. 그렇게 나는 남편의 마지막 배웅을 했다.

태풍이 지나간 후

태풍이 동반한 빗길에 남편의 차가 미끄러져 추락했고 그는 병원 이송 중 사망했다. 10월 12일, 22번째 결혼기념일에 나는 등 떠밀리 듯 남편의 사망신고를 했다. 사람들은 다른 날 하지 왜 굳이 그날 했 느냐 말하지만 잔인하게도 현실은 나를 그럴 수밖에 없도록 몰아세 웠다. 믿기 힘든 일들이 잔인한 현실이 되었고, 나는 하루씩만 살아 내기로 했다. 장례 후 열흘이 지나자 아이들을 학교로 돌려보내고 홀로 집에 남았다. 처음 한 달간 난 밤마다 집안 이곳저곳을 청소하 기 시작했다. 변기, 욕조, 싱크대, 베란다, 냉장고… 강한 세제 냄새가 집안 가득했지만 청소 외에는 집중할 수 있는 일이 없었다. 시도 때 도 없이 울컥 치밀어 오르는 나도 모를 낯선 감정들을 꾸역꾸역 삼 켜야 했고, 가게 문을 잠그지 않고 퇴근하는 일이 몇 번씩 되풀이되 었으며, TV 속 배우들의 대사가 시끄러운 소음처럼 붕붕거렸다. 시 간이 지나 조금 정신이 들자 남편의 물건을 정리하기 시작했다. 그 가 남긴 메모와 그의 물건들 속에서 생전의 그가 품었던 고민과 생 각들을 더듬어 보며 함께 있었어도 온전히 그를 이해하고 품어 주지 못했음을 뒤늦게 후회했다.

남편이 떠난 후 나는 이 땅에서 남편의 이름과 그가 살다 간 흔적 을 지우는 일을 해야 했다. 누군가 해 주었으면 싶은 일, 정말 내가 하고 싶지 않았던 그 일들은 그의 아내인 나만이 할 수 있고, 내가 해야 할 일이었다. 가족관계부에 인쇄된 남편의 이름 옆에 새로 쓰인 '사망'이란 두 글자가 날 선 화살이 되어 내 심장에 꽂혔고 나는 차마 남편의 이름 옆을 다시 볼 수 없었다. 모든 과정들이 지루하고 힘들고 복잡하고 지치고 화가 났다. 한 사람이 죽고 나면 이렇게 복잡하고 지루한 과정들을 거쳐야만 그의 삶이 정리되는 나라에 내가 살고 있다는 것을 처음 실감했다.

새벽기도를 나갔다. "왜 나를? 왜 내게?"라 물으며 화낼 곳도, 서럽게 울 수 있는 곳도, 애원할 곳도 그곳뿐이었다. 상실의 고통 앞에서 나는 얍복강의 야곱처럼 나의 신과 씨름을 하고 있었다. 말간 얼굴로 시작된 기도는 눈물과 콧물로 범벅이 되고 '당신이 저에게 이럴 수 없다'는 얄팍한 논리와 당위성으로 신을 몰아세우던 기도는 결국 애통함으로 무너지고 말았다. 삶만큼이나 죽음 또한 아주 가까이 있는 것임을 또다시 마음에 새겨야 했다.

가을이 무르익기 시작할 때 남편이 떠났고 나는 길에 떨어진 낙엽 하나 마음에 담질 못했다. 지독했던 가을이 끝나갈 때쯤 언니 손에 이끌려 진안 마이산에 갔다. 예쁜 돌탑을 배경으로 언니들과 함께 찍힌 사진에서 나는 슬프고 어색한 웃음을 짓고 있는 낯선 여자를 보았다. 웃어도 울고 있는 슬픈 표정, 지친 머리카락과 그늘진 얼굴, 내면의 슬픔을 입에 담아 말하지 않아도 사진 속 나의 모습이 나를 사랑하는 가족들을 아프게 만들고 있었다. 매일 출근을 하면서도 나는 제대로 거울을 보지 않았나 보다. 내 모습이 타인에게 어떻게 보이는지 그제야 깨달았다.

마이산에서 돌아온 다음 날, 2층 미용실로 올라갔다. 장례 후 한동안 울컥하는 감정이 목구멍까지 차오르면 나는 미용실로 올라가서 원장 품에 안겨서 울었다. 그녀는 사별 15년 차였고 언제나 아무 말 없이 우는 나를 안아 주었다. 나는 미용실 동생에게 말했다.

"나 좀 어떻게 해 줘! 슬퍼 보이지 않게 나 좀 다르게 보이게 해 줘."

미용실 동생은 그날 저녁 더 이상 손님을 받지 않았다. 오직 나와 그녀 둘이서만 머리를 짧게 자르고 파마를 하며 서로가 가진 사연들을 주거니 받거니 나누며 울고 웃었다. 다음 날 나는 화사하게 화장을 하고 거울 앞에 섰다. 선머슴처럼 짧게 자른 머리와 붉은 립스틱을 바른 내 모습이 맘에 들었다. 거울을 보며 활짝 웃어 보았다. 처음엔 입만 웃을 뿐, 눈은 웃지 않았다. 그래서 다시 연습했다. 눈이 웃을 때까지… 나의 모든 안면근육이 웃을 때까지… 그리고 셀카를 찍어서 가족 톡방에 올린 뒤 "나 어때? 나 너무 예쁘지 않아?"라고 문자를 보냈다.

도레미파솔, 솔솔솔~ 음악시간처럼 솔까지 음정을 높인 뒤 솔에 맞추어 "안녕! 안녕! 안녕하세요!" 연습했다. 목소리에서 슬픔이 빠질 때까지… 다시 또다시 연습했다. 그리고 아이들에게 전화를 했다.

"안녕, 엄마야! 아침 먹었어?"

남편의 사고 후 생각을 멈춰 보려 했음에도 불구하고 나는 살아온 그 어느 시절보다 더 많은 생각을 한다. 생각이 많아질수록 글을 쓰는 것이 더 어렵게 느껴지지만 특별한 여행사진을 남기듯 나는 상실이 주는 고통의 시간 속에서 내가 어떤 생각을 하고 무엇을 발견하며 어떻게 달라지는지 기록하고 싶어졌다. 기록을 하려니 나는 둘로 갈라진다. 슬픔과 현실에 절망하는 나와 그런 나를 바라보는 나. 나는 카메라 대신 펜을 들고 나를 사진 찍기 시작했다.

2018년 10월 6일 이후 내 삶에서 사라진 것은 남편뿐이고, 나머지는 전과 동일한 세상이다. 나는 여전히 같은 곳에서 일하고, 같은 집에 살며, 같은 친구들과 교제를 나눈다. 하지만 그날 이후 나는 전과 비슷하지만 다른 내가 되어 간다. 사별한 누군가에게 "힘드시죠? 힘을 내세요!"라고 하는 나의 말은 남편의 죽음 이전과 이후로 달라졌다. 같은 어휘지만 그 안에 스민 이해의 무게가 달라졌다. 나는 이제야 겨우 고통을 품은 누군가를 이해하고 위로할 수 있는 진짜 언어를 배워 가고 있는 듯하다.

남편이 떠난 후 나는 많은 이들로부터 다양한 형태의 위로를 받았다. 각 사람의 성품과 형편, 친분의 정도에 따라 위로의 방법도 달랐

나는 사별하였다

다. 많은 위로가 슬픔을 극복하는 힘이 되어 주었기에 점수를 매겨 순위를 말할 수는 없지만 특별히 나를 찾아와 타인에게 말하기 힘든 자신의 깊은 아픔을 고백하며 고통을 함께 나눈 분들을 통해 나는 나의 슬픔을 담담히 바라볼 수 있는 용기를 얻기 시작했다. 내용이 다르긴 하지만 그들 모두 상실의 시간을 보냈고 고통을 받았다. 누군가는 건강했던 아들과 그 아들에게 품었던 엄마의 소망을 잃었고, 누군가는 부모에게 버림받음으로 따뜻한 가정과 행복해야 할 10대의 시절을 잃었다. 누군가는 남편의 도박중독으로 재산과 남편을 향한 신뢰를 잃었고, 젊어 사별한 노부인은 홀로 자녀를 키우느라 자신을 위해 살아 볼 수 있는 인생의 시간을 잃었다. 그들은 자신의 아픔을 고백하면서 나에게 이렇게 말하고 싶었는지도 모른다.

"나도 당신처럼 상실이 주는 고통의 시간을 통과하고 있습니다. 나도 당신이 걷는 그 광야를 걸었으며, 당신처럼 광야를 지나는 중입니다. 당신은 혼자 광야에 버려진 것이 아니며 혼자 그 광야를 걷고 있는 것이 아닙니다. 당신이 걷고 있는 그 광야의 어딘가를 나도 걷고 있습니다."

나의 상실과 슬픔에만 집중해 있을 때 나의 슬픔과 고통은 거대해 보였다. 그러나 다른 이들의 상실과 아픔을 깊이 마주할수록 거대했던 나의 고통과 슬픔이 점점 작아졌다. 타인의 아픔을 통해 위로를 얻는 내가 위선적이고 이기적으로 느껴져 부끄럽지만 솔직히 나는 그들의 아픔을 깊이 마주하면서 위로를 받았고 내가 혼자 광야에 던져진 것이 아님을 알게 되었다. 세상의 허다한 많은 사람들이 나보다 더 심한 상실의 고통을 견디며 극복해 가고 있고, 나 또한 이 땅에서 고통받는 허다한 무리 가운데 단지 한 사람에 지나지 않는다는 것을 깨달았다. 그러니 유별나게 굴 일이 아니다. 나는 그들을 통해 애통하는 가운데 광야를 건너는 법을 배우기 시작했다.

나는 아직 상실의 슬픔에서 온전히 벗어나지 못했고, 홀로 걷는 외로운 광야는 끝이 보이질 않는다. 그럼에도 불구하고 나는 내 삶에 기대를 품기 시작했다. 상실 속에서 의미를 발견하고, 죽음을 통해 삶을 확인하고, 슬픔 중에 기쁨과 즐거움을, 고통 중에 감사를 찾아보려 한다. 신은 내가 지나야 할 광야에도 보물을 숨겨 놓았을 것이다.

얼마 전 분홍색 티셔츠를 샀다. 분홍색 옷을 입고 거울 앞에 서서 나는 다시 눈빛까지 환하게 웃는 연습을 한다. 그리고 또다시 도레미파솔~~~ 솔에 맞추어 '솔솔솔'을 세 번쯤 노래한 후 거울에게 묻는다.

"거울아, 거울아, 이 세상에서 누가 제일 예쁘니?"

그러면 거울 속에 환하게 웃는 내가 있다.

애통하는 자는 복이 있나니

나는 아버지가 돌아가신 다음 해인 11살 때부터 교회를 다녔다. 변덕스러운 성품만큼이나 신을 향한 마음과 열정도 롤러코스터처럼 높낮이가 있어서 항상 신실하다고 말할 수는 없다. 성경말씀처럼 행하지 못하고 살 때가 더 많으니 그리스도인의 향기를 품은 자라 말하기도 어렵지만, 그래도 나는 역시 기독교인이다.

남편의 장례식에서 40년 지기 친구가 망연자실한 나를 부둥켜안고 말했다.

"하나님이 너를 어찌 쓰시려고 자꾸 너에게 이런 시련을 주시는지 모르겠구나."

그 순간 친구의 말이 삼켜지지 않는 음식처럼 목구멍에 걸려 넘어가질 않았다. 내색하지 않았지만 나는 친구의 말에 화가 났다.

'하나님의 계획에 나를 쓰기 위해 신께서 내게 이러시는 거라면 난 거절입니다. 당신은 내게 공평치 않았고, 나를 불쌍히 여기지도 않았습니다. 당신이 계획하신 모든 일에 난 1%도 협력하지 않을 겁니다.'

신이 내 앞에 모습을 드러낸다면 난 두 눈을 부릅뜨고 주먹질이라도 하고 싶었다.

나는 세상 앞에 창피했다. 10살에 아버지를 잃었고, 20살에 엄마와 할머니를 한날에 잃고 순식간에 가난한 고아가 되었다. 그리고 나이 오십도 되기 전에 남편을 잃고 이제 과부가 되었다. 부모복도 없는 자가 남편복도 없으니 믿음으로 복을 누리는 자라 말하기엔 내 삶이 너무 애처롭고 초라하게 느껴졌다.

장례를 치르고 집으로 돌아온 다음 날부터 나는 새벽기도를 나갔다. 그리고 울었다. 억눌렀던 울음이 터져 나왔다. 어느 날은 숨죽여 울었고, 어느 날은 엉엉 소리 내서 울었다. 횡설수설 말이 되지 못하는 소리가 눈물과 콧물로 뒤범벅이 되었다. 나의 새벽은 기도가 아니었다. 그것은 신을 향한 나의 전투였다. 나는 하나님께 독이 든 언어로 대들기 시작했고, 나의 모든 원망과 분노의 독화살은 하나님을 향해 날카롭게 날아갔다.

"구구절절한 내 인생이 부끄럽고 창피해서 세상 앞에 설 수가 없어요. 나는 계속 당신 앞에서 울 것이니 사람들은 그런 나를 보며 이제 당신을 향해 이렇게 말할 겁니다. '하나님 앞에서 우는 그녀의 인생이 참으로 가엽고 애처롭구나! 그녀의 하나님은 그녀의 삶을 보호하기는커녕 냉혹하게 그녀를 다시 상실의 고통 속으로 밀어 넣었어. 전능한 하나님은 그녀에게 관심이 있긴 한 것인가? 그녀의 하나님은 과연 선한 전능자인가? 그녀의 하나님은 과연 존재하는가?' 아무리 전지전능한 신이라도 우리의 고통을 하찮게 여기거나 관심조차 없다면, 자신의 뜻을 이루기 위해서 한 영혼을 고통 속으로 우습게

나는 사별하였다

던져 버리는 신이라면 누가 이따위 하나님을 믿을까요? 내가 불쌍하고 초라해진 것처럼 당신도 무능하고 초라해져야 합니다. 내가 아픈 것처럼 당신도 아파야 합니다. 당신이 진정 나의 아버지라면 당신은 나와 함께 울어야 합니다."

남편이 죽고 난 후 나는 벌어지는 모든 상황에 매일 화가 났다. 그의 죽음은 살아 있는 누군가의 잘못이 아니었지만 난 세상에 화가 났다. 남편에게도 화가 났지만 죽은 사람은 내 원망을 듣지 못했다. 사는 동안 그를 더 귀히 여김으로 사랑해 주지 못한 나 자신에게도 화가 났다. 그리고 그런 내 앞에 신이 있었다.

"왜 또 나입니까?" 나는 또다시 나를 상실의 고통 속으로 처박은 냉혹한 하나님의 주권에 화가 났다. 47살에 또다시 겪게 되는 사랑하는 이의 사고와 죽음은 내 안에서 잠자고 있던 상실의 기억에 새로운 불씨가 되고 더 큰 고통으로 나를 태우고 내 안의 하나님을 불사르고 싶어 했다. 고통은 나의 믿음을 절망과 의심으로 몰고 갔다.

하지만 신은 내게 변명하지 않았고, 내 분노 앞에서 도망치지도 않았다. 그는 그를 비웃고 의심하는 나로 인해 초라해졌고 모욕당했으며 상처받았다. 부모도 없고, 남편도 잃은 가련한 나는 이젠 오랜 세월 의지하고 신뢰했던 하나님마저 잃을 위기에 놓였다. 이제 나는 물러설 곳이 없었다. 나는 고통으로 탄식하는 욥처럼 하나님께 부르짖었고, 얍복강의 야곱처럼 하나님을 붙잡고 씨름했다. 말간 얼굴로 시작된 기도는 눈물과 콧물로 범벅이 되고, '당신이 나에게 이럴 순 없다'는 얄팍한 논리와 당위성으로 시작된 기도는 매일 애통함으로 무너져 내렸다. 상실의 고통과 분노로 하나님에 대한 믿음이 흔들리고 불신이 자라기 시작하자 나는 다시 나에게 질문했다.

"내가 고통 속에 있을 때 하나님이 없다고 믿는다면, 또 하나님이 나와 아이들을 위해 아무것도 할 수 없다고 치부한다면, 하나님이 나를 하찮게 여겨 돌보지 않는다고 생각한다면… 이런 불신과 부정이 날 위해 무엇을 해 줄 수 있을까? 분노로 하나님을 부인하고 오랫동안 쌓아 온 나의 믿음을 버리는 것이 과연 옳은가?"

나는 계속해서 하나님을 믿고 싶었다. 하루아침에 남편을 잃고 과부가 된 것도 서러운데 거기에 더해 하나님을 잃고 영적 고아가 될 순 없었다. 나는 하나님이야말로 상처받은 나와 우리 가정을 다시 회복시킬 수 있는 유일한 기초가 되신다는 것을 인정하기로 했다. 결국 나는 무신론자의 땅이 아닌, 믿음이 있는 신의 광야를 걷기로 작정했다. 나는 신이 왜 나로 하여금 두렵고 외로운 이 광야를 걷게 하는지 아직 답을 찾지 못했다. 또한 내 삶에 대한 하나님의 주권을 온전히 인정하는 것이 여전히 혼란스럽고 어렵다.

하지만 예수님의 십자가 죽음과 부활을 묵상할 때 나는 위로를 얻는다. 주권자이셨지만 그는 자신에게 다가올 상실을 막지 않으셨다. 내가 아는 하나님은 상실의 고통을 피하지 않고 우리를 대신해 기꺼이 십자가의 고난을 당하셨으며 스스로 고통을 겪으셨다. 십자가에 못 박혀 고통으로 신음하는 예수님의 절규에서 나는 하나님의 눈물을 본다. 또다시 겪게 되는 상실의 고통 속에서 나의 하나님이 나와 같은 사별자이며 상실의 고통으로 울었다는 것을 이해하는 것이 나에게는 위로가 된다. 나는 하나님 앞에서 분노한다. 그분도 나처럼 분노했던 적이 있으니까. 나는 하나님 앞에서 가면을 벗고 아이처럼 운다. 그분도 나처럼 울었던 적이 있으니까. 상실의 고통과 절망에 갇혔던 예수의 제자들이 부활로 인해 위로를 얻고 절망을 털고 일어나 사명자가 되는 모습과 믿음과 소망으로 천국을 약속하셨기에 남편이 천국에 있음을 확신하는 것이 나에겐 큰 위로가 된다.

날이 거듭될수록 분노로 시작된 나의 새벽은 애통함이 되었고, 위로가 되었으며 결국엔 기도가 되기 시작했다. 성경에는 많은 애통하는 여인들의 기도와 하나님이 그들에게 주시는 위로와 약속이 있다. 상실을 통해 나는 애통하는 여인 중 하나가 되었고 애통하는 자의 기도를 배운다. 그리고 그 기도를 통해 나는 애통하는 자에게 주시는 하나님의 위로를 얻는다. 그러므로 나는 시냇가에 심은 나무와 같이 여전히 하나님의 복을 누리는 자이다.

"애통하는 자는 복이 있나니 그들이 위로를 받을 것임이요"(마태복음 5:4).

나는 무엇을 잃었는가?

간혹 물건을 잃어버릴 때가 있다. 그럴 때면 난 이렇게 말하곤 한다.

"음, 어차피 버리려고 했었어. 너무 낡았어. 이젠 좀 지겨웠어. 질릴 때도 됐지."

스스로 잃어버린 물건에 대한 가치를 낮추어 생각하고 말함으로 잃어버린 것들에 대한 아쉬움과 미련을 덜어 내고 더 이상 그 물건들에 대해 생각하는 것을 멈춘다. 상실에 대처하는 나만의 방법이다.

남편이 죽은 후에 나는 마치 오랫동안 사용하던 물건 하나를 잃어버릴 때 취하던 행동처럼 남편의 죽음을 별거 아닌 일로 생각하고 말하기 시작했다.

"어차피 동시에 죽는 부부는 거의 없어. 남편이 나보다 나이가 많으니 언젠가 먼저 죽었을 거고 그러니 언젠가 겪었을 일이지. 22년 같이 살았으면 오래 살았어. 이젠 질릴 때도 되었지. 그러니 호들갑 떨지 마."

한동안 나는 내 삶에 미치는 그의 영향력을 축소시켜 생각하거나 그가 내게 어떤 존재였는지 생각하기를 거부함으로써 그의 부재와 그에 대한 생각을 멈추기 위해 노력했다. 시간이 좀 흐른 뒤 나는 남

나는 사별하였다

편의 죽음과 부재를 인정한다고 말은 하지만 실상 나는 내가 무엇을 상실했는지 제대로 인정하지 않고 있다는 생각이 들었다.

　백 억을 상실한 뒤 천만 원을 잃었다고 말하는 사람이라면 그의 행동은 자신의 상실을 진짜 인정했다기보다는 상실을 축소시킴으로써 그 고통을 줄이고 싶은 자기 보호에 가까울 것이고, 자신의 상실을 바로 대면했다고 보긴 어려울 수도 있다. 상실을 인정한다는 것은 자신이 상실한 것의 가치를 축소시키지 않고 그대로 이해함으로써 자신이 무엇을 상실했는지 설명할 수 있어야만 진짜 상실을 인정하는 것이 아닐까?

　상실의 치유가 자신의 상실을 똑바로 인정하는 것에서부터 시작된다면 나는 남편이 내게 어떤 존재였는지를 이해하고 인정하는 것에서부터 시작해야 한다. 나는 기억의 빗장을 풀고 그에 관한 기억들을 끄집어내고 그가 내게 누구였는지 자문했다.

　스스로 닫아 버린 기억의 문을 여니 24년 동안 지냈던 그와의 추억들이 봇물 터지듯 흐르고 내 눈물도 흘렀다. 나는 내게 묻기 시작했다.

　"그는 내 인생의 어떤 존재였는가? 그가 죽음으로 나는 무엇을 잃은 것인가?"

그는 주저하지 않아도 되는 나의 사랑이었다

우리가 세상 앞에서 부부가 되겠다고 서약한 순간부터 그는 어떤 망설임도 없이 내가 맘껏 사랑할 수 있는 남자가 되었고, 어떤 부끄럼도 없이 나를 사랑해 달라고 당당히 요구할 수 있는 내 남자였다. 그를 잃음으로 나는 한 남자를 지극히 사랑하는 것과 한 남자에게 무한히 사랑 받는 특권을 상실했다.

그는 나의 보호자였다

두 사람의 혼인 증명서가 발급되는 순간 그는 나의 보호자가 되었다. 그와 사는 동안 몸이 아플 때면 의사도 아닌 그에게 먼저 호소했고 차에 이상이 느껴지면 정비공도 아닌 그에게 먼저 알렸다. 그리고 세상이 나에게 요구하는 모든 서류의 보호자란에 그의 이름과 연락처를 당당히 기재했다. 그가 죽은 후 주민등록등본의 세대주란에 내 이름이 인쇄되었고 나는 아이들의 유일한 보호자가 되었다. 건강검진 서류의 보호자란을 보았을 때 나는 누구의 이름을 적어야 할지 몰라 당황했다. 그를 잃기 전에는 보호자란에 그의 이름 세 글자를 적을 수 있는 것이 그렇게 든든한 일인지 나는 알지 못했다. 그를 잃음으로 나는 든든한 보호자를 상실했다.

나는 사별하였다

그는 나의 동지였다

결혼 후 우리는 둘이 결합된 하나가 되었고, 두 아이의 부모가 되었다. 22년 동안 모든 희로애락을 동일하게 나누었다고 말할 순 없지만, 한 가정의 부부이고 부모였던 우리는 같이 산을 넘고 광야를 지났으며 한 사람이 울면 같이 울고, 한 사람이 웃으면 같이 기뻐했고, 한 사람이 넘어지면 같이 앉아 기다렸다 손을 잡아 일으켜야 했다. 그렇게 22년을 부부로 살아보니 뜨겁던 사랑의 열기는 점차 식어 갔지만 하나 둘 보이기 시작하는 서로의 흰머리와 주름살에 마음이 애잔하고 사소하게 서로를 돌보는 동지가 되었다. 예측불허 인생길을 오랜 동지 없이 홀로 걷는 것은 상상조차 하기 싫었는데 나는 지금 혼자가 되었다. 그를 잃음으로 나는 평생의 동지를 잃었고 홀로 광야를 건너고 있다.

그는 내 아이들의 아버지였다

부모가 되는 순간 우리는 서로가 섞인 한 아이를 지극히 사랑하기 시작했다. 아이가 아프면 같이 아팠고 아이가 웃으면 같이 웃었고 그 아이로 인해 같이 행복했다. 우리는 아이들을 향해 같은 소망을 품고 함께 기도했으며 사랑했고 헌신했다. 언젠가 아이들이 결혼을 하고 우리 곁을 떠나갈 때 우리는 나란히 서서 웃으며 손을 흔들어 주고 뒤돌아 서로의 쓸쓸한 마음을 어루만졌을 것이다. 그의 죽음으로 나는 혼자 아이들의 결혼식을 지킬 것이며, 혼자서 손을 흔들어 주고 뒤돌아 쓸쓸해지는 마음도 혼자 달래게 될 것이다. 나는 혼자 할머니가 되는 기쁨의 눈물을 닦을 것이다. 나는 분명 내 손주들의 좋은 할아버지가 되었을 그를 잃었다.

그는 나의 지지자였다

나는 언제나 새로운 꿈을 꾸고 무언가를 시도하길 좋아했다. 나의 어설픈 수많은 시작에 그는 배꼽을 잡고 웃기도 했지만 지켜봐 주었고 격려했다. 어쩌다 운 좋게 내가 상을 받을 때면 그는 기꺼이 아내 자랑하는 팔불출이 되어 친구들에게 밥을 샀다. 그의 장례식에서 그의 친구들은 내게 말했다.

"그는 아내와 아이들을 늘 자랑스러워했어요. 당신은 그의 자랑이었습니다." 그를 잃음으로 나는 어설픈 아내를 자랑으로 여겨 주던 남편을 잃었다.

그는 나의 코미디언이었다

그를 처음 만난 날부터 그는 나를 웃게 만들었다. 그는 유머와 위트가 풍부했고, 주변 사람들을 편하게 웃게 만드는 사람이었다. 우리는 그의 유머에 "에이, 정말!" 하며 야유를 보낼 때도 많았지만 그는 가장 웃긴 아빠였고 남편이었다. 그가 죽고 나와 아이들은 평생의 코미디언을 잃었다. 그의 장례식을 치른 뒤 나는 유머 책 세 권을 샀고 가족 톡방에 하루에 한 편씩 책에 있는 유머를 올렸다. 하지만 어떤 유머로도 그가 주던 웃음을 만들 수 없었다. 나는 지금도 나를 웃기던 그의 몸짓과 언어들이 그립다. 내 기억 깊은 언저리에 새겨진 나를 웃기던 그의 우스운 몸짓들이 이젠 나를 울린다.

그는 나의 오빠였고 아버지였다

10살 때 돌아가신 나의 아버지는 엄한 분이셔서 나는 아버지께 어리광을 부려 본 기억이 없다. 하지만 그의 아내로 살면서 난 아이처럼 울기도 하고 업어 달라 조르기도 하고 엿을 사 달라고 조르기도 했다. 때론 별것도 아닌 일에 화를 내고 유치해졌고 어리광을 부렸다. 난 남편 앞에서 어떤 모습이든 될 수 있었고 그는 딸을 둘 키운다고 말했다. 그가 죽음으로 나는 맘껏 어리광을 부릴 수 있는 대상을 잃었다.

한 사람이 죽었을 뿐인데 인생에서 내가 잃어버린 것은 너무도 크다. 한 남자가 죽음으로 내가 상실한 것은 낡아서 쓸 수 없는 것도 아니고, 지겨워진 것도 아니고, 버리고 싶었던 것도 아니며 대체될 수 있는 것도 아니다. 나의 상실은 크기를 측정할 수 없고 회복되지 못하며 상실된 채 받아들여야 하는 것이다. 나는 그리움과 외로움에 울고, 억울함과 막막한 고통 속에 울어도 된다.

나는 눈물을 감출 이유가 없다. 나의 울음은 정당하고 나의 비통은 당연한 것이다.

"그가 죽음으로 나는 무엇을 상실했는가?"

나는 스스로에게 질문을 던지고 그를 다시 꼼꼼히 기억해 낸다. 그리고 내 인생에서 그의 의미를 다시 이해함으로써 나의 상실을 축소시키지 않고 똑바로 마주 본다.

나는 그를 잃어버린 것을 인정하는 이곳에서부터 다시 시작해야 한다.

이제야 알게 되는 엄마의 눈물

아버지가 사고로 돌아가셨을 때 아버지는 42살, 엄마는 41살 난 10살이었다. 아침에 아버지께 등교 인사를 드렸는데 그날 이후 나는 다시 아버지를 볼 수 없었다. 당시 우리 집은 학교 수업료도 제때 납부하지 못할 만큼 가난했고 41살의 엄마는 하루아침에 시어머니와 5남매를 홀로 부양해야 하는 세대주가 되었다. 초등학교 1학년이 최종학력인 엄마는 여섯 명의 가족을 부양하기 위해 큰 짐자전거로 우유를 배달하셨다. 엄마는 오랫동안 엄마의 이름 대신 "해태(우유) 아줌마"로 불리셨다. 엄마의 하루는 새벽 4시에 시작해서 밤 9시가 넘어야 끝이 났다.

나는 사별하였다

남편이 죽고 검은 상복을 입은 거울에 비친 나를 보면서 나는 엄마를 생각했다.

'엄마! 나 어떻게 하지? 나 어떡하면 좋지? 엄마가 어떻게 했더라? 엄마…….'

남편이 죽은 후 난 엄마가 아버지를 사고로 잃고 어떻게 행동했는지 계속 생각했다.

'엄마가 어떻게 행동했는지 기억해 내. 엄마도 해 냈다면 너도 할 수 있어. 엄마가 그 세월을 견디셨으면 너도 충분히 견딜 수 있어. 넌 그 엄마의 딸이니까. 게다가 넌 엄마보다 많이 배웠고 엄마보다 가진 게 많지.'

엄마가 돌아가신 지 28년이 넘었지만 나는 어느 시절보다 더욱 엄마에 대해 기억해 내고 싶었다. 아버지의 장례가 끝나자마자 엄마는 하루도 쉬지 못하고 새벽부터 우유배달을 나가셨다. 4단으로 우유를 쌓고 짐바로 묶은 짐자전거는 작은 체구의 엄마가 감당하기엔 너무 크고 무거웠다. 겨울 찬바람 속에서 무거운 자전거 페달을 돌리면서 엄마는 매일 하염없이 울었다고 하셨다. 서러운 눈물이 흘러내렸을 엄마의 볼은 그 겨울에 얼마나 시리셨을까? 남편을 잃은 41살 가난한 그 여인은 다섯 아이의 엄마로 홀로 살아갈 일이 얼마나 무섭고 암담했을까?

나는 엄마의 처지가 되고 나서야 엄마의 언어, 엄마의 눈물과 외로움, 엄마의 치열했던 삶을 조금씩 이해할 수 있게 된다. 언니들은 막내인 내가 엄마의 슬프고 서러운 시간들을 되짚어가는 것이 마음 아파서 속이 상한다. 하지만 나는 누군가 한 사람은 엄마를 조금 더 이해할 수 있게 된 것도 괜찮지 않을까 싶다. 엄마가 계셨다면 "엄마 딸이어서 참 좋았어."라고 말한 뒤 엄마를 꼭 안아 드리고 싶다. 엄마가 우리 곁을 떠나고 오랜 세월이 흘렀지만 상실의 시간을 통해 나는 비로소 그녀를 이해하고 알아 가는 엄마의 딸이 되어 간다.

온라인 사별 카페에서는 신학기가 시작되는 3월 초엔 배우자를 잃고 혼자 키우고 있는 어린 자녀들이 사회에서 한부모 가정이라고 차별당하거나 상처 받지 않을까 염려하는 글을 자주 보게 된다. 어찌할 바 몰라 힘들어 하는 그들의 글을 읽으면서 나는 5남매의 엄마였던 가난한 41살 나의 엄마를 보았다.

'나를 바라보던 엄마의 마음이 이런 거였구나! 아비 없는 자식 소리 듣지 말라던 엄마의 말속엔 이런 마음 저림이 있었겠구나.'

한부모 가정에서 자라고 있는 어린 자녀들이 걱정되는 많은 분들에게 나는 아빠 없이 자란 나의 어린 시절 일부를 들려주고 싶다.

12살 때 동네 친구들과 놀다가 작은 언쟁이 생겼다. 언쟁에서 밀린 남자아이가 지는 것이 억울했던지 내게 하지 말았어야 할 말을 해 버렸다. "아버지도 없는 게 어디서 까불어!" 그 순간 분위기가 싸

늘해졌고 남자아이는 아차 싶었는지 냅다 도망치기 시작했다. 나는 도망치는 그 녀석 뒤를 있는 힘을 다해 쫓아갔다. '너를 가만두지 않으리라!' 우리는 1시간이 넘게 동네를 벗어나 논과 밭을 지나 철길 너머까지 도망치고 뒤쫓았다. 나는 그날 그 녀석을 잡지 못했다. 1시간을 넘게 걸어 엉엉 울면서 집으로 돌아왔다. 다행히 집엔 아무도 없었고 나는 거울 앞에 서서 벌게진 얼굴의 눈물자국을 닦으며 말했다. '빨리빨리 하얘져라. 엄마랑 할머니가 보기 전에 빨리빨리 멀쩡해져라!' 주문을 외우면서 만화 캔디의 주제곡을 불렀다.

'괴로워도 슬퍼도 나는 안 울어. 참고 참고 또 참지 울긴 왜 울어. 웃으면서 달려보자 푸른 들을 푸른 하늘 바라보며 노래하자~.'

12살 소녀는 노래를 부르며 다짐했다. '앞으로 아버지도 없는 게 라는 말로 누구도 나를 얕잡아 보지 못하게 할 거야! 적어도 그 녀석보다는 똑똑한 사람이 될 거야!'

그날 이후 소녀는 혼자서 눈물을 닦을 줄 알게 되었고, 허접한 사람들이 절대 무시하지 못할 사람이 되겠다고 결심했다.

자상하고 다정한 아버지를 가진 친구들을 보면 한없이 부러워서 질투가 났다. 소녀는 아무리 용을 써도 가질 수 없는 것이 있다는 것을 깨닫기 시작하며 내려놓는 법도 배웠다. '괜찮아! 난 엄마도 있고 할머니도 있고 언니 오빠들도 있잖아! 아직도 내 편이 많은걸.'

엄마가 새벽부터 늦은 밤까지 일을 하시니 우리 형제들은 일찍부터 자기 일은 스스로 책임졌고 가사도 분담했다. '자기 빨래는 자기가'라는 원칙으로 5학년 때부터 내 빨래는 내가 해야 했다. 어린 소녀는 빨래, 청소, 바느질, 설거지 등 할 수 있는 일은 스스로 해결하는 법을 배우며 부지런함을 몸에 익혔다.

15살 고등학교 입시를 앞둔 여름, 오빠는 질풍노도의 사춘기를 지나는 소녀를 불러 놓고 진지하게 엄마 얘기를 꺼내 놓았다. 내가 엄마라는 말에 약하다는 것을 안 오빠가 제대로 급소를 때린 것이다. 오빠는 내게 단도직입적으로 물었다. "너는 엄마를 위해 지금 무엇을 할 수 있냐? 마음 말고 현실적으로 네가 엄마의 무거운 짐을 어떻게 덜어 낼 수 있는지 생각해 봐!" 나는 그날 밤 엄마를 생각하며 철없는 나의 행동을 후회했고 새벽까지 울었다. 사춘기의 방황은 그렇게 끝났고 내가 세운 새로운 목표를 향해 매진했다. 엄마와 나를 위해서 내가 당장 할 수 있는 일과 해야 하는 일이 무엇인지 답은 명확했다.

아버지가 돌아가시고 엄마가 살아 있던 10년 동안 나는 엄마의 기쁨과 자랑이 되고 싶었고 엄마에게 힘을 드리기 위해 노력했다. 그리고 엄마를 위해서 내가 했던 모든 노력들은 결국 다시 내 삶으로 돌아와 지금의 나를 만들었다. 아비 없는 자식이라 비웃음 당하지 않게 살라며 자식들에게 뼈아픈 말을 하셔야 했던 엄마에게 나는

나는 사별하였다

이렇게 말해드리고 싶다.

"엄마! 나 아버지 없어도 씩씩한 엄마가 있어서 행복했고 잘 자랄 수 있었어. 엄마 고마워."

'나 혼자 아이를 잘 키울 수 있을까?'를 염려하는 많은 한부모 가정의 엄마와 아빠들에게 아버지 없이 자란 나는 이렇게 말해 주고 싶다.

"당신의 자녀는 씩씩한 당신이 있어서 세상 누구보다 행복하게 잘 자라 멋진 성인이 될 거예요. 그러니 두려워 말고 용기를 내서 앞으로 한 걸음씩 걸어 나가세요."

간혹 엄마나 아빠를 잃은 자녀들이 나이에 비해 일찍 철이 드는 것 같아 마음이 아프다고 말하는 이들도 있다. 하지만 일찍 철이 든다고 해서 불행한 것은 아니다. 진정한 행복은 자신이 처한 상황을 정확히 인식하고 혹 상황이 나쁘더라도 절망하기보다는 자신이 할 수 있는 것들을 찾아내고 무언가를 성취해 낼 때 얻어질 수 있다고 나는 생각한다. 그러니 일찍 철이 든다면 그건 기회가 될 것이다.

외로움이 변하여 꽃이 되길

남편이 죽고 세 달쯤 후 친구가 내게 이런 말을 해 주었다.

"네가 지금 마음을 다잡고 잘 견뎌 줘서 다행이긴 한데 한두 달 지나면 네 마음이 무너질 수도 있어. 아는 언니가 5년 전에 사별을 했는데 초반에는 너처럼 멀쩡해 보이더니 몇 달 지나 무너지더라."

나는 나를 염려하는 친구의 말이 고맙기는커녕 반감이 들었다.

'넌 지금 내가 멀쩡해 보이냐? 점점 더 좋아질 거라고 말해 줘도 시원찮을 마당에 더 나빠질 수도 있다고 말해 주면 날더러 어쩌라고? 무너질 마음을 대비해 마음 저축이라도 해야 되나? 누군가에게 내가 무너질지도 모르니 잘 지켜봐 달라고 혹 무너지면 일으켜 달라고 부탁이라도 하란 말이야? 아니면 아무 일 없는 것처럼 하루를 버티어 살아 내는 것 외에 스스로 마음을 감시하는 보초라도 서야 하나?' 나는 친구에게 이렇게 되묻고 싶었다.

처음 친구의 염려를 들었을 때 다소 짜증이 났지만 시간이 지나면서 나는 그녀의 우려가 무슨 말인지 차츰 이해되기 시작했다. 믿을 수 없는 현실을 받아들이고 사망 후 처리해야 할 법적인 문제들을 어느 정도 해결하고 나니 또 다른 힘든 마음이 자라나기 시작했다. 사람마다 사별 후 힘들어지는 이유는 처한 환경과 성품에 따라 다를 것이다. 시간이 지날수록 점점 힘들어지는 건 왜일까 생각해 보니 내 경우의 답은 외로움이었다. 처음엔 믿기 힘든 현실에 대한 당혹감과 떠난 배우자에 대한 그리움, 혼자 살아갈 현실에 대한 두려움으로 힘든 시간이었다면 시간이 지날수록 거기에 외로움이란 감정이 더해졌다. 불편한 감정들이 곱해지니 나는 복잡한 감정과 내면의 혼돈에 당혹스러웠다.

외로움은 나를 참 당황스럽게 만든다. 내 감정임에도 불구하고 속수무책으로 이 감정에 휘둘려 평소 내가 하지 않던 행동을 하게 만들었다. 심지어 진짜가 아닌 야릇한 감정을 만들어 내고 마음을 흔들며 판단을 흐리게 했다. 사별 후 약해진 마음을 이용하는 선하지 못한 사람들이 접근하니 조심하라는 경고를 지인들에게 받은 적이 있는데 사별 후 나는 제일 위험한 사람과 같이 지내고 있었다. 이성적 판단력이 흐려지고 감정적으로 되어 가는 사람, 나를 수렁에 빠뜨릴 수도 있고 내게 가장 크게 상처를 줄 수 있는 사람, 그 사람은 바로 '나' 자신이었다. 내가 사별 후의 나를 관찰하며 글을 쓰는 것은 어쩌면 나 자신과 벌이는 전쟁인지도 모른다. 나는 나의 외로움을 어찌해야 할지 고민스러웠고 외로움이란 감정 때문에 내가 잘못된 판단과 행동을 하게 될까 두려웠다.

그렇다면 외로움이란 무엇일까? 외로움의 정의는 사람마다 다를 수 있다. 심리 전문가도 아닌 내가 하나의 문장으로 외로움에 대한 평균적 정의를 내리긴 어렵지만 나의 외로움은 '내가 누군가와 공유하고 싶은 무언가를 공유할 수 없는 마음의 상태'에 가깝다.

나는 남편이 살아 있을 때도, 또한 많은 사람들 속에서도 외로움을 느낀 적이 있다. 생각이 같고 다름을 떠나 한 공간에 함께 있을지라도 무언가를 공유하고 나눌 수 없는 상태일 때 나는 외로움을 느끼곤 한다. 나와 남편이 서로의 전부를 공유할 수 있었던 것은 아니지만 분명 우리는 가장 많은 부분을 공유했던 특별한 관계였다. 그를 잃은 것은 꽃이 피고 지는 풍경이나 밥을 먹는 일 같은 매일의 사소함을 공유했던 친구를 잃은 것이니 그가 떠난 후 내가 감당해야 할 외로움은 끝을 가늠하기 어려운 깊고 어두운 우물과 같다.

사별 후 한동안 나는 시도 때도 없이 청소를 하고 더 많은 운동을 했다. 늦은 밤까지 오프라인 강의를 들었고 주말마다 지인들과 약속을 잡았다. 새벽 5시 30분 기도로 시작된 하루 일과는 보통 밤 10시가 넘어야 끝이 났고 지쳐 잠들기를 반복했다.

일찍 귀가한 저녁은 제일 견디기 힘든 시간이었다. 그런 날이면 난 누군가에게 전화를 했고 공허한 수다를 나누곤 했다. 대화에 집중하지 못한 적도 있지만 그 시간을 견디기엔 누군가의 목소리라도 필요했다. 사별 후 몇 달 동안 나는 남편과 공유했던 공간과 시간을 벗어남으로써 마주하기 싫은 외로움으로부터 필사적으로 도망쳤다.

남편이 떠난 지 500일이 지났다. 이제 나는 도망치는 것을 멈추고 외로움을 껴안아 보려고 한다. 혼자라고 항상 외로운 것도 아니고, 죽을 만큼 외롭지도 않다. 또 누군가는 목적하는 바를 이루기 위해 자발적 외로움을 선택하기도 한다. 그러니 겁쟁이처럼 도망치는 짓은 이제 그만해야 한다. 도망친다고 벗어날 수 있는 일이 아니다. 독신으로 혼자 살고 있는 친구에게 '외롭진 않아? 외로울 땐 어떻게 해?'라고 물은 적이 있다. 친구는 이렇게 대답했다.

"인간은 누구나 외로운 순간이 있지. 난 외로울 땐 길을 걸어. 혼자 여행을 가서도 보통 길을 걷는 편이야. 근데 난 혼자 있는 게 슬프거나 불편하지 않아. 오히려 타인과 맞추기 위해 끊임없이 노력해야 하는 생활이 나에겐 더 부자연스럽고 부담스러운 삶이야."

나는 이렇게 말하는 친구가 불행해 보이지 않았다. 이제 독신인 친구와 사별한 나는 둘 다 혼자 산다. 하지만 우리의 홀로인 시간은 아직 다르다. 나의 시간은 아직 외로움에 가깝고, 친구의 시간은 홀로움(홀로 사는 즐거움)에 가깝다. 나는 남편과 공유함을 통해 누렸던 행복의 기억에서 아직 자유롭지 못하다. 하지만 이제 나는 나의 외로움을 홀로움으로 바꾸는 노력을 하려 한다. 나는 혼자 산에 오르지만 나무 사이로 비치는 파란 하늘을 더 오래 바라본다. 홀로인 나는 더 깊게 자신을 마주하며 내가 진정 원하는 삶에 대해서 생각해 본다. 그리고 내 안에 숨겨진 열정과 재능, 그로 인해 내가 하고 싶고 또 할 수 있는 일들을 자각한다.

인생을 혼자 살아가는 것은 분명 좋아하는 사람과 함께 살아가는 것보다 즐겁지는 않다. 하지만 혼자임을 피할 수 없다면 홀로움을 익힐 필요가 있다. 사물에 대한 감수성을 높인다면 혼자일 때 더 잘 보이는 것들이 있고, 외로움에서 배우는 일은 생각보다 나쁘지 않다. 사는 것이 혼자임을 인정하고 홀로움을 누릴 줄 알게 되면 타인에 대한 기대를 줄일 수 있다. 기대가 작아지면 실망도 줄고 마음은 더 평온해질 수도 있다. 그러니 혼자인 것이 나쁜 것만은 아니다.

하지만 나는 사회적인 사람이고, 혼자보다는 삶을 공유할 수 있는 사람들과 함께 살아가는 것을 더 좋아한다. 어쩌면 외로움을 해결하는 데 새로운 사람을 만나는 것이 가장 확실한 방법인지도 모른다. 하지만 나는 그 방법이 제일 어렵고 조심스럽다는 생각이 든다. 그래서 나는 마음을 공유할 수 있는 한 사람을 여러 사람으로 확장하는 선택을 하기로 했다.

나는 사별 후 한 사람과 많은 부분을 공유하던 특별한 관계와 충만감을 잃었다. 하지만 내 삶을 다시 보면 여전히 삶의 일부를 공유할 수 있는 친구들과 동료, 가족이 남아 있었다. 한 사람과 많은 부분을 공유하는 특별한 관계에 대한 욕심을 버리고, 한두 가지를 공유할 수 있는 여러 사람과의 관계를 만들어 낸다면 내 삶은 소외된 혼자가 아닌 여전히 누군가와 삶을 공유할 수 있는 행복을 누릴 것이다. 어떤 친구와는 함께 산을 오르고, 또 다른 친구와는 벚꽃잎이 바람에 날리는 풍경 속을 걸을 수도 있다.

나는 여행을 좋아하고 사별 후에도 여전히 여행을 다닌다. 사별 전에는 대부분 여행에 남편이 동행이었다. 사별 후 나의 여행은 전과 다르다. 여행마다 동행이 달라지니 여행의 모습과 대화도 달라지며 여행의 즐거움도 달라진다. 나의 여행은 전보다 더 다채로운 색

깔을 품게 되었다. 요즘 나는 '함께 하시겠어요?'라는 사람들의 제의에 'Yes'로 대답하는 빈도가 늘었다. 그로 인해 내 삶은 전보다 분주해졌지만 진취적이고 능동적인 사람들과 함께 고민하고 행동하면서, 봄의 새순처럼 새로운 관계가 내 삶 속에서 싹트고 자라는 것을 느낀다. 그리고 이러한 변화는 사별 초 나를 짓누르던 커다란 외로움의 무게를 작아지게 한다.

홀로움을 알아 가는 노력을 하고, 한 사람과 많은 것을 공유하지 못하는 아쉬움을 내려놓고 여러 사람과 삶을 공유할 수 있음에 감사하게 되니 비로소 내 마음에 봄바람이 불기 시작한다. 나는 마음 문을 반쯤 열어 두며 살 생각이다. 사는 날 동안 봄바람의 꽃잎처럼 내 풍경 안으로 들어오는 아름다운 사람들과 인생을 공유하며 살아보고 싶어졌다. 배우자가 아닐지라도, 삶의 전부를 공유하진 못할지라도, 남자든 여자든 나이가 많든 적든 상관없이 진심으로 사람을 마주할 줄 아는 사람과 인생의 찰나를 공유할 수 있다면 그 순간은 아름다운 찰나가 될 것이다.

"나는 지금의 외로움이 당당한 홀로움이 되고 아름다운 함께함으로 거듭날 수 있기를 소망한다."

사별 후 1주기 추모식

가을이 물들기 시작할 무렵 남편은 홀연히 내 곁을 떠났다. 그는 집을 나가면서 나에게 "다녀올게."라고 말했지만 해가 뜨고 지는 하루가 1년이 지나도 그는 돌아오지 않았다. 그의 무덤 위로 낙엽이 지고 눈이 쌓였으며, 다시 노란 민들레가 피어나고 듬성듬성 심었던 잔디가 무덤을 가득 덮도록 그는 내게 돌아오지 않았다. 그를 땅에 묻은 후 나는 이 세상에서 그의 이름 세 글자를 묵묵히 지워 나갔다. 오십여 년 그토록 애쓰며 살았던 한 남자의 이름과 기억이 이 세상에서 지워지는 시간은 그가 사느라 애쓴 시간에 비하면 너무도 짧았다. 나는 그가 사람들의 기억 속에서 천천히 잊히길 바라며 그가 있는 사진들을 내 SNS의 프로필 사진으로 올렸다. 적어도 1년은 그가 속했던 세상이 그를 그리워하고 기억해 주길 바랐다.

여름이 끝날 무렵 남편의 친구가 나를 찾아왔다. 우리는 그간 서로의 안부를 물었고, 다가올 남편의 1주기 추모식에 대해서 언급했다. 그는 남편의 1주기 추모식을 어떻게 지낼 계획인지 물었고 남편의 교회 친구들이 1주기 추모식에 가족과 같이 참여해도 되는지 내 의견을 물었다. 나는 여전히 남편을 기억하며 그를 추모하기를 원하는 남편의 친구들에게 진심으로 감사했으므로 기꺼이 허락했다. 그는 추모예배와 관련된 모든 절차를 알아서 준비할 테니 조금도 부담 갖지 말고 편안한 마음으로 지내길 당부했고 따로 가족들이 원하는 것이 있는지 의견을 물어본 뒤 어떤 식으로 진행할지 상의하기로 했다.

혼자 어떻게 1주기 추모식을 준비해야 할지 몰라 마음만 분주했는데 나로서는 큰 부담을 덜 수 있어 감사했다. 그래도 역시 아내인 내가 챙겨야 할 일은 많았다. 양가의 가족들과 가까운 지인들에게 1주기 추모식에 대해 개별적으로 알린 후 참석여부를 확인해야 했고, 참석 인원을 파악한 뒤 추모식과 식사 장소도 결정해야 했다. 한 달 동안 그의 1주기 추모식을 준비하면서 나는 우울해지지 않도록 마음을 거듭 다잡으며 약속과 일에 파묻혀 바쁜 시간을 보냈다.

그렇게 9월이 가고 그가 우리 곁을 떠난 지 1년이 지나 다시 그날이 되었다. 1년 전 그날은 태풍이 불고 비가 많이 내렸는데 1주기엔 파란 하늘과 햇살이 더없이 좋은 가을날이었다. 난 검은 옷을 입긴 했지만 밝게 화장을 했다. 그리고 딸에게도 "우리 예쁘게 하고 가자."라고 말했다. 그의 추모식에 다시 모인 사람들은 누구보다 우리 가족을 사랑하며 염려하는 사람들이다. 그가 없어도 나와 아이들이 밝게 살아가길 응원하는 사람들이다. 그러니 고마운 그들과 혹 자신의 추모식을 지켜볼지도 모를 남편에게 나는 밝고 건강한 모습을 보여 주고 싶었다. 추모예배는 남편과 오랫동안 '장애인 청소년부 예배'를 같이 섬겼던 목사님이 맡아 주셨고 많은 분들이 남편의 묘를 중심에 놓고 1년 만에 한자리에 모였다. 1주기 추모식에 참석할 수 없었던 아들은 추모식에 오신 분들에게 감사의 마음을 글로 전해 왔다.

"오늘 아빠의 1주기 추모식에 와 주신 여러분 정말 감사합니다. 정말 드리고 싶은 감사의 말이 많아요. 한 사람의 주변 사람들을 보면 그 사람이 어떤 사람인지 보인다고 하잖아요. 아빠의 주변에 이렇게 좋은 분들이 많은 걸 보면 아빠는 정말 좋은 사람이었던 거 같아요. 힘들 때 항상 위로해 주시고, 좋을 때 함께 기뻐해 주셔서 감사합니다. 비록 오늘은 슬픈 일로 모였지만 분명 아빠는 여러분이 웃으며 돌아가길 원하실 거예요. 아빠는 우리가 웃는 걸 좋아하셨으니까요. 아빠가 우리에게 유언을 남기시진 않았지만, 아빠가 없어도 우리가 어떻게 살아가길 원하시는지 저희는 이미 잘 알고 있어요. 아빠의 바람대로 앞으로도 열심히 바르고 행복하게 살겠습니다. 저는 제가 아빠와 많이 닮았다고 생각해요. 지금 우리 앞에 계시지 않지만 아빠는 제 안에 그리고 여러분의 기억 속에 계실 겁니다. 앞으로도 아빠를 기억하고 서로를 사랑하며 지내요. 특별히 저희 엄마와 함께 해 주셔서 또한 감사드려요. 돌아가시는 길 조심하시고 하나님의 은총이 함께 하시길 기도하겠습니다. 감사합니다."

추모식에 오신 분들과 미소로 인사를 나누었지만 아들의 편지를 읽으면서 나는 울컥했다. 목사님이 기도와 말씀을 나눈 후 "내 주를 가까이"라는 찬양을 내가 팬플루트로 연주했다. 남편이 죽기 1년 전부터 나는 팬플루트를 배우기 시작했고, 그가 죽고 난 후 혼자 견뎌야 하는 시간 동안 팬플루트를 불곤 했다. 남편은 살아생전 내 팬플루트 연주를 제대로 들어본 적이 없었다. 죽은 그가 나의 연주를 들을지 알 순 없지만 나는 그에게 정말 멋진 연주를 들려주고 싶었다. 절대 울지 않으리란 다짐에도 불구하고, 간주가 흐르는 사이 영정사진 속 그의 미소를 보자 나의 다짐은 모래성처럼 무너져 내렸다. 눈물이 팬플루트 관으로 흘렀고 연습한 보람도 없이 나는 흔들리는 호흡으로 간신히 연주를 마쳤다. 흔들리는 팬플루트 소리는 나의 마음을 백 마디 말보다 더 잘 표현했는지 추모식에 모인 이들의 눈시울을 붉게 만들었다.

우리는 그에 대한 기억을 떠올리며 각자의 추억과 이야기를 들려주었다. 첫 번째 나눔은 딸아이가 "아빠는…"으로 시작했다. 딸이 밝은 목소리로 담담하게 풀어내는 아빠에 대한 추억에 우리는 다 같이 소리 내어 웃었다. 딸은 아빠가 자신에게 보여 준 사랑과 헌신을 기억하며 아빠가 무엇을 중요하게 여기는지 잘 알고 있고 그것을 꼭 기억하겠노라고 말했다. 남편의 친구와 지인들도 돌아가면서 그와 관련된 추억을 들려주었다. 어떤 얘기는 아는 것이고 어떤 사연은 처음 들었다.

난 그들의 이야기를 들으면서 그 상황 속 남편의 표정과 몸짓, 그의 언어와 웃음이 영화처럼 그려졌다. 남편의 친구가 고백했다. "그가 없으니 삼행시 짓기도 없고, '밥 사'라는 사람도 없고 단톡방 수다와 축구도 재미가 없습니다. 그가 떠나고 나서야 내가 그 친구를 얼마나 많이 사랑했는지 알았습니다. 친구가 많이 보고 싶네요." 친구의 회상과 고백이 끝나자 다른 친구가 흐느껴 울기 시작했다.

형부는 집안에 쌍둥이가 태어난 얘기를 하시면서 "동서가 있었다면 분명 많이 축하하고 좋아해 줬을 겁니다. 동서는 같이 기뻐하고 같이 슬퍼해 주는 사람이었죠. 쌍둥이를 보면서 참 좋아라 했을 그가 선하네요"라며 그와 기쁨을 함께 할 수 없음을 아쉬워했다. 어떤 이는 그와 나눈 특별한 대화와 추억을 들려주며 그를 가슴 한 곳에 곱게 접어 간직하겠노라고 말했다. 시숙님은 우리가 알지 못했던 어린 시절 동생의 모습을 들려주셨고, 오늘 여러분의 이야기를 들으면서 동생이 좋은 사람들 속에서 따뜻한 삶을 살다 간 것 같아 위로가 된다고 하셨다.

우리는 서로의 추억과 그리운 마음을 나누면서 그를 생생하게 다시 떠올릴 수 있었고 같이 울고 웃었다. 죽은 지 1년이 지나도 여전히 그를 추모하며 그를 보지 못하는 슬픔으로 같이 울어 주는 이들이 있다는 것이 나와 어머니를 비롯한 가족들에겐 큰 위로가 되었다. 살아생전 그가 외롭지 않은 삶을 살았고, 죽어서도 사람들의 마음속에 좋은 기억으로 남겨진 것이 다행스럽고 감사했다. 추모식이

나는 사별하였다

끝나고 많은 이들이 나를 품에 꼭 안으며 이렇게 말했다. "고맙다. 수고했다. 애썼다. 장하다." 나는 그 말에 담긴 그들의 마음을 알고 있다. 그래서 나는 그들의 품에서 웃었고 울었다.

남편의 1주기 추모식을 지낸 후 나는 그의 삶을 다시 생각해 보게 되었다. 나는 그가 살아 낸 생의 반을 가장 가까이서 함께 보냈고 그와 많은 것을 공유한 그의 유일한 아내였다. 그는 옳은 삶을 살고자 노력했지만 때로는 틀렸고, 확신하는 삶을 원했지만 세상은 그를 흔들었다. 그는 성실했지만 때로는 절망했고, 그는 신실했지만 때로는 하나님과 멀어졌다. 그는 배려심이 좋고 생각이 깊은 사람이었지만 때로는 나에게 상처를 주었다.

나는 그의 삶이 완벽했다고 생각하진 않는다. 하지만 그의 장례식부터 1주기 추모식까지 1년 동안 그가 남긴 삶의 흔적을 마주하며 그의 삶을 다시 곱씹어 생각해 보니 그는 제법 괜찮은 삶을 살아 냈다는 생각이 든다. 오래 산다고 꼭 좋은 삶을 살아 낼 수 있는 것은 아니다. 세상을 위기에서 구하거나 특별한 업적을 세우지 않았어도 누군가의 인생에 긍정적인 영향력을 끼쳤고 기쁨과 감사의 이유가 되는 삶이었다면 그 삶은 충분히 좋은 삶이었다고 생각한다. 남편은 길지 않은 생을 살았지만 그를 추모하는 사람들의 기억 속에 선하고 따뜻하고 즐거운 위로를 주는 사람으로 기억된 채 생을 마감했다.

누군가는 그와의 의리를 지키기 위해 지금도 나와 아이들을 돌보고 안부를 묻는다. 나는 그가 없는 그의 장례식과 추모식에서 그를 향한 뜨거운 눈물을 보았고 애통하는 울음을 들었다. 사람이 죽고 난 후 그가 속했던 세상에서 이만한 슬픔과 그리움이 될 수 있는 사람으로 살았다면 충분히 좋은 삶이었고, 그의 아내로 살았던 나의 삶도 더불어 괜찮은 삶이었다. 그러니 더 오래 살지 못한 그를 불쌍히 여길 일도 아니며 그와 더 함께 하지 못하는 현실을 억울해 할 일도 아니다. 그의 삶이 여기까지로 족했다면 그와의 인연도 이것으로 족하다.

그를 추모하는 많은 이들과 함께 1주기 추모식을 치르면서 나는 큰 위로를 얻었고, 우리가 함께 하지 못하는 미래에 대한 미련을 내려놓기로 했다.

사별 후 500일을 돌아보며

사별 500일이 지난 후 나는 그 500일을 찬찬히 되돌아보았다. 기억하지 못하는 시간과 감정이 있고, 여전히 살아 꿈틀거리는 선명한 시간과 감정도 있었다. 가까운 지인들에게 500일의 내가 어땠는지 물어보고 싶은 마음도 있으나 굳이 그럴 필요가 없음을 알고 있다. 그들에게 어떤 대답을 들을지 짐작이 된다. 언제부터였는지 모르겠으나 나는 나의 무거운 감정을 잘 드러내지 않는 편인 데다, 내가 어떻게 행동했는지 누구보다 잘 알고 있다.

나는 내가 살아온 평범한 하루를 살아가기 위해 노력했지만, 뛰어 봐야 벼룩인지 사별 후에 겪게 되는 감정과 증상에서 나 또한 자유롭진 못했다. 500일 동안 나의 상실감은 설명하기 어려운 복잡한 감정들로 진화했다. 죽음 앞에 망연자실했으며 허망하고, 슬프고, 화나고, 무겁고 우울했다. 불안과 막막함으로 삶이 두렵고, 상대적 박탈감에 초라해졌으며 그리움으로 외로웠다. 한동안 나는 깊은 잠과 음식의 맛을 누릴 수 없었다. 머릿속은 많은 질문과 생각들로 복잡했으나 화상을 입은 뇌처럼 정신은 온전한 기능을 수행하지 못했다. 그럼에도 불구하고 되돌아본 사별 후 500일은 내 인생의 특별한 시간이었다는 생각이 든다.

이 땅에서 남편의 삶은 마감되었지만, 나와 아이들에겐 그의 부재와 상관없이 여전히 살아가야 하는 삶이 남아 있었다. 아이들에게 "아빠 없이도 우린 괜찮을 거야! 우린 잘 살아갈 거야!"라고 말하기 위해선 엄마인 내가 먼저 웃어야 했고, 괜찮은 평범한 하루를 살아낼 수 있어야 했다. 내가 괜찮아져야 아이들은 안도할 것이며, 하루아침에 아빠를 잃은 충격에서 벗어나 안정을 찾고 일상을 살아가리란 것을 나는 경험으로 알고 있었다. 나 자신과 아이들을 위해서, 나를 사랑하고 염려함으로써 나로 인해 마음 아픈 이들을 위해서, 내가 과부가 되었다는 소식에 마음이 무너졌을 하늘의 엄마를 위해서,

그리고 죽은 남편을 위해서 나는 괜찮아져야 했고 혼자서도 잘 살아가야 했다.

유쾌하고 평범한 하루를 사는 데 때로는 내가 가진 온 힘을 끌어모아야 가능했고, 마음의 평화를 얻기 위해 온갖 방법을 동원하며 내 마음과 씨름한 날도 많았다. 하루씩만 살아 보자던 마음으로 30일을 살아 내고 나니, 100일이 가고 1년이 지나갔다. 어느 날 맥주 한 잔을 나눠 마시며 친구가 말했다.

"숙아, 언젠가 내가 남편을 먼저 보내고 사별의 시간을 살아야 할 때가 오면 나는 지금의 너를 생각할 거야. 그러니 지금 네가 보여 주는 걸음은 내가 걷게 될 걸음이 될 거야."

우리는 마주 웃으며 '멋진 한 걸음'을 위해 건배했다. 내가 40년 전 엄마에 대한 기억을 떠올리며 사별 후 시간을 살아가 듯, 멈춘 것 같았던 사별 후 나의 시간은 한순간도 멈춘 적 없이 누군가의 기억 속에 기록되고 있었다. 그리고 그들은 언젠가 사별로 인한 상실의 시간을 살아야 할 때 지금의 나를 떠올릴 것이다. '자기 스스로 눈물겹게 살아 본 인생만이 자기 인생이다.'라는 어느 시인의 말처럼 나는 헝클어진 감정들로 뒤죽박죽일 때도 많지만, 그럼에도 불구하고 최선을 다해 눈물겨운 내 인생을 살아가고 있다.

지나온 삶을 돌아보면, 일찍 부모를 여의었고 가난했던 나는 세상 기준으로 완벽한 조건의 넉넉함보다는 결핍에 익숙하다. 어떤 이들은 부모를 잃고 친구를 잃었던 나의 사별 경험이 지금의 사별을 견디는 힘을 만들었다고 말하기도 한다. 이 말은 맞기도 하고 틀리기도 하다. 경험은 가장 확실한 교육이니 사별 후 감정 변화를 예측하고 그 감정을 다스리며 깊은 슬픔에서 벗어나는 법을 나는 무의식중 터득했을지도 모른다. 하지만 비슷한 이유로 반복적인 상실을 다시 겪게 되면 새로운 상실이 잠재의식 속에 숨어 있던 과거 상실의 기억을 자극함으로써 상실의 고통은 더 크게 다가오고, 사고와 죽음에 대한 트라우마 또한 커지게 된다. 지하철 사고를 겪었던 사람이 다시 지하철 사고를 겪게 된다면, 도피하는 요령을 알겠지만 외상후 스트레스장애는 더 심해질 가능성이 높은 것과 비슷하다. 상처 입은 인생길의 부상자가 '다시 또 내가 다쳐야 하는 거야? 왜 또 나야?'라고 말하고 싶은 억울한 마음이 드는 것을 부인할 순 없다. 그러니 과거 사별 경험이 지금 나의 슬픔과 고통을 견디게 하는 힘이 된다고 말하고 싶지 않다. 교육효과가 클지 외상후 스트레스장애가 더 클지는 살아 봐야 알겠다.

사별 후 500일을 살아가는 데 내게 도움이 된 것은 결핍된 삶으로부터 내가 배운 것이다. 나는 가난한 집 아이였고, 가난한 동네에 살았으며 주변엔 항상 결핍이 있었다. 하지만 용케도 나는 결핍에 집중하기보다는 우리가 가진 것과 우리가 할 수 있는 것에서 놀이와 행복을 만들 줄 아는 가족과 친구들 속에서 살았다. 지금 생각하니 그것은 매우 특별한 훈련이었다는 생각이 든다.

내 고향의 겨울은 춥고 눈이 많은 곳이었다. 하지만 우리에겐 두꺼운 겨울 외투나 정교한 놀이기구 같은 건 애초에 없었다. 단지 눈만 많았다. 우린 많은 눈에 집중했다. 눈이 내리는 날이면 눈송이를 좇아 눈 내리는 들판을 달리고 또 달렸다. 눈싸움, 가장 큰 눈사람 만들기, 눈 미끄럼틀 만들어 빙판처럼 윤내기, 비료 포대로 눈썰매 타기, 이글루 만들기 등 많은 눈과 친구들만 있어도 충분히 즐겁고 행복해서 두꺼운 겨울 외투나 놀이기구가 없어 불행하다고 생각하지 않았다. 인형을 살 돈이 없으면 인형을 만들었고, 양장점과 한복집에서 얻은 자투리 천으로 인형 옷도 만들었다. 만드는 과정이 배움이자 놀이였고 성취의 기쁨을 알아가는 시간이었다.

가난해서 장학금이 필요했다. 장학금을 받기 위해 공부를 했고, 그로 인해 볼품없고 가난한 아버지 없는 아이는 작아도 똑똑한 아이로 통했고 자존감은 높아졌다. 결핍은 나를 초라하고 움츠러들게 만들기도 했지만, 결핍은 나를 도전적이고 창조적이게 만들었고 삶의 지평을 확장시켰다. 내 삶은 항상 결핍이 있었지만 나는 그 결핍에 집중하기보다는 내게 주어진 것과 기회에 주목했고, 내가 할 수 있는 일에 집중함으로 결핍에 기죽지 않고 행복해지는 법을 익혔다.

인생은 어머니의 탯줄을 끊는 순간부터 이별과 상실의 연속이다. 내가 남편을 잃음도 그 연속선상의 하나겠지만, 22년의 결혼생활에

나는 사별하였다

길들여진 나에게 남편의 죽음은 큰 결핍을 느끼게 만들었다. 그가 없음으로 내가 누릴 수 없는 것들이 떠오를 때면 가슴이 저며 오는 통증을 느낀다. 이제 남편은 내게 새로운 결핍이 되었다. 상실 후 새로운 결핍에 대해서 나는 내가 알던 방식으로 대응하려고 노력한다. 나는 그와 함께한 과거를 주목하기보다 나의 현재와 미래를 주목함으로써 새로운 꿈을 꾸고 새로운 시도를 한다. 죽은 그에게 집중하기보다 살아 있는 나와 내 사람들에게 집중함으로써 새로운 추억과 새로운 인연을 만들어 가고 눈물 대신 기쁨으로 웃는 시간을 만들어 간다. 사별로 인해 내가 잃은 것보다 사별로 인해 내가 얻은 것에 집중함으로써 상실의 광야에서 신이 나를 위해 감춰 둔 선물을 발견하기도 한다.

언제나 그렇듯 신은 내 삶에 결핍을 만드심으로 교만치 못하게 하시고 그와 동시에 나를 연민하심으로 내게 힘과 위로를 줄 무언가를 선물처럼 남겨 두신다. 매일 매 순간 내가 무엇을 주목하고 무엇에 집중할 것인지는 나의 선택이고 내 선택은 내 삶을 이끌어 갈 것이다. 내가 무엇에 집중하든 내 결핍이 사라지거나 완전히 잊어지는 건 아니지만 나는 신이 내게서 거두신 것보다 신이 내게 허락하신 것에 주목하고 집중하므로 상실의 광야에 신이 감춰 두신 선물을 모두 찾아내고 싶다.

나는 과부입니다

나는 평균보다 짧고 넓적한 엄지손가락과 엄지손톱을 가지고 있다. 짜리몽땅한 엄지손가락은 어린 시절 나의 콤플렉스였다. 고교 1학년 때 국어 선생님은 "자기 자랑"이란 주제로 글쓰기 과제를 내주셨고, 나는 고민 끝에 엄지손가락을 주제로 작문을 했다. 처음으로 나의 못생긴 엄지손가락을 자세히 살펴보았고, 엄지손가락으로 인해 내가 들었던 말을 되짚어 보았다.

내 엄지손가락을 본 사람들은 처음엔 잠시 웃지만 "이런 손톱을 가진 사람은 복이 있다. 수학을 잘한다. 부지런하다. 손재주가 많다"는 등 덕담을 해 주었다. 나는 그들의 말을 주워 모았고, 평균보다 짧아 다소 웃긴 나의 엄지손가락이 해 내는 놀라운 일들에 대해 글을 썼다. 나의 작문은 우수 작문으로 선정되었고, A플러스를 받았다. 그 후 난 엄지손가락 콤플렉스에서 벗어났고, 엄지손가락은 내가 가장 사랑하는 손가락이 되었다.

사춘기 시절 엄지손가락만큼이나 내가 거슬려 하는 단어가 있었다.

"과부"

난 사람들이 엄마를 과부라고 부르는 게 싫었다. 과부의 사전적 의미는 남편이 죽고 배우자 없이 혼자 사는 여자를 말한다. 사전적 의미로 볼 때 과부란 단어는 부끄러울 것 하나 없이 당당한 느낌마저 준다. 나쁜 것도, 잘못된 것도, 부끄러운 것도 아닌데 난 그냥 그 단어가 싫었다. 거슬리는 그 단어가 이젠 나를 설명하는 여러 명사 중 하나가 되었다.

사별 후 나를 과부라고 부르는 타인은 아직 없었다. 나를 과부라고 말한 첫 번째 사람은 나 자신이었다. 어느 날 아무렇지도 않은 척 스스로를 과부라 칭하며 농담을 던졌다. 하지만 사실 나는 괜찮지 않았다. 처음 이 말을 뱉은 후 마음이 칼에 베인 듯 아팠다. 왜 내가 껄끄러운 단어를 스스로에게 사용한 것인지 생각해 보니 그건 과부라는 부정할 수 없는 현실이 나의 새로운 콤플렉스가 되었기 때문이다.

나는 나를 움츠리게 하고 불편하게 만드는 것에 정면 승부를 해보고 싶어졌다. 부정할 수 없는 나의 현실을 피하고 외면하다가 타인에 의해 과부라 불리는 순간 나는 활에 맞은 듯 깊은 내상을 입을지도 모른다. 그럴 바엔 과부란 호칭에 스스로 익숙해짐으로써 그것이 더 이상 나에게 상처가 될 수 없게 만들고 싶다.

나는 "잘 사는 과부"란 어떤 삶일까 자문한다. 과부가 되기를 원하진 않았지만 피할 수 없다면 찌질한 과부보다는 멋진 과부로 살아보고 싶다. 남편이 죽고, 배우자 없이 혼자서 아이들을 키우며 잘 살아가기 위해서 나는 어떻게 살아야 할까? 수없이 자문하며 나는 이런 생각을 하고 이런 노력을 기울이기 시작했다.

잘 사는 과부가 되려면

첫째, 몸과 마음이 건강한 삶을 살아야 한다. 남편이 든든했던 이유 중 하나는 혹 내가 아프면 그는 내 똥오줌도 받아 줄 사람이라는 확신이 있었기 때문이었다. 남편이 죽고 얼마 후 난 혼자 대상포진을 앓았다. '나 지금 너무 아파'라고 징징대며 하소연할 곳이 없음을…. 밤새 열 감기를 앓아도 물수건 한 장 머리에 올려줄 사람이 없는 서러운 날도 있을 것임을 알았다. 내 한 몸 제대로 건사하지 못할까 두렵고, 내가 병들거나 다쳐 가정이 흔들리고, 아이들의 삶이 무너질까 두려웠다. 몸과 마음의 건강함을 지키는 것이 나와 아이들의 행복을 지키는 기본임을 절실히 깨달았다. 이제 나는 매일 아침 운동을 다니고, 세끼 밥과 영양제를 챙겨 먹고, 마음이 즐거워지는 법을 고민하고 실행에 옮긴다.

둘째, 나와 자녀들을 돌볼 수 있을 만큼의 경제적 능력을 유지해야 한다. 나는 결혼 후에도 계속 일을 해 온 워킹맘이다. 아이들이 어릴 땐 가정과 직장을 병행하는 것이 너무 힘들었지만 과부가 되고 보니 힘들게 지켜온 직장이 고맙고 다행스럽다. 나와 아이들이 내가 하는 일을 통해 삶을 온전하게 유지할 수 있다면, 나 역시 내 일을 통해 우리 가족이 세상으로부터 받은 위로와 힘을 돌려줄 수 있어야

나는 사별하였다

한다는 생각을 한다. 한때는 적당히 일하고 빨리 은퇴한 뒤 놀아야지 싶은 마음도 있었지만 이젠 내 일이 전보다 더 소중해졌고, 직업을 통해 먹고사는 데 필요한 돈을 버는 것 이상의 사회적 가치와 의미를 가질 수 있는 소명으로 만들고 싶다. 나는 업무능력 향상을 위해 다시 강의를 듣고 공부를 시작했으며, 시범사업에도 참여했다.

셋째, 나는 지혜로워져야 한다. 과부가 되어 보니 무언가 결정을 내려야 할 때 100% 터놓고 상의할 사람이 없음에 두려움과 외로움, 결정의 무게감을 느낀다. 남편이 있을 때는 대부분 대소사를 남편과 상의해서 결정했기에 옳든 그르든 큰 두려움 없이 결정을 내리고 실행에 옮길 수 있었다. 자녀들에 관련된 온갖 문제와 미래에 대한 어떤 결정을 해야 할 때도 남편 없이 나 혼자 문제를 해결하고 자녀에게 조언을 해야 하는 것이 조심스럽고 어렵다. 나는 지금껏 살아온 인생의 어느 시기보다 자신감이 없어지고 조심스러워진 나를 마주한다. 나는 더 많은 지혜와 연륜을 배우기 위해 인간관계를 확장해 가고 있지만 동시에 사람을 분별할 수 있는 지혜와 과한 욕심에 제 발등을 찍지 않을 절제를 주시길 신께 기도한다. 조급함을 내려놓고 크고 깊이 생각하며 인내할 수 있기를 기도한다. 어느 순간보다 더 솔로몬에게 주셨던 지혜의 갑절을 내게 주시길 기도한다. 또 모든 일이 내 뜻대로 이루어지게 마시고, 신의 선하고 지혜로운 '체'로 나의 기도를 걸러 응답하심으로 신의 지혜가 내 삶을 지배하시길 기도 한다.

넷째, 나는 자신을 사랑하고 믿을 수 있어야 한다. 남편의 죽음으로 결혼생활이 끝났을 뿐, 나 자신은 그대로임에도 불구하고 과부가 되는 순간 스스로 초라해졌다. 언제 어디서나 당당하고 싶은데 그게 쉽지가 않다. 난 그대로인데 남편의 부재가 왜 나를 초라하게 느끼게 하는지 생각해 보았지만 결론을 내리진 못했다. 다만 남편을 잃음으로 나는 주저함 없이 사랑하고 사랑 받을 수 있는 연인을 잃었고, 마치 지붕이 사라진 추운 집에 외투도 걸치지 못한 채 머무는 시린 느낌을 갖는다. 살아온 경험으로 볼 때 사람은 누군가에게 사랑 받을 때 자신감이 생기고 당당해진다. 미래의 나는 누군가를 만나 다시 사랑할 수도 있고 아닐 수도 있지만 나를 사랑해 줄 누군가의 존재 유무를 떠나, 내가 당당한 과부로 살려면 먼저 나 자신을 있는 그대로 깊이 사랑할 수 있어야 한다. 나조차도 나를 사랑할 수 없다면 어떻게 누군가 나를 사랑하길 기대할 수 있을까? 나조차 나를 소중히 여기지 않으면서 어떻게 타인이 나를 소중히 여겨 주길 기대할까? 나는 자신을 사소하게 사랑함으로써 나를 어여삐 여기고, 빛나는 자신감을 가진 당당한 과부로 살고 싶다. 이렇게 살다 보면 어느 순간 멋진 과부가 되어 있지 않을까?

내 이름 앞엔 직업과 역할, 직분, 나의 상황을 표현하는 여러 수식어가 붙는다. 그중 과부는 나의 엄지손가락처럼 초라하고 못 생긴,

절대로 드러내 말하고 싶지 않은 수식어다. 하지만 짜리몽땅한 나의 엄지손가락이 나로 하여금 많은 일을 야무지게 처리하도록 만든 것처럼 '과부'는 그 어떤 수식어보다 나의 내면을 단단하게 성장시킬 수도 있다.

성경엔 과부를 통해 역사하신 신의 계획과 기적들이 자주 언급된다. 왜 하나님은 많고 많은 사람들 중 과부를 통해 기적을 보이시며 자신의 마음을 담고 계획을 세우시는가? 나는 과부가 되기 이전과 이후로 달라진 나의 내면을 비교해 본다. 과부가 된 후 나는 한없이 작아지고 무력한 자신을 보게 된다.

성경을 보면 신은 가장 작고 연약한 자, 스스로 무능하다고 고백하는 자들을 불러 신의 계획 안에 세우신다. "제일 약하고 제일 작은 자"라고 고백하는 기드온을 용사로 세우셨고, 말이 어눌한 모세를 출애굽의 리더로 세우셨다. 과부에 대해 묵상을 하며 나는 감히 이런 생각을 한다.

"나는 이제야 겨우 하나님의 마음을 눈곱만치라도 담을 수 있는, 하나님이 사용하고 싶어지는 가장 작고 가장 연약하고 가장 초라한 그릇이 된 것은 아닐까?"

나의 묵상이 맞는다면 내가 엄지손가락을 사랑하듯 "과부"란 호칭을 콤플렉스로 여기지 않고, 가장 사랑하는 수식어로 여기게 될 거란 생각을 해 본다.

인생의 오답노트

학창시절 선생님은 시험이 끝난 후에 꼭 오답노트를 쓰라고 하셨다. 결과에 후회하기보다는 왜 틀렸는지, 문제에 대해 어떻게 생각하고 풀어냈다면 제대로 답할 수 있었는지를 오답노트에 정리하라고 하셨다. 아이들을 키우며 나는 선생님과 같은 말을 했었다.

"결과에 만족하든 불만족하든 시험이 끝난 후엔 꼭 오답 노트를 써라."

고백하건대 살아오면서 내가 치른 모든 시험에 오답정리를 하진 않았다. 어떤 때는 그 일에 성실했고, 어떤 때는 대충 넘어갔다. 22년의 결혼생활이 끝난 지 620일이 넘어갔고 나는 끝나 버린 시험지를 다시 보듯 22년의 결혼생활을 뒤돌아보았다. 왜 한 남자를 남편으로 선택했고 평생을 약속했었는지, 그와 내가 약속한 대로 우리가 살았었는지, 우리의 바람대로 우리는 서로에게 좋은 아내였고 남편이었는지.

돌아보니 22년의 결혼생활에서 나는 옳은 때도 있었고 틀린 적도 있었다. 내 결혼생활에 점수를 매기는 짓 따위는 하고 싶지 않지만 내가 틀렸던 부분이 사별 후 더 선명하게 보이기도 한다. 마치 시험이 끝난 후 어떤 문제가 왜 틀렸는지 깨달아지고 정답이 제대로 보이는 것처럼 그가 죽고 우리의 결혼이 끝난 후에야 내가 범한 오류와 오답이 보이고 그 이유가 알아진다. 오늘 나는 22년 결혼생활 오답노트 중 오답 하나를 고백해 볼까 한다.

내가 생각하기에 나는 보편적이고 평범한 22년의 결혼생활을 했다. 오래 길을 걷다 보면 오르막과 내리막을 만나듯 삶도 오르막과 내리막이 있어서 어느 시절엔 행복했고 어느 시절엔 행복하지 않았다. 어느 날은 서로에게 힘과 위로가 되어 주었고, 어느 날은 서로에게 상처를 주기도 했다. 그래서 나의 22년 결혼생활은 봄, 여름, 가을, 겨울 같았다. 어느 시절은 풍성하고 따뜻했고, 어느 시절은 시들고 마른 잎 같았다. 함께 있어도 혼자보다 외로울 수 있었다. 철없던 나는 마음이 힘든 어느 시절엔 나를 힘들게 하는 대부분 원인이 남편이라고 생각했었다. 그래서 한때는 그가 밉고 그에게 서운했다. 하지만 사별 후 지난 22년 우리의 결혼생활을 되돌아보면서 내가 잘못 생각하며 살았던 것이 있었음을 알았다. 그리고 그 잘못된 생각으로 인해 그 시절 신이 우리에게 주신 행복을 온전히 누리지 못했고 감사하지 못했음을 인정한다.

나의 오답은 "당연함"에서 시작되었다. 당연하지 않은 것들을 당연하게 여김으로써 내가 받은 사랑과 헌신에 감사할 줄 몰랐고, 내가 당연하게 여기던 것들이 나의 원대로 되지 않을 땐 쉽게 불평하고 화를 냈다. 결혼을 한 후 남편이 나와 가족을 위해 하는 것들 대부분이 내게는 당연한 것이었다. 여행을 떠나면 당연히 그가 운전을 했고, 복잡하고 껄끄러운 문제를 처리하는 데 전면에 나서는 것도 당연히 그랬다. 맞벌이 부부니 육아와 가사도 당연히 분담해야 한다고 생각했기 때문에 내가 기대한 만큼 그가 가사와 육아를 분담해주지 않을 때 나는 짜증을 내곤 했다.

사별 후 그가 없는 삶을 살아가면서 나는 그가 했던 모든 일이 어느 하나 당연한 것이 없었음을 깨닫는다. 못을 박고 집안의 고장 난 것을 고치는 사소한 일부터 기념일 꽃 선물까지…. 내가 당연하다 여겼던 많은 것들이 그와 함께 물거품처럼 사라졌다. 나는 이제야 내가 당연하게 여겼던 그 모든 일들과 순간에 감사해야 했음을 깨닫는다. 내가 당연하게 여겼던 것들을 당연한 것으로 여기지 않고 특별하게 여겼다면 나는 더 자주 감사했을 것이고, 우리는 더 자주 행복을 누림으로 그와 나의 결혼생활은 더 따뜻했을 것이다. 나의 익숙한 당연함이 감사를 갉아먹는 좀벌레였고, 행복점수를 깎아내린 오답이었다. 이해인 수녀님의 〈감사 예찬〉이라는 시가 생각난다.

감사만이 꽃길입니다.
누구도 다치지 않고 걸어가는 향기 나는 길입니다.
감사만이 보석입니다.
슬프고 기쁠 때도 감사할 수 있으면
삶은 어느 순간 보석으로 빛납니다. (〈감사 예찬〉의 일부)

나는 사별하였다

나는 '당연하다'고 여김으로써 향기 나는 꽃길에 돌을 던졌고, 고맙다는 말에 인색했다. 신은 내 삶에 다이아몬드를 주셨지만 나는 빛나는 보석을 알아보지 못했다. 어쩌면 '당연함'에 길들여진 나는 사별 후에도 감사를 갉아먹는 좀 벌레를 키우며 살고 있는지도 모르겠다. 하지만 지난 22년의 결혼생활을 되돌아보는 시간을 통해 무엇이 감사해야 할 때 감사하지 못하게 만들고, 무엇이 내 인생의 오답이었음을 깨닫는 것만으로도 한 걸음 나아간 것이 아닌가 생각한다.

오늘 나의 밥상과 그 밥상 앞에 마주한 가족이나 친구들이 당연한 것이 아니고, 내일 일할 수 있는 나의 일터가 당연한 것이 아니고, 안부를 묻는 한 줄 문자조차도 당연한 것이 아니기에 나는 오늘 하루 내가 누린 많은 것들에 감사해야 한다.

인생에 당연한 것은 하나도 없었다. 남편에게 내일이 당연한 것이 아니었듯 내게도 내일은 당연한 하루가 아니다.

누구도 내게 당연한 존재가 아니듯 나도 누군가에게 당연한 존재가 아니다. 남편과 내가 함께 하는 미래가 당연한 것이 아니듯, 오늘 그리고 내일 나와 동행해 주는 모든 이들이 당연하지 않다.

너무나 익숙하게 내가 누리고 있는 것들이 당연하지 않은 특별한 것임을 잊지 않는다면, 생이 끝나는 날 나는 좋은 점수로 삶을 마무리할 수 있지 않을까 생각하며 인생의 오답노트를 써 내려간다.

하늘에서 온 편지

안녕, 나의 마님!

오늘은 내가 당신을 떠난 지 2년이 지난 날이군요. 그동안 잘 지 냈나요? 여름휴가는 잘 다녀왔나요? 당신에게 묻고 싶은 게 너무 많 네요. 여름이면 당신은 지도를 보며 어느 길로 여행을 할지 계획을 짜곤 했었는데 지난여름도 그리했나요? 당신이 그랬기를 바라오. 당 신의 여행은 보고 싶은 것도, 하고 싶은 것도 많아서 운전을 해야 하 는 나는 늘 피곤했지만 동시에 언제나 새롭고 재밌었어요. 욕심 많 은 아내를 둔 덕분에 좀 힘들긴 했어도, 길지 않은 내 인생에 사랑하 는 가족들과 많은 곳을 여행하며 함께 한 추억을 남길 수 있어서 다 행이었어요. 내가 죽기 3달 전에 갔던 북해도 여행은 참 좋았었는데, 그곳에 다시 가자던 약속을 지키기 못하게 돼서 미안해요. 빽빽하게 점을 찍은 여행 지도를 보여 주며 야무진 계획을 설명하던 당신 모 습이 그립네요.

여보, 당신에게 이제야 편지를 써서 미안해요. 나도 갑작스러운 죽음과 이별이 힘들었고, 내 삶의 일부가 후회스럽고 나 자신이 미 웠습니다. 죽음이 코끝에 걸려 있는 게 인생이란 걸 알면서도 내 인 생이 이렇게 갑자기 끝나게 될 거라곤 생각지 못했어요. 당신 말처 럼 비가 오는 날은 운동하러 가는 게 아니었는데…. 당신 말을 듣지

나는 사별하였다

않아서 미안해요. '사고는 한순간이니 방심하지 말고 조심해 운전하라'고 당신에게 잔소리를 자주 했는데, 내가 한순간 방심으로 죽음에 이르는 큰 사고를 내고 말았군요.

여보, 작별인사를 건넬 틈도 없이 이리 죽고 나니 후회가 몰려옵니다. 내가 살아온 삶을 정리도 못하고 갑작스레 죽을 거였으면 이 땅에 어떤 기록도 남기지 말 것을… 책임지지 못할 일들은 벌이지도 말 것을… 사는 동안 욕심부리지 말고 있는 것에 자족하며 당신과 더 많은 시간을 보낼 것을… 당신에게 어떤 비밀도 만들지 말 것을… 일만 벌여 놓고 아무것도 책임지지 못하고 떠난 내가 왜 그리 미운지요. 내가 너무 바보 같아서, 당신과 가족들에게 너무 미안해서 면목이 없어요.

내가 이렇게 갑자기 죽게 되어 오랜 시간 당신을 홀로 지내게 만든 것도 미안하고, 아이들과 어머니를 돌보는 책임과 부담을 혼자 감당하게 해서 미안해요. 굳이 당신이 알지 않아도 되었을 내 삶의 흔적과 당신에게 말하지 못한 나의 고민을 보며 당신이 혼자 마음 아파 울었을 것을 생각하면 나 또한 마음이 아파요. 옆에서 위로해 줄 나도 없는데 당신이 얼마나 많은 시간을 혼자 울었을까 생각하면 너무 속이 상하네요. 젊은 시절 당신에게 청혼을 할 때 당신을 행복하게 해 주고 싶었는데… 그럴 수 있을 거라고 자신했는데… 오히려 너무 일찍 외롭게 만들었고, 너무 큰 부담을 남겨서 미안해요.

여보!

언젠가 같이 TV를 보다가 '우리 중 하나가 먼저 가게 되면 남은 사람은 어떨까'라는 얘기를 한 적이 있잖아요. 그때 난 "당신은 씩씩하니까 잘 지낼 거 같아."라고 얘기했어요. 기억나죠? 아마 당신은 내가 예상한 대로 잘 지내고 있을 거라고 믿어요. 한동안은 혼자인 생활에 적응하는 것이 많이 힘들고, 우리가 함께 상의하며 내가 처리해 왔던 일도 당신이 혼자 다 알아서 결정하고 처리해야 하니 당신이 해야 할 일도 많아졌을 거예요. 하지만 내가 아는 당신은 누구보다 노력할 것이고, 빠르게 익숙해질 겁니다. 당신은 지혜로운 결정을 하려면 누구에게 도움을 청해야 할지 이해하게 될 것이며 그렇게 주변의 도움을 받으면서 문제를 해결하고 내가 없는 삶에 적응해 갈 거라고 생각해요. 아마도 당신은 그동안 당신이 해 오던 일들을 꾸준히 하고 있을 것이며, 어쩌면 내가 없는 허전함과 외로움을 덜어 내기 위해 또 다른 새로운 일을 시도하고 새로운 사람들을 만나고 있을지도 모르죠.

설령 아직 당신이 깊은 슬픔과 혼돈스러운 감정으로 위태롭게 느껴질 지라도, 당신 안에 내재된 도전의식과 용기, 당신을 둘러싸고 있는 가족과 친구들의 사랑, 절대로 당신을 포기하지 않으실 신을 향한 믿음이 있기에 당신은 점점 더 유연하고 유쾌하며 건강한 삶을 창조해 갈 거라고 나는 믿어요.

나는 사별하였다

여보!

나는 당신과 함께 산티아고 순례 길을 걸은 뒤 스페인을 여행하며 당신이 좋아하는 가우디의 건축물 앞에서 웃기는 포즈로 사진을 찍고 싶었어요. 나는 당신이 꿈꾸던 대로 캠핑카를 렌트해서 우리가 가 보지 못한 세계 구석구석을 여행하고 싶었고, 당신과 함께 단풍 진 설악산과 눈 쌓인 한라산도 오르고 싶었어요. 당신의 소망처럼 은퇴 후엔 전국을 돌며 여기저기서 1년씩 살아 보고 싶었어요.

우리 딸이 결혼할 때 나는 당신 옆에 앉아서 눈물을 글썽거릴 게 분명한 당신 손을 꼭 잡아 주며 수고했노라고, 당신은 좋은 엄마였다고 말해 주었을 거예요. 여보, 나는 최고로 재밌는 할아버지가 될 자신이 있었고, 웃음 주름이 자글자글한 할머니로 늙어 가는 당신을 오래오래 지켜보고 싶었어요. 내가 당신보다 딱 1년을 더 살 수 있었다면, 장례식에 찾아온 당신의 친구들에게 당신이 전하는 마지막 편지를 전하고 당신이 장례식에서 틀어 달라고 부탁한 노래로 당신을 보낸 뒤 이 땅에서 당신의 삶을 정리하는 마음 아픈 일을 내가 했을 거예요.

여보, 우리가 부부로 사는 동안 당신이 기대했던 것만큼 내가 많은 것을 해 주진 못했지만, 아마도 나는 매해 가을이 되면 습관처럼 당신이 좋아하는 국화를 선물했을 것이고 당신의 생일이면 한 솥 가득 미역국을 끓였을 거예요. 나의 미래에는 언제나 당신이 있었고,

나는 당신을 나만의 방식으로 이렇게 사랑했답니다. 그러니 내가 지금 당신 옆에 없어도, 내가 당신의 손을 잡아 주지 못하고 우는 당신을 안아 주지 못한다 할지라도 '당신이 사랑 받았던 사람이었음'을 절대 잊지 말아요.

그리고 당신이 나와 함께 하기로 꿈꾸었던 많은 일들을 내가 없다고 포기하지 말아 주세요.

내가 없어도 당신은 눈 덮인 한라산을 오르세요. 내가 없어도 당신은 최고로 멋진 웃음과 익살로 동화책을 읽어 주는 할머니가 되세요. 내가 없어도 당신은 온 세상을 여행하고 당신이 오래 머무르고 싶은 곳에서 살아 보세요.

용감하고 씩씩하고 모험심이 넘치는 나의 아내였던 당신은 내가 없어도 그 모든 꿈을 이룰 수 있을 거예요.

언제나 잘 웃는 당신 주변에는 당신과 함께 인생을 모험하고 여행하고 싶은 사람들이 있을 겁니다.

사랑하는 내 아내여, 그러니 부디 이제 혼자 울지 말아요.

나는 사별하였다

권오균

다시 만날 날을 꿈꾸며

아내는 울음을 참지 못하고 사람들로 번잡한 병원 로비에서 눈물을 흘렸다. 단순한 변비인 줄 알았는데 복부에서 만져지는 딱딱한 덩어리들이 암이라니…. 나는 애써 아내를 위로했지만 사실 이 모든 것이 병원 측의 실수일 수 있다는 허망한 믿음을 가지지 않았더라면 나도 같이 울어 버렸을 것이다. 하지만 이 꿈과 같은 현실은 조금의 과장도 없었다.

암세포의 복막 전이. 암은 난치병이라는 것 이외에 암에 대해 아는 것이 전혀 없었던 나는 이 말이 무엇을 의미하는지를 몰랐다. 그냥 열심히 치료하면 나을 수도 있다는 막연한 기대만을 붙잡고 암과의 힘든 싸움이 시작되었다. 아내도 이내 정신을 다잡고 신앙에 의지하면서 이 모든 것이 선을 이루리라는 믿음을 가지고 투병생활을 시작했다.

후회만 가득한 이별

아내는 이미 발견 당시 4기였지만 원발 암을 찾는 과정이 쉽지 않아서 내 마음은 더 답답했다. 하지만 우여곡절 끝에 아내가 난소암인 것 같다는 소식을 들었을 때 나는 희망을 발견했다고 생각했다. 난소암은 다른 암과는 달리 복막 전이가 되어도 수술이 가능하고 항암제가 잘 듣기 때문에 희망을 품게 된 것이다. 아내는 항암을 시작하기도 전에 마음을 강하게 먹겠다며 머리를 다 밀어 버렸다. 울면서 머리를 다 밀어 버린 아내를 보니 내 마음도 너무 아팠지만 나는 눈물을 보일 수 없었다. 아내에게 힘을 실어 주기 위해 나는 직장 생활 이외에는 모든 시간을 아내와 같이 보냈다. 아내와 똑같은 건강식을 먹고 같이 찬양하고 운동을 위해 항상 같이 걸었다. 널리 알려진 보조요법과 식이요법 중에 믿음이 가는 것들은 조심스럽게 열심히 시도해 보기도 하였다.

하지만 나의 기대와는 달리 몸 상태는 나아지지 않았고 항암제의 효과는 미미했다. 사실 항암제는 오히려 촉암제라는 말을 붙이는 것이 더 나을 것 같았다. 항암주사는 보통 세 번을 일정 주기로 맞고 그 효과를 측정하는데, 첫 번째 항암주사는 효과가 있어 보였으나,

두 번째는 별로인 듯했고, 세 번째는 몸이 더 안 좋아졌다. 원래는 항암주사를 세 번 맞고 수술을 하기로 되어 있었으나, 세 번의 항암 후 암은 훨씬 더 커져 있었다. 결국 수술은 할 수가 없었고 몸 상태는 더 급격히 나빠졌다. 아내는 하지 부종이 점차 심해져서 걷기가 힘들어졌고 배에는 복수가 차기 시작해서 임산부의 몸처럼 변해 갔다. 항암제를 바꾸어도 첫 번째만 효과가 있을 뿐 두 번째 항암부터는 효과가 없었다.

모태신앙이었던 아내는 이 모든 어려움을 신앙의 힘으로 이겨 나가고자 했다. 자신의 병이 믿음의 시련이라고 생각하고 병이 나으면 무슨 일을 해야 하나 고민하기도 하였지만 나는 내심 불안했다. 같이 복음성가를 부르면 아내는 항상 눈물을 많이 흘렸다. 하지만 나는 그 눈물의 의미가 무엇인지 차마 물어볼 수가 없었다.

병세가 계속 나빠져서 신앙으로 병을 고친다는 치유집회에도 가 보았지만…. 이는 사실상 사기행위에 불과하다는 것을 확인할 수 있을 뿐이었다. 아내의 투병의지는 계속 굳건했으나 나의 신에 대한 신뢰는 바닥으로 떨어져 갔다. 그리고 아내의 몸 상태가 계속 나빠져서 이제는 회복을 기대하기 힘들게 되자 나도 이제 더는 기도를 할 수 없게 되었다. 이제 내가 바라는 것은 단 하나, 마지막 순간이 오면 아내가 평온한 상태에서 미소를 지으며 하늘나라로 떠나는 것 뿐이었다.

아내는 어느 따뜻한 봄날, 토요일 오후 갑작스럽게 하늘나라로 떠났다. 나는 아내의 임종을 지키지 못하고 마지막 인사를 나누지 못한 것이 아직도 너무나 죄스럽다. 아내는 내가 병원을 떠나고 한 시간 만에 사망했다. 아내의 몸 상태가 몹시 안 좋다는 것은 알았지만 통증으로 너무 괴로워하고 있었기에 나는 며칠은 더 이 세상에 머물다가 갈 것이라 생각했다. 왜냐하면 (신이 아내를 데려간다면) 적어도 죽을 때는 통증 때문에 괴로워하지 않고 평안한 상태에서 하늘나라로 가게 될 것이라 믿었기 때문이다. 하지만 이것은 어이없는 착각이었다.

금요일 오후부터 아내는 통증 때문에 대화가 불가능한 상태가 되었다. 나는 청력은 죽기 직전까지도 살아 있다는 것을 알고 있었기 때문에 아내가 혼수상태가 되어도 혼자서 좋은 말을 많이 해 주어야겠다는 생각을 가지고 있었다. 하지만 막상 아내와 대화가 불가능한 상태가 되자, 무슨 망상에 사로잡혔는지 나는 아내에게 아무런 말도 하지 않았다. 아내가 말을 못하게 된 24시간 동안 나는 아내에게 아무런 말도 하지 않았다. 왜 그렇게 멍청했을까? 이 생각만 하면 너무 화가 나고 서글프고 후회가 된다.

아내는 어떠한 유언도 남기지 않았다. 투병의지가 너무 강했기 때문에 자신이 곧 죽는다는 것은 아마 상상하기도 싫었을 것이다. 그 강한 투병의지가 혼자 남겨질 나를 걱정하는 마음 때문이었다는 것을 잘 알기에 나도 서서히 다가오고 있는 그 죽음에 대해서는 말을 아꼈다.

아내와 나는 16년 반을 같이 살았고 그 삶은 아름다운 추억으로 가득 차 있다. 우리는 말다툼 한 번 하지 않을 정도로 서로를 배려하고 아끼며 사랑했다. 나의 아내는 항상 나를 지지해 주는 든든한 후원자였으며, 평탄치 않았던 나의 삶을 위로해 주는 내 영혼의 안식처였고, 쓸쓸했던 나의 인생에 마음으로 통하는 반려자였다. 아내가 떠남으로 인해 이제 이 세상은 내가 사랑하는 이도 없고 나를 사랑하는 이도 없는 삭막한 곳이 되어 버렸다.

나는 오늘도 집을 나서면서 사진 속의 아내에게 잘 다녀오겠다고 인사를 했다. 이제 집으로 돌아가면 또 잘 다녀왔다고 인사를 할 것이다. 사진 속의 아내는 항상 편안한 미소로 나를 반겨 준다. 사후생을 믿는 나는 아내에게 종종 말한다. "언제인지 알 수는 없지만 하늘이 푸르고 시원한 바람이 불어 좋은 어느 날 나는 너를 찾아 떠날 것이다. 그때가 되면 너도 나를 찾아와다오." 아내와 다시 만나게 된다면 그동안 하지 못한 이야기를 나누며 하늘나라의 아름다운 경치를 감상하면서 영원히 같이 걷고 싶다.

죽음은 특별하지 않다

"태어난 것은 죽지 않을 방법이 없고 얼마나 살지 알 수도 없고 항상 죽음의 두려움을 가지고 있다. 죽음을 이길 수 있는 사람은 아무도 없으며 그 어떤 아버지도 자식의 죽음을 막을 방법이 없으니 지혜로운 사람은 이런 세상의 이치를 알고 죽음에 대해 슬퍼하지 않는다. 죽은 자로 인한 슬픔을 버리지 않으면 마음은 더 괴로워지고 슬픔의 지배 아래 떨어지게 될 뿐이다. 사랑하는 사람의 죽음에 대해 울부짖고 자신을 해쳐서 어떤 이득이라도 생긴다면 지혜로운 자들도 그리 할 것이다. 울고 슬퍼하는 것으로는 마음의 평안을 얻을 수 없으며 괴로움이 더욱더 일어나고 몸만 상할 뿐이다. 바람이 솜을 날려 버리듯 슬픔은 빨리 날려 버려야 한다. 행복을 바란다면 마음에 박혀 있는 한탄과 욕심, 그리고 우울함의 화살을 뽑아내야 한다. 이 화살을 뽑아내고 집착이 없어지면 슬픔에서 벗어나 마음의 평화를 얻게 된다."

이 글은 부처님의 말씀 중《숫타니파타》제3편 8번째 경전의 내용을 내가 발췌해서 다시 쓴 것이다. 화살의 경이라고 불리는 이 말씀은 아들을 잃고 그 슬픔에 식음을 전폐하고 있는 사람에게 부처님께서 가르침을 주려고 하신 말씀이다.

나는 이 글을 읽으면서 사별의 고통이 나만이 겪는 특별한 아픔이

나는 사별하였다

아니라 모든 사람이 경험하게 되는 평범한 일이라는 사실을 깨닫게 되었다. 누구나 겪는 일인데 남들보다 조금 이른 사별을 경험했다고 세상이 다 무너지는 듯한 생각에 사로잡히는 것은 왜일까? 나는 보통 사람들과는 다른 특별한 존재이기 때문에 사별의 아픔과 나는 아무 상관이 없어야 한다는 지나친 욕심 때문이 아닐까? 우리가 잘 느끼지 못했을 뿐 죽음은 언제 어디에나 흔하게 존재해 왔다. 인간은 누구나 사랑하는 사람을 먼저 떠나보내며 살아간다.

부처님은 인간에게 죽음은 전혀 특별한 일이 아니고 누구나 다 겪게 되는 일이니, 이것은 숙명으로 받아들여야 할 일이지 집착할 문제가 아니라고 말하고 있다.

화살의 경을 읽고 나는 불교에 관해 관심이 생겼다. 처음에는 그냥 불교경전이나 몇 권 빌려서 읽어 보려고 했는데, 그렇게 하기에는 경전의 수가 너무 많고 내용은 난해했다. 불교를 공부하는 것을 포기할까 싶은 생각도 들었지만 마침 즉문즉설로 유명한 법륜스님이 불교대학을 운영한다는 소식을 듣고 그곳에서 불교공부를 시작했다. 프로그램은 인터넷으로 법문(강의)을 시청하고 함께 수업을 듣는 분들과 그 법문에 관해 이야기를 나누고 실생활에서 수행을 연습해 보는 과정으로 이루어져 있었다.

나는 강의 자체보다는 다른 분들과 자신의 생각과 삶을 나누는 시간을 좋아했다. 사실 아주 친한 사이가 아니면 우리는 남이 어떤 고민이나 괴로움을 가지고 살아가는지 알기가 어렵다. 하지만 이곳에서는 솔직하게 자신의 문제를 터놓고 이야기하는 분위기여서 사람들이 어떤 고민을 하며 살고 있는지, 또 어떤 것 때문에 괴로워하는지 쉽게 알아볼 수 있어서 좋았다.

다른 분들의 삶의 이야기를 들으면서 내게 떠오른 생각은 인간은 참 사소한 일에도 괴로워하는 존재라는 것이었다. 사별한 나의 입장에서는 자식이 공부를 잘하지 못하는 것이나 배우자가 다정하지 않은 것 정도는 괴로워할 만한 일이 아니었다. 하지만 내게는 매우 작은 일로 보이는 그 문제가 그들에게는 심각한 일이었다. 고통은 상대적인 것이라는 것이 너무나 뚜렷하게 보였다. 내게는 아무렇지도 않은 일이 어떤 이에게는 엄청나게 힘든 일일 수도 있고, 그 반대의 경우도 있을 수 있다. 사별로 인해 괴로워하는 것도 부처님 입장에서는 단지 어리석음으로 인한 괴로움에 불과했다. 시간이 더 흐르고 나면 나도 진정으로 이런 생각을 할 수 있을지 궁금하다.

불교는 모든 고통의 근원을 욕심과 집착이라고 본다. 문제는 인간의 욕심은 끝이 없다는 것이다. 이미 좋은 것을 가지고 있어도 더 좋은 것을 가지고 싶어 하므로 그 욕심을 버리지 않는 한 괴로움에서 벗어날 방법이 없다. 좋은 배우자가 있어도 그 사람이 완벽하지는 않기에 더 나은 사람이 되기를 바라며 그것에 집착한다면 괴로울 수밖에 없다. 자족하는 마음이 없다면 얼마나 많은 것을 가지고 있든

나는 사별하였다

참된 행복에 이르기는 힘들다. 반대로 욕심과 집착에 얽매이지 않는다면 좋지 않은 상황과 형편에서도 별로 괴롭지 않을 수 있다.

불교용어 중에 일체유심조一切唯心造라는 말이 있다. "모든 것은 오직 마음이 지어낸다"라는 의미인데, 사별의 아픔도 결국은 내 마음이 만들어 낸 것이다. 배우자가 없는 사람의 삶이 배우자가 있는 사람의 삶보다 무조건 안 좋다고 말할 수는 없다. 내 마음이 그렇게 믿으면 그렇게 될 뿐이다. 사별자의 삶이 단점이 더 많다고 할 수는 있겠지만 좋은 점도 몇 가지는 쉽게 찾을 수 있다. 그 단점은 내가 어떻게 생각하느냐에 따라 아주 커 보이기도 하고 작아 보이기도 한다. 결국 사별의 아픔의 크기는 내가 처한 상황보다는 내가 어떤 마음을 먹느냐에 따라 달라질 것이다. 어차피 살아갈 인생이니 가능한 한 긍정적인 마음을 먹고 살아가야겠다는 생각이 든다.

불교를 공부하며 내가 얻은 가장 큰 가르침이 이것이다. "인간에게 죽음은 전혀 특별한 일이 아니며, 사별의 아픔은 내가 어떤 마음을 먹느냐에 따라 달라진다."

사별 카페에 가입하다

장례를 다 치르고 나서도 나는 그냥 멍한 상태였다. 상실의 슬픔 때문에 앞으로의 삶에 대해 걱정을 하거나 두려움을 느낄 여력도 없었던 것 같다. 그런 내가 안쓰러웠는지 큰형님이 몇 개의 웹사이트 주소가 적힌 쪽지를 내밀며 이곳이 나에게 도움이 될 것 같다고 말했다. 그 웹사이트는 사별자를 위한 인터넷 카페였는데, 그때는 그냥 별다른 기대 없이 가입을 했다. 사교적인 사람이 아니었던 나는 그곳에서 다른 사별자를 직접 만나고 새로운 친구를 만들 생각은 없었다. 단지 다른 사별자들은 어떤 생각을 가지고 어떤 삶을 살아가는지가 궁금했다.

카페에는 참 많은 글이 있었다. 먼저 가 버린 배우자를 비난하는 글도 있었고, 배우자에 대한 애틋한 마음을 표현한 글, 신세타령, 행복했던 순간에 관한 글 등 다양한 사람들만큼이나 다양한 주제의 글이 올라와 있었다. 그중에 나의 시선을 가장 집중시킨 글은 사별하게 된 이유에 관한 글이었다. 예상할 수 없는 사고사로 죽은 이들도 많았고 갑작스러운 심근경색으로 자고 일어나니 배우자가 죽어 있더라는 내용도 있었다. 드라마에서 억지 과장으로 만들어 냈다고 생각했던 괴상한 일들이 사실은 평범한 삶을 사는 보통 사람들도 겪게 되는 일이었다.

카페 사람들은 같은 처지에 놓여 있는 사람들과 소통하면서 자신의 힘든 이야기를 털어놓으며 위로를 얻고 있었다. 많은 공감과 이해와 위로의 글들이 이곳에서 오고 갔다. 만난 적도 없는 불특정 다수에게 자신의 감정과 생각을 솔직히 이야기하는 것은 쉬운 일이 아닌데, 이곳에서는 그 장벽이 허물어져 있었다. 카페에서는 자신의 이야기를 귀 기울여 들어 주고 공감해 주는 사람들을 쉽게 만날 수 있기 때문에 사별자들이 사별 카페에 모이게 되는 것은 당연한 일이었다.

다 같이 가난하면 그 가난은 큰 고통이 되지 않는 것처럼 사별의 아픔 또한 마찬가지인 것 같다. 같이 모여 있으면 나의 괴로움은 더는 죽을 만큼 심각한 것이 아닌 게 된다. 카페에서 소위 말하는 눈팅이라는 것을 좀 하고 나서 차츰 나도 나의 이야기를 카페에 써 나가기 시작했고 오프라인 모임이 있을 때면 낯선 사람들을 만나는 불편을 감수하고 참석해 보기 시작했다.

그런데 내가 처음으로 참석한 카페 오프라인 모임은 유감스럽게도 실망스러웠다. 나는 먹고 마시고 노는 모임에는 마음이 가지 않았다. 2차, 3차로 갈수록 술에 취해 유흥에 집중하는 모습은 사실 이해하기가 힘들었다. 카페 모임에 자주 참여한다면 비용만 해도 꽤 부담될 것 같았다. '사별 카페에 모여서 오프라인 만남을 가지는 이유가 다른 사람들 눈치 볼 필요 없이 신나게 놀 수 있기 때문인가?' 처음에는 이런 생각이 들었다. 지금은 생각이 바뀌어서 이런 모임도 필요하다는 것을 알지만 처음에는 내 마음이 편협하여 그렇게 생각하지 못했다.

다행스럽게도 카페에는 벙이라고 불리는 다양한 종류의 모임이 있었다. 나는 술 중심의 모임은 멀리하고 동년생 모임, 등산병, 음악병 등에 참여했다. 여러 모임에 나가다 보니 친해진 사람들도 생겼고 누구보다도 동년생 친구들이 생겨서 좋았다. 그해 추석 연휴가 5일이었는데, 나는 그 친구들을 나흘이나 만났다. 지금 내 주위에 있는 친한 사람들은 대부분 카페 사람들이다. 어느덧 사별 카페는 나의 삶에 없어서는 안 될 존재가 되어 버린 것이다.

하지만 나는 아직도 카페가 아주 편하지는 않다. 카페에는 내가 아는 사람보다는 모르는 사람들이 훨씬 많고 나는 나를 잘 모르는 사람에게까지 내 마음을 털어놓는 것이 부담스럽다. 그리고 사람이 많이 모이면 어디나 다 마찬가지이듯 카페에도 이상한 사람이 있고 못된 사람도 있고 나쁜 사람도 있을 것이다. 그래서 모르는 사람들의 주목을 받는 것도 꺼림칙하고 남에게 신세타령을 하고 싶지도 않다. 특히 심각한 주제의 글은 나라는 사람에 대한 평가로 이어질 것 같아서 쓰기가 더 꺼려진다.

이런 나와 달리 나의 사별 친구 중에는 남의 시선이나 평가는 별로 신경 쓰지 않는 듯한 이가 있다. 그 친구의 글은 처음부터 카페에서 큰 화제였다. 그녀는 어린 시절 부모님과의 사별까지도 다 공개하면서 자신이 살아온 삶에 관해 이야기했다. 나에게는 없는 용기였다. 나는 나의 불우했던 시절에 관해 이야기하는 것이 남에게 동정을 구하는 것 같아서 싫었다. 그 친구는 자신의 이야기를 계속해서

　　　　　　　　　　　　　나는 사별하였다

카페에 써 내려갔는데 그 글은 많은 사람에게 위로가 되었고 또 용기를 주었다.

내가 지금 이 글을 쓰고 있는 것은 바로 그 친구 때문이다. 우리는 친구가 된 지 얼마 되지 않아 사별자들을 위한 책을 만들어 보자며 의기투합하게 되었다. 사실 나는 이 친구가 다른 분과 책을 쓰려고 하는 것을 고민하고 있기에 도움이 필요하면 도와주겠다고 말했을 뿐인데 어쩌다 보니 같이 책을 쓰게 되었다. 사람 일은 참 모르겠다. 사별 카페에서 나는 생각지도 못했던 다양한 경험을 하고 있다.

나는 매일 카페에 들러 그곳에 올라온 글들을 읽어 본다. 글을 통해 사람들이 슬픔을 견디고 이겨 내는 모습을 보면서 나는 인생의 고단함과 위대함을 함께 생각하게 된다. 누가 한 말인지는 모르겠지만 "위대하게 사는 것이 중요한 게 아니라 살아 내는 것이 위대한 것이다"라는 말이 있는데, 사별자의 삶의 이야기를 들으면 그 말이 참으로 마음에 와 닿는다. 오늘도 또 어떤 위대한 사람의 글이 카페에 올라와 있는지 한 번 둘러보아야겠다.

그리움과 기억

아침에 일어나서 졸린 눈으로 창문을 열어 보니 오늘은 더없이 맑고 밝은 날이다. 시원한 바람도 불어오니 이런 날에는 푸르른 하늘을 쳐다보는 것만으로도 세상은 참 아름답다고 생각하게 된다. 그런데 나의 그녀는 이 멋진 풍경을 더는 볼 수가 없다는 생각을 하면 갑자기 슬퍼진다. 같이 이 아름다운 날을 느낄 수 있다면 얼마나 좋을까? 그리움이 밀려온다.

아내의 옛 사진을 보고 갑자기 눈물이 났다. 거실에서 나를 지켜보는 사진 속의 그녀는 항상 밝은 표정으로 웃고 있다. 그 미소가 너무 그립다. 나를 걱정해 주던 따뜻한 말투도 꼭 다시 들어보고 싶다. '내가 죽으면 우리는 다시 만나게 될 거야'라고 마음을 다잡아 보지만 내 마음은 항상 오락가락하고 있다. 정말 다시 만날 수 있을까? 죽음 후에 인간은 사라지지 아니하고 천상에서 또 다른 삶을 살아가게 될까? 그렇게 될 것이라고 기대를 하고 있지만 아쉽게도 내 믿음은 굳건하지 못하다. 어차피 죽기 전에는 알 수 없는 일, 그냥 믿는 것이 상책이라 생각하고 무조건 믿자고 되뇐다.

아내를 보내고 몇 달간은 눈물 없이 지나가는 날이 거의 없었다. 아쉬움과 후회와 나 자신에 대한 원망의 마음이 강했다. 하지만 나의 눈물은 차츰 줄어들기 시작해서 이제는 한 달에 두어 번 정도가 되었다. 나도 그녀를 잊기 시작하는 것일까? 그런 의미는 아닐 것이다. 시간이 지나면서 감정의 강도가 옅어지는 것은 인간의 본성이니 어쩔 수 없는 변화일 것이다. 죽을 것 같은 슬픔도 인내의 시간을 거치고 나면 충분히 견딜 만한 슬픔으로 바뀐다.

나는 사별하였다

나는 많은 사람들이 아주 오랫동안 아내를 기억해 주기를 바랐다. 그것이 그 사람을 존중해 주는 것이라고 생각했고 그래야 내 마음도 편할 것 같았다. 하지만 타인의 죽음을 잊지 않고 기억하며 살기는 쉽지 않은 모양이다. 그녀의 친구들은 대부분 이미 그녀를 잊고 사는 것 같다. 이해를 못 하는 바는 아니지만 아내가 너무 빨리 잊히는 것 같아 마음이 아프다. 사실 나의 가족들도 이미 다 잊은 듯한데, 친구들이 잊는 것이 뭐 그리 이상한 일이겠는가.

아무튼 남들이야 어찌하든 나는 나의 삶이 다하는 그 날까지 그 사람을 늘 기억하며 살고 싶다. 죽은 사람은 그냥 잊고 살아야지 이런 것이 다 무슨 소용이냐고 말하는 사람들도 있지만 나는 그렇게 살고 싶지 않다. 그것은 나를 사랑하고 아껴 준 그 사람에 대한 예의가 아니라고 생각한다.

그러나 인간은 망각의 동물이니 그런 마음만으로 내가 아내를 잊지 않고 살 수 있을지 불안한 마음이 든다. 그래서 나는 침실과 거실, 그리고 집안 곳곳에 아내의 사진을 두었다. 나의 가방에도 사진을 넣은 배지를 만들어서 붙이고 다닌다. 이상하게 생각하는 사람이 있을지 몰라도 나는 언제 어디서나 아내와 같이 있는 것 같은 느낌이 들어서 좋다. 사진이 없던 시대에 살았던 사람들은 죽은 사람을 어떻게 추억했을까 싶다. 몇 년만 지나도 어떻게 생겼는지 기억하기도 힘들 텐데 말이다. 사랑하는 사람을 기억하고 싶어도 그 얼굴이 떠오르지 않는다면 너무 슬플 것 같다.

　물론 죽은 사람이 자꾸 떠오르면 마음이 더 슬프고 괴로울 수 있다. 그래서 일부러 망자의 흔적을 지워 버리고 사는 사람들도 많은 것 같다. 그 사람들의 마음도 충분히 이해가 가지만 나는 마음껏 나의 그녀를 생각하며 그리워하며 살고 싶다. 적어도 지금의 나는 그래도 될 만큼 정신적으로 충분히 건강한 것 같고 앞으로도 그럴 수 있을 것 같다.

　내가 좋아하는 시 중에 윌리엄 셰익스피어의 〈소네트 18번〉이 있다. 셰익스피어는 세계적으로 유명한 극작가였지만 그에 못지않은 대단한 시인이었다. 그의 소네트 18번은 사랑하는 사람을 영원히 기리기 위한 시이다. 그는 이 시에서 "모든 것이 쇠퇴해 가고 사라지지만 나의 이 시로 인해 인간이 숨을 쉬고 눈으로 볼 수 있는 한 그대의 아름다움은 사라지지 아니하고 이 시 속에서 영원히 살아갈 것이다"라고 말하고 있다.

　적어도 4백 년 전에 영국에서 쓰인 시를 나 같은 사람도 기억하고 있으니 이 시의 예언은 사실이 되어 가고 있는 것 같다. 나도 셰익스피어처럼 사람들이 살아 있는 한 내 아내를 영원히 기억하게 해 줄 글을 쓸 수 있으면 좋겠지만…. 나에게는 그럴 능력이 없고 아내를 모르는 사람들까지 그녀를 기억할 필요도 없다고 생각한다.

그래서 나는 동영상을 만들어 아내의 SNS 게시판에 올리기 시작했다. 그 동영상에는 아내와 나의 행복했던 시절의 사진들이 있고 내가 그녀에게 들려주고픈 음악이 들어 있다. 나는 기념하고픈 날이 다가오면 항상 이 작업을 해 오고 있는데, 이 동영상을 만들 때면 슬프면서도 즐겁다. 음악과 함께 아내의 사진을 보면 호흡이 불편할 정도로 그리움이 몰려오기도 하지만 사진 속의 그녀는 행복해 보여서 기분이 좋다. 동영상은 내가 음악을 통해 아내에게 하고픈 말을 전하기 위함이기도 하지만 그녀를 아는 사람들이 그녀를 잊지 않게 하려는 의도도 있다. 부질없는 집착일 수도 있지만 나는 아내가 잊히지 않으면 좋겠다.

아내는 사진을 많이 남겼다. 우리는 여행을 가는 곳마다 사진을 많이 찍었기 때문에 나는 쉽게 추억을 되살릴 수 있다. 그런데 아쉽게도 사진 속의 그녀는 과거에 묶여 있는 기억일 뿐이다. 우리가 아직 가 보지 못한 멋진 곳들이 많이 있는데…. 나 혼자 그런 곳을 방문하게 되면 마음이 아프다. 그래서 한동안은 경치 좋은 곳을 가고 싶은 마음도 별로 없었고 가게 되어도 사진을 거의 찍지 못했다.

그러던 어느 날 우연히 합성사진을 만들 수 있는 앱을 알게 되었는데, 이것이 내 삶을 많이 바꾸어 주었다. 이제는 더는 아름다운 풍광을 보면서 그녀를 떠올리며 그리움에 슬퍼하지 않는다. 나는 예전보다 더 열심히 멋진 경치들을 사진 속에 담는다. 그리고 아내가 아프기 전에 같이 찍은 인물 사진만 오려 내어 새로운 풍경 사진 속에 집어넣는다. 각도만 잘 맞으면 합성한 티가 전혀 나지 않게 멋진 사진이 만들어진다. 그러면 같이 여행한 기분이 들고 이 멋진 경치를 함께 구경한 것 같아서 기분이 좋다. 이렇게 하면 우리는 어디라도 함께 갈 수 있다.

그리움이 깊어지면 슬픔이 된다고 한다. 하지만 나는 그 슬픔 속에서 힘을 얻는다. 아내에 대한 그리움은 행복했던 기억 속으로 나를 이끌어 내 마음을 위로해 준다. 그래서 나는 그리운 마음을 억누르거나 회피하고 싶지 않다. 나의 그리움은 시간이 지나도 지치지 않으면 좋겠다. 그냥 그녀가 그리워지면 그리워하고 생각이 나면 추억을 되새기며 살고 싶다. 오늘은 아내가 많이 그리운 날이다.

홀로 되는 슬픔

아내와 나는 자녀가 없었기에 아내가 떠나 버리고 난 후 나는 완전히 혼자가 된 느낌이었다. 사별 초기와 비교하면 정말 많이 좋아졌지만, 아직도 나의 마음에는 공허함이 가득하다. 이제 이 세상에 내가 사랑하는 사람이 아무도 없고 나를 사랑하는 사람도 아무도 없다는 생각이 들 때면 나 자신이 너무 초라해진다. 나의 아내는 나의 가장 친한 친구였고 언제나 함께하는 동반자였다. 하지만 서로 이해

나는 사별하였다

하며 아껴 주면서 행복의 웃음을 짓던 날들은 이제 모두 그리운 옛 추억이 되어 버렸다.

아침에 잠에서 깨어나면 침실엔 적막함만이 흐른다. 나는 그 적막함이 싫어 일어나면 보지도 않을 TV부터 먼저 틀어 놓는다. 홀로 아침을 먹고 좀 씩씩해지자 마음속으로 외쳐 보지만, 힘이 나지 않는다. 그나마 직장에 있을 때가 마음이 편하다. 퇴근을 하고 집으로 돌아오면 고요한 쓸쓸함만이 나를 맞이하고 나는 아무런 의미가 없는 존재가 된 듯한 기분이 든다. 주말이나 공휴일은 마음이 더 허전하다. 평일에는 일을 하니 혼자 있는 시간이 길지 않지만, 시간이 많은 주말에는 선약이 없으면 마음이 불안하기까지 하다.

아내와 나는 연애 기간을 포함해서 18년 동안 말다툼 한 번 안 할 정도로 사이가 좋았다. 그런 사람이 어느 날 갑자기 사라져 버렸으니 나의 상실감은 말로 표현하기 힘든 것이었다. 거기다가 나는 조용한 성격에 사람을 사귀는 일에는 별 관심이 없는 사람이었기에 사별 후 겪게 된 고립감은 끔찍한 것이었다. 내성적인 성격이니 혼자서도 잘 지내는 성향이면 좋았겠지만, 나는 혼자 있는 것도, 잘 모르는 사람들과 어울리는 것도 좋아하지 않는 사람이었다.

물론 나에게도 친구들이 있고 형제들이 있다. 그런데 그들이 가깝게 느껴지지 않았다. 먼저 연락하고 찾아와 주는 사람들의 도움은 고맙게 받았지만, 내가 먼저 그들을 찾지는 않았다. 사실 대부분의 친구들은 연락조차 없었고 나는 내가 먼저 전화해서 도움을 요청하는 것은 너무 자존심 상하는 일이라는 생각이 들었다. 사실 논리적으로 생각하면 자존심 상할 일이 전혀 아니지만 내 마음은 그러했다. 이러한 상황에서도 자존심을 더 중요하게 생각하는 것을 보면 나는 내가 생각하는 것보다는 혼자서 지내는 것을 힘들어하지 않는 사람일지도 모른다는 생각이 든다.

아무튼 나는 내 나름대로 혼자 보내는 시간을 줄이기 위해 고민을 많이 했다. 그래서 내린 결론이 평일에는 각종 문화센터에 가입해서 활동하고 주말에는 이런저런 동호회 모임에 나가는 것이었다. 아는 사람이 아무도 없는 낯선 모임에 참여한다는 것이 몹시 부담스러웠지만, 그래도 쓸쓸하게 혼자 시간을 보내는 것보다는 나으리라 생각했다. 그래서 운동모임, 등산모임, 독서모임 등 5~6개의 동호회 모임에 가입했고 덕분에 공포에 가까운 주말의 고독은 피할 수 있었다. 항상 나를 바쁘게 만드는 것, 그것이 내가 외로움에 대처하는 방법이었다.

나는 새롭게 만나는 사람들에게 내가 사별자임을 밝히지 않고 아내가 있는 척 거짓말을 했다. 다른 사람의 동정을 사는 것도 싫었고, 또 혼자 산다고 하면 누구를 소개해 주겠다는 오지랖이 넓은 사람들을 만나게 되는 것이 부담스러웠다. 평생 거짓말을 별로 하지 않고 살아왔는데, 사별 후에는 새롭게 만나는 사람마다 거짓말을 하게 되었다. 이렇게 거짓말을 하면서 살아도 되나 싶지만, 그냥 내 마음이 편한 대로 하기로 했다. 유부남이 총각 행세를 하는 것도 아니니 나중에 진실이 밝혀진다고 해도 욕먹을 일은 아니다 싶었다. 사별자는 그 정도 이해와 배려는 받고 살아도 된다고 생각한다. 시간이 지나면 나도 아무런 불편함 없이 내가 사별자임을 밝힐 날이 올 것이다.

요즘은 혼밥, 혼영, 혼여 등 뭐든 혼자서 하는 것이 유행인 듯하다. 나의 상황에서는 이런 시대에 사는 것이 다행이라는 생각이 들기도 하지만 사실 아쉽게도 나와는 맞지 않는 유행이다. 나도 물론 혼자서 영화를 보고 여행을 할 수는 있지만 나는 그것이 전혀 즐겁지가 않다. 지금 혼자서 여행을 한다면 나의 기분은 더 우울해질 것 같다.

혹시나 해서 혼자서 등산을 해 본 적도 있지만, 나는 역시 혼자서 어딜 돌아다니는 것은 좋아하지 않는 사람이었다. 혼자서 산길을 걸으면 잡생각이 사라지고 마음이 편해진다는 조언도 들었지만 나는 오히려 외로움을 느끼고 아내 생각이 많이 나서 괴로웠다. 그나마 혼자서 밥을 먹는 것은 불편해하지 않으니 천만다행이라 하겠다. 하지만 그것도 한 주에 20끼 정도를 혼자서 먹으니 이건 좀 비인간적이라는 생각이 든다. 역시 혼자 사는 것은 여러모로 바람직하지 않다.

시간이 흘러 이제 두 번의 겨울이 가고 포근한 바람이 불어오는 봄이 다시 왔다. 회색빛 거리가 초록으로 바뀌고 노란색, 빨간색 꽃들이 화사하게 피어나며 자신을 뽐내고 있다. 아내는 자연의 아름다운 경치를 바라보는 것을 참 좋아했었는데….

이제 혼자서 초록의 아름다움이 짙어지는 풍경을 보면 괜히 서글퍼진다. 이런 아름다운 장면을 보면 아내도 정말 좋아했을 텐데, 혼자서 감탄하는 것은 김이 빠지고 흥이 나지 않는다. 하지만 봄이 오면 겨울이 지나면 반드시 봄이 다시 온다는 자연의 섭리를 확인하게 된다. 시간이 지나면 모든 것이 다 변하게 된다는 사실을 봄을 맞이하면서 다시 한번 깨닫게 된다. 즐거움과 기쁨뿐만 아니라 슬픔과 괴로움도 한없이 계속 지속되는 경우는 없다.

사별 2주기가 지나갔지만 아직도 어떻게 해야 혼자서 잘 지낼 수 있는지 잘 모르겠다. 곰곰이 생각해 보면 나의 행동은 너무 모순적이다. 혼자 지내는 것을 싫어한다고 하면서 혼자 지내는 시간이 많고 사람들을 사귀는 것을 불편해한다. 그래도 어찌되었건 시간은 계속 잘 지나간다는 것이 나의 희망이다. 시간이 많이 지나면 사별의 슬픔도 줄어들 것이고 나도 어떤 식으로든 바뀌게 될 것이다. 오늘 슬프다고 내일도 슬프리라는 법이 없고, 오늘 불행하다고 내일도 꼭 불행한 것은 아닐 것이다. 시간이 지나면 나도 점차 더 좋아지리라 믿고 기다리는 것이 내가 할 수 있는 최선일 것이다.

"불행할 게 뭐 있어? 오늘, 이곳에서, 가능한 행복해지는 것, 그것이 내가 해야 할 일이라네"(《내가 알고 있는 걸 당신도 알게 된다면》, 칼 필레머).

서운한 마음

나만 그런 것은 아닌 것 같다. 사별한 지 오래되지 않은 사람들을 만나보니 가족과 친구들에 대해 서운한 마음을 가지고 있는 사람들이 많았다. 자기 마음을 이해해 주고 미리 알아서 배려해 주면 좋겠는데 가족도 친구도 그러하지 못하더라는 것이다. 나도 그러한 불만이 있었기에 사람 마음이 다 똑같은가 보다 싶은 생각이 들었다. 더 이해 받고 더 배려 받고 싶은데, 현실은 그렇지 못한 경우가 많다.

사별 후 가족이나 친구들로부터 많은 위로와 적극적인 도움을 받는 사람들도 보았다. 수시로 전화를 해서 안부를 물어봐 주고, 식사를 같이해 주고, 주말을 같이 보내 주고… 내가 보기에 그들은 다른 사람들보다 덜 힘들고 더 빠르게 사별의 아픔을 이겨 내고 있는 것 같았다. 나에게도 주변에 그런 사람들이 많다면 덜 슬프고 덜 외로울 텐데… 지금과 같은 상황에서 그런 도움을 받지 못한다는 것은 내가 인생을 잘못 살아왔기 때문인가 하는 생각도 들었다.

물론 나를 걱정하고 도와주려는 가족이나 친구들이 없는 것은 아니다. 하지만 대다수는 나의 슬픔에 무관심해 보였다. 나의 괴로움과 아픔은 남이 도와줄 수는 없는 문제이니 스스로 알아서 해결하라는 것 같았다. 가깝게 지내던 사람들에게 아무런 연락도 없는 것이 무척 섭섭했다. 반면 친하지 않은 사람들이 안부를 묻는 것은 오히려 짜증이 났다. 하루는 실제로 나와 별 친분이 없는 옛 친구가 안부 전화를 했는데, 전화조차 받기가 싫었다. 그 친구는 정말 내가 걱정이 되고 무언가 도움을 주고 싶어서 전화를 했을까? 아니면 그냥 약간의 동정심의 발로였을까? 다음번에는 전화를 받지 않을 것 같다.

"잘 지내니?"라는 질문은 내가 아주 불편해하는 질문이다. 평소에 친구끼리 그냥 물어보는 상투적인 인사말이지만 나는 이 질문이 싫다. 예전과 같은 경우라면 그냥 잘 지낸다고 답하고 지나가면 되지만, 와이프를 잃고 나서도 잘 지낸다고 말하는 것은 너무 이상하지 않은가? 잘 못 지낸다고 답하면 구구절절 왜 그러한지를 설명해야 하니 더 짜증이 난다. 사실 이런 상황에서 어떻게 지내는 것이 잘 지내는 것인지도 모르겠다. 이 질문은 정말 그만 받고 싶다. 상대방은 별다른 생각 없이 묻는 질문이겠지만, 나는 마음이 상한다. 항상 그럭저럭 지낸다고 답변을 하지만 사실 어떻게 답변을 해 주어야 할지 당황스럽다.

가족도 친구도 내 마음을 잘 몰라주니 사별자는 옛 친구보다 새롭게 만난 사별자 친구를 더 좋아하는 경우가 많은 것 같다. 나 역시도 사별을 경험한 친구들과 많은 시간을 같이 보내면서 위로를 받았다. 동병상련이라는 말은 괜히 있는 것이 아닌 것 같았다. 사별자끼리는 굳이 설명하지 않아도 쉽게 소통이 되기 때문에 마음이 편하고 남의 눈치(?)를 볼 필요도 없어서 좋다.

나는 사별하였다

그런데 왜 훨씬 더 나를 잘 알고 나에 대해 더 많은 애정이 있을 가족이나 친했던 친구들과는 소통이 어렵고 섭섭한 마음마저 드는 것일까? 차분히 생각해 보니 물론 그들은 사별의 경험이 없기 때문이기도 하지만 그것보다는 내가 그들에 대한 기대가 너무 크기 때문이라는 생각이 들었다. 불쌍히 여기는 말을 들으면 동정 받기 싫다고 화가 나고, 위로의 말을 들으면 쓸데없는 말을 한다고 짜증이 나고….

실상은 상대가 어떻게 나와도 나는 만족하지 않을 마음의 준비가 되어 있는 것이다. 더구나 나는 배우자 사별이라는 인생 최악의 상황에 놓여 있으니 나보다 나은 조건에 있는 친구들이 내심 부러워서 서운한 감정이 드는 것인지도 모른다.

'내가 가족과 친구들에게 느끼는 이 서운한 감정은 과연 타당한 것일까?' 사람의 마음을 이해하고 헤아린다는 것은 참으로 어려운 일이다. 더구나 내가 경험한 적이 없는 일을 겪은 사람의 마음을 안다는 것은 더 말할 필요도 없을 것이다. 내가 내 생각과 감정을 적극적으로 알려 준 것도 아닌데, 나와 가까운 사람이라는 이유로 다 알아서 이해해 줄 것이라고 기대하는 마음은 너무 지나친 욕심이 아닐까 싶다. 만약 내 친구가 사별하게 된다면 사별 선배로서 나는 제대로 된 위로의 말을 해 주고 지속적으로 도움을 줄 수 있을까? 한참을 생각해 봐도 별로 그럴 것 같지가 않다.

그래서 나는 그만 서운해하기로 했다. 나도 가끔 내 감정이 이해가 잘 안 되는데 타인이 어떻게 내 마음을 알아서 도움을 줄 수 있겠는가? 남의 이해와 도움을 기대하기보다는 내 일은 내가 알아서 해결하는 것이 맞는 것 같다. 물론 적절한 도움의 손길이 있으면 고맙겠지만 없더라도 그것 때문에 원망하지는 않을 것이다. 서운한 마음은 나에게도 남에게도 아무런 이득을 주지 않는다. 인생은 원래 혼자 왔다가 혼자 가는 것 아니던가?

꿈에서 다시 만나다

나는 어려서부터 꿈을 자주 꿨다. 편차가 심한 편이지만 최근에는 주 1회 정도 꿈을 꾸는 것 같다. 그런데 이상하게도 결혼생활 중에 아내가 등장하는 꿈은 한 번도 없었다. 꿈꾸는 것을 그다지 좋아하지 않았었기 때문에 아내가 꿈에 등장하지 않는 것은 사실 관심 밖의 일이었다. 그런데 아내가 저세상으로 떠나고 나니 꿈에서 다시 만나게 되기를 내심 기대하게 되었다.

아내가 내 꿈에 처음 등장한 날은 사별 55일 후였다. 나는 이 꿈을 너무나 생생히 기억한다. 꿈에서 아내를 처음 보았기 때문이기도 하지만 이 꿈은 전혀 꿈같지 않았기 때문이다. 아내는 "나 이제 많이 괜찮아졌어."라는 말 한마디만 하고 사라졌다. 꿈이라고 하기에는

나는 사별하였다

너무나 특이했다. 형식은 꿈이었는데 내용은 지금까지의 꿈과 결이 달랐다. 나는 정말 많은 꿈을 꿔 왔지만 이렇게 짧고 한 장면뿐인 꿈은 없었다.

꿈에서 깨자마자 꿈을 이용해서 아내가 나를 찾아왔다는 생각이 들었다. 나를 안심시키기 위해 힘들게 나를 찾아와 주었다고 생각하니 아내가 참 고마웠다. 아내는 늘 나를 배려하고 걱정해 주는 사람이었으니 이렇게 나를 만나러 와 주는 것이 이상할 것도 없었다. 남들은 그것은 그냥 당신의 욕망이 반영된 꿈일 뿐이라고 생각할 수도 있겠지만 나는 그렇게 생각하지 않는다. 나는 아내가 나를 만나러 와 준 것이라고 믿는다. 과학적으로 판단하면 불가능한 일이겠지만 세상에는 과학으로 설명할 수 없는 일들이 많이 있다.

사별 후 2주기 무렵인 지금까지 나는 아내의 꿈을 24번 꿨고 그 꿈은 나에게 많은 위로가 되었다. 내가 이렇게 꿈의 횟수를 정확히 기억하는 이유는 그 꿈들을 모두 글로 적어 두었기 때문이다. 꿈은 휘발성이 강해서 기억하기 위해 특별히 노력하지 않으면 쉽게 잊힌다. 아침에 꾼 꿈이 오후에는 거의 기억이 나지 않기도 한다. 그래서 아내의 꿈은 잠에서 깨자마자 최대한 상세하게 적어 놓았다. 이른 새벽시간에 꿈에서 깨어도 꿈을 다 기록하기 전에는 다시 잠자리에 들지 않았다. 덕분에 아내의 꿈은 하나도 빠지지 않고 모두 기록으로 남겨져 있다.

즐겁고 행복한 모습의 아내를 꿈에서 다시 보게 되면 내 마음도 참 좋았다. 하지만 꿈의 내용은 내 마음대로 만들어 낼 수 있는 것이 아니어서 이해하기 힘든 이상한 꿈도 있었다. 꿈에서는 영화의 한 장면처럼 시공간이 급격히 바뀌고 스토리는 일관성이 없이 뒤죽박죽인 경우가 많다. 하지만 그렇다고 꿈이 아무런 의미가 없는 것은 아니라고 생각한다. 꿈의 내용을 기록하고 천천히 살펴보면 거기에는 나의 경험과 생각과 감정이 복잡하게 섞여 있다는 것을 발견할 수 있다.

나의 욕망이 가장 잘 드러난 꿈은 23번째 꿈이다. 그 꿈에 나타난 아내는 아주 밝고 건강한 모습이었다. 우리는 이국적인 낯선 환경에서 살고 있었는데, 날은 맑았고 공기는 너무나 신선해서 이 세상의 것 같지가 않았다. 나는 이 꿈에서 내가 아내에게 꼭 해 주고 싶은 말을 해 주고 꼭 듣고 싶은 말을 들었다. 나는 아내에게 "나는 이 세상에서 네가 제일 좋아"라고 말해 주었다. 그리고 다시는 네가 혼자 쓸쓸히 죽게 하지는 않겠노라고 다짐했다. 나는 해야 할 일이 있어서 잠시 아내와 헤어졌다가 일을 마치고 집으로 돌아왔는데, 아내는 마치 나를 기다리고 있었던 것처럼 미소를 지으며 집 앞에 서 있었다. 그리고 나를 보고 너무나 사랑스럽게 웃으며 이렇게 말했다. "왜 이렇게 빨리 왔어." 잠에서 깨고 나서도 정말 행복했다. 내가 죽게 되면 아내가 그 말을 나에게 해 줄 것 같았다.

나는 육체가 죽은 후에도 영혼은 소멸하지 않는다고 믿는다. 근사체험을 한 사람들은 대부분 자신이 죽음의 경계에 있을 때 먼저 죽은 사랑하는 가족이나 친구를 만났다고 증언하고 있다. 나는 이 사람들의 말을 믿기에 내가 죽을 때가 되면 아내가 꼭 마중 나와 줄 거라고 기대하고 있다. 한 가지 걱정되는 것은 내가 너무 오래 살면 아내가 기다리기가 너무 힘들지 않을까 하는 것이다. 하지만 꿈에서 아내가 해 준 말 덕분에 마음이 편해졌다. 나를 다시 만나는 날이 늦어져도 아내는 "왜 이렇게 빨리 왔어"라는 말을 해 줄 것 같다. 이 세상에서의 1년이 천상에서는 1분이나 1시간 일지도 모른다고 생각하면 마음이 편하다. 나는 조금 힘들어도 아내는 편할 수 있으니 이 정도면 공평하다는 생각이 든다.

사별 초기에는 많은 사별자가 불면증에 시달린다고 하는데, 나에게는 그런 증상이 없다. 나는 좋은 꿈을 기대하면서 편안하게 잠자리에 든다. '오늘 밤 꿈에는 아내를 볼 수 있을까?' 시간이 지날수록 꿈에서 아내를 만나는 것이 힘들어지고 있다. 인간은 망각의 동물이라 어쩔 수가 없는가 보다. 하지만 크게 개의치는 않을 것이다. 나는 먼 훗날에 우리가 진짜로 만나게 될 날을 꿈꾸고 있다.

있는 그대로의 나를 좋아해 주었지

내가 일을 마치고 늦은 시간에 집으로 돌아오면 너는 환한 미소로 나를 맞아 주곤 했었지. 나는 너의 그 미소를 정말 좋아했어. 네가 그 밝은 미소를 보이며 무언가를 부탁할 때면 나는 감히 거절하기가 힘들었지. 나는 너의 웃는 모습을 떠올리면 항상 기분이 좋아지는 것을 너는 알고 있었을까?

너의 환한 미소 같은 맑고 푸른 가을이 다시 왔다. 시간은 참 빨리 흘러간다. 네가 떠난 후 벌써 세 번째 혼자 맞이하는 가을이다. 나이가 들면 시간이 훨씬 빨리 간다고 하던데 나도 어느덧 시간의 속도 차이를 느낄 정도로 나이가 많아졌나 보다. 하지만 그래서 난 좋아. 시간이 빨리 지나가면 이곳에서의 나의 삶도 금방 마무리되고 나는 너를 다시 만나게 되겠지. 친구가 묻더군, "과연 너의 그녀도 너를 그렇게 다시 만나고 싶어 할까?"라고. 하지만 나는 분명히 알고 있지, 불가능한 일이 아니라면 나의 마지막 날엔 틀림없이 네가 나를 찾아오리라는 것을….

너는 있는 그대로의 나를 좋아해 주었지. 늘 고맙게 생각해. 너는 훌륭한 아내였고 나의 가장 친한 친구였어. 너는 나를 믿고 의지하고 항상 신뢰해 주었지. 네가 나를 좋아한 만큼 나도 네가 무척 좋았어. 하지만 그 행복했던 시간은 이제 막을 내렸고 나는 이제 너 없이

나는 사별하였다

새로운 삶을 살아가게 되었네.

어떻게 살아가는 것이 남은 내 인생을 의미 있고 보람차게 사는 것인지 잘 모르겠어. 나는 그냥 살아 있으니까 산다. 젊었을 때의 나는 거창한 목표와 삶의 가치를 따지며 의미 있는 삶을 살고 싶어 했지. 하지만 지금의 나는 그냥 살아 내는 것이 의미 있는 삶이라 생각해. 구체적인 삶의 목표나 철학 없이 산다고 해도 무의미한 삶을 사는 것은 아니라고 믿어. 한 치 앞도 예측할 수 없는 인생인데, 거창한 목표를 세우고 그 목표를 이루기 위해 헌신하고 노력하는 삶이 무슨 큰 의미가 있나 싶다.

내 걱정은 하지 마, 나는 변함없이 성실하게 살고 있으니까. 몸도 건강한 편이고 정신도 건강한 상태야. 나는 내 삶이 계속되고 있는 이유는 아직 배워야 할 것들이 있고, 경험해야 할 것들이 남아 있기 때문이라고 믿기로 했어. 너는 내가 이곳에서 어떤 삶을 살기를 원할까? 너는 나를 항상 지지해 왔으니까, 내가 어떤 결정을 내리든 응원해 주었을 것 같아.

나는 작년부터 무척 바쁘게 살고 있어. 누군가 그러더라고. 혼자 살기 때문에 할 수 있게 된 것들을 해 보라고. 그래서 리스트를 만들어서 해 보고 있지. 처음에는 경비행기 파일럿이 되어보고 싶다고 생각했어. 하늘을 나는 것이 참 멋있어 보였지. 하지만 막상 경비행기 체험 비행을 해 보니, 생각보다 심심하고 재미가 없더라고.

첫 체험 비행 후 바로 생각이 바뀌었어. 그래서 경비행기 대신 패러 글라이딩 자격증을 따서 혼자 하늘을 날아볼 생각도 했었지. 그런데 패러글라이딩을 해 보니 경비행기보다는 재미있었지만 이것도 내가 혼자서 취미로 즐기기에는 합당치 않았어. 그리고 스킨스쿠버 자격 증도 따 볼 생각을 했었어. 바다 밑 세계는 신비로운 것들이 많으니까. 그런데 나도 너처럼 물과는 친하지가 않았어. 물속에 들어가면 내 몸이 너무 불편해서 스킨스쿠버도 첫날 강습을 받고 바로 포기했지. 포기가 참 빠르지?

모든 것을 다 포기만 한 것은 아니야. 내가 가장 좋아하는 취미는 등산이 되었어. 당신은 숲을 좋아하고 멋진 자연 풍광을 사랑했지만, 몸이 허약해서 등산은 엄두를 내지 못했었지. 나도 결혼생활 중에는 등산을 거의 하지 않았지만, 당신과 같이 산을 다녔다면 당신 몸도 건강해지고 좋았을 거라는 생각이 자꾸 들어. 산에 갈 때면 나는 항상 당신과 찍은 사진 배지를 가방에 부착하고 길을 떠나지. 같이 가는 기분이 들거든.

6월에는 당일치기로 설악산을 다녀왔어. 작년에 본격적으로 등산을 시작하면서 내가 초보 치고는 산을 잘 탄다고 생각했지만, 설악산 대청봉까지 무난하게 하루 만에 다녀오게 될 줄을 몰랐네. 이제는 자신감이 붙어서 우리나라 산은 어디나 다 올라갈 수 있을 것 같아. 너도 참 좋아했을 소식인데, 너에게 자랑을 하지 못하니 많이 아

112   나는 사별하였다

쉽다. 몇 달 전에는 어찌하다 보니 5주 연속으로 등산을 했어. 계속 이렇게 자주 산행을 하지는 못하겠지만 경치가 좋다는 산은 다 가 볼 생각이야. 우리 같이 멋진 풍경을 즐기자!

등산을 좋아하게 되었지만, 사실 등산보다 내가 더 관심을 가지고 정말 많은 시간과 노력을 쏟아부은 일은 따로 있어. 그건 사별자들을 위로하고 그들에게 도움을 줄 수 있는 책을 쓰는 일이야. 처음 책을 같이 써 보자는 제안을 받았을 때부터 나는 이것이 우연한 기회라기보다는 필연적인 운명 같았어. 왜냐하면 내가 이 일을 하기를 네가 정말 원했을 것이라는 생각이 들었거든.

글재주가 신통치 않은 나에게 좀 무모한 시도이기도 했지만, 처음부터 나는 내가 죽지 않은 한 이 작업만은 반드시 마무리를 짓겠다고 결심했었지. 1년이 넘는 기간 동안 여러 우여곡절이 있었지만 어쨌거나 책의 원고는 이제 모두 완성이 되었고 곧 출판사에 투고하게 될 거야. 너는 떠나고 없지만 네가 기뻐할 일을 해내어서 나는 요즘 마음이 흐뭇하다.

결혼생활을 할 때는 내가 훌륭한 남편이라고 생각했었는데, 네가 떠나고 나니 네게 잘해 준 것은 별로 기억이 나지 않고 못해 준 것만 자꾸 떠오른다. 넌 참 순수한 사람이었지. 이 세상과는 어울리지 않는 사람이어서 이렇게 일찍 다른 세상으로 떠나게 되었는지도 모르겠어. 네 입장에서만 생각하면 때가 되어 떠난 것 같기도 하지만 남아 있는 내 입장에서는 서글프다. 처음에는 이렇게 헤어질 것이면 애초에 만나지를 않았으면 좋았을 것이라는 생각도 들었어. 하지만 이제는 그런 생각은 하지 않아. 나는 너로 인해 행복했고 너를 만났기에 내 삶은 의미가 있고 축복된 것이었어. 지금 나의 마음속에는 너와의 좋았던 추억만이 남아 있다. 그 소중한 추억을 항상 기억하며 살고 싶구나.

그럼 다시 만날 그날까지 안녕!

임규홍

당신보다 나를 더 걱정하는 당신이었기에

3년의 시간이 지났어도 사별의 기억을 다시 떠올리는 일은 매우 슬픈 일이다. 아내가 갑자기 세상을 떠났다는 소식을 들은 주위 사람들은 대부분 아내의 죽음이 사고사인 줄 알았다. 석 달이란 투병 기간이 너무나 짧았기에 그렇게 생각할 수도 있지만 나에게 그 3개월은 너무나 긴 시간이었다. 결혼하고 32년을 거의 하루도 떨어져 지내지 않았던 아내가 갑자기 세상을 떠난 것이다.

2016년 3월 29일 그날도 여느 날처럼 아내와 나는 아침에 진주 전통시장에 갔다. 장을 보는데 아내가 갑자기 사물이 두 개로 보인 다고 했다. 시장에서 돌아와 급히 대학병원 응급실에 갔다. 그 놀란 걸음이 아내가 정성스레 가꾼 우리 집을 떠나는 마지막 걸음이 될 줄은 미처 몰랐다.

응급실에 도착한 우리는 급히 MRI 검사를 받았다. 처음엔 가벼운 뇌졸중이겠지 싶었는데 그게 아니었다. 뇌에 종양이 있었다. 나와 두 아들은 당황하여 울기만 했다. 바로 입원절차를 밟았고 곧이어 다른 검사를 했다. 심장근육종이 폐와 뇌로 전이됐다고 했다. 아내는 지난겨울 눈 덮인 한라산을 등반할 정도로 건강했던 사람이었는데 어떻게 갑자기 이런 일이 생길 수 있단 말인가? 도대체 아내의 병이 이렇게 깊어질 때까지 나는 그것도 모르고 무엇을 했단 말인가?

생사가 일여^{一如}더라

아내는 오녀 일남 중 장녀로 태어나 동생 다섯을 어미처럼 보살폈다. 장모님이 경찰이었던 장인어른을 뒷바라지하러 울산으로 가고 나면 아내는 사소한 집안일은 물론이고 매일 동생들의 도시락까지 싸며 장모님 대신 동생들을 챙겼다. 아내는 활달하고 리더십이 뛰어나서 가는 곳마다 장^長을 맡았다. 남자도 하기 어려운 아파트 입주민 대표를 여러 해 도맡아 했다. 그래서 집사람이 죽었다는 소식을 접한 지인들은 모두 놀라고 안타까워했다.

나을 가능성이 희박하다는 의사의 말에도 불구하고 우리는 실낱같은 희망을 품고 삼성 서울병원으로 가기로 했다. 고속도로를 달리는 구급차 소리가 소스라치게 가슴을 후벼 팠다. 나는 누워 있는 아내의 얼굴을 차마 볼 수가 없었다. 진주에서 서울까지 달려가는 구급차 안의 4시간은 말 그대로 지옥 같았다. 죽어 가는 아내를 바라보는 그 고통은 이루 말할 수 없는 고문이었다. 부질없는 짓일지 모르나 삼성 서울병원에 가면 뭐라도 할 수 있는 치료가 남아 있지 않을까 싶었다. 후회를 남겨 나중에 괴로워질 바에는 할 수 있는 치료는 다 하고 싶었다.

암 병동에서의 하루하루는 지옥 같았다. 평소 암이라는 말만 들어도 힘들어했던 약해빠진 나였기에 도저히 정신을 차릴 수가 없었다. 암 병동에는 생사를 오가는 어두운 그림자가 짙게 깔린 얼굴들이 서성거리고 있었다.

부친께서 위암으로 세상을 떠나셨기에 그 트라우마로 평생 고통받고 산 나였다. 거기에 아내가 살 날이 얼마 남지 않았다는 말기 암 진단을 받았으니 어떻게 감당할 수 있었겠는가? 그래도 아내의 일이라 지금 생각하면 도저히 할 수 없을 것 같았던 병간호도 정신없이 해냈다.

아내는 의연했다. 울고 또 우는 남편을 걱정했다. "당신 인제 그만 울어요." 하며 나를 위로하던 아내의 말이 지금도 생생하다. 아내는 투병하면서 내 앞에서는 한 번도 우는 모습을 보이지 않았다. 우리는 다시 암 전문병원으로 옮겼다. 생각만 해도 겁이 나고 두려운 암 투병을 하는 사람들 속에서 하루하루 사는 것이 너무 힘들었다. 죽음을 앞둔 환자들의 얼굴은 슬픔과 우울뿐이었다. 암과 투병하는 사람이나 보호자는 나을 수 있다는 그 어떤 말에도 매달릴 수밖에 없음을 알았다. 특별한 의술이나 완치되었다는 체험수기들이 구세주 같이 들려 쉽게 현혹되었다. 주변의 말을 듣고 어떤 암이든 치료할 수 있다는 한의원을 찾아갔다. 수백만 원의 돈도 아까워하지 않고 약을 먹였다. 아내의 암세포는 그 무엇으로도 없앨 수가 없었다. 모두 부질없는 짓이었다. 몸과 마음이 약해진 환자와 보호자를 돈벌이로 악용하는 비양심적인 의료인이 원망스럽고 미웠다.

그래도 우리는 또 국립암병원에 가서 마지막으로 검사를 받아 보았다. 항암치료와 각종 검사로 아내는 점점 더 약해져 갔고, 결국 우리는 다시 진주의 대학 병원으로 돌아올 수밖에 없었다. 아이들은 회생의 가능성이 없음을 확인하고 돌아오는 내내 울기만 했다. 진주로 돌아올 때도 다시 구급차를 탔다. 지금도 나는 구급차 소리를 들으면 가슴이 내려앉는 느낌이 든다. 트라우마다. 돌아올 수 없는 다리를 건너가는 것 같았다. 그래도 아내는 우리 앞에서 끝까지 눈물을 보이지 않았다. 아내는 병원에서 휠체어에 앉아 동요를 부르곤 했다. 머리가 좋고 아는 것이 많아 만물박사라고 불렸던 아내였다.

처음 아내의 암을 발견했을 때 진주 남강 변엔 벚꽃이 흩날리고 있었다. 나는 병동에서 멍청하게 흩날리는 벚꽃을 보면서 지난날 아내와 같이 여기저기 벚꽃 구경을 하고 다녔던 생각을 했다. 무심히 떨어지는 꽃잎처럼 아내도 떨어지고 있었다. 서울에서 진주로 돌아온 아내는 호스피스 병동에 옮기지 않고 일반외과 병동에서 마지막 날을 맞았다. 스스로 병원에 걸어 들어간 지 꼭 석 달 만의 일이다. 아내가 떠나던 그날은 나의 회갑 날이었다. 참으로 어처구니가 없었다.

우리는 결혼을 하고 거의 떨어져 지낸 적이 없었다. 내가 멀리 강의하러 갈 때면 소풍 가듯 과일과 먹을 것을 싸서 아내가 직접 운전을 했다. 남편이 강의하는데 피곤할까 봐 그랬다. 아내는 훌륭한 어머니였고, 내조의 여왕이었다. 사별하기 수년 전부터 유난히 여행을 많이 가자고 했다. 그래서 우리는 외국여행과 국내여행도 많이 다녔다. 이렇게 내 곁을 일찍 떠나려고 그랬던가 보다.

관에 누워 있는 아내가 너무 불쌍했다. 핏기 하나 없는 아내의 얼굴을 내려다보면서 눈물만 흘렸다. 믿을 수가 없었다. 그 건강했던 육신이 불 속으로 들어가 재로 돌아왔다. 그녀는 한 줌 재가 되어 집으로 돌아왔고 그렇게 우리 곁을 떠났다. 나는 비가 억수같이 내리는 날 아내를 선산에 묻었다. 그녀는 평소의 바람처럼 봉분 없이 누웠다.

아내가 떠나고 나는 이 세상 사람이 아닌 듯했다. 사람을 만날 수가 없었다. 어떤 말도 위로가 되지 못했고, 가슴을 후벼 파는 아픔밖에 없었다. 아내의 남은 흔적들과 같이 운동하고 같이 걸었던 길, 모든 곳에서 아내가 나타났다. 분하고 억울하고 아내가 한없이 불쌍했다. 수많은 후회도 밀려와 마음을 지탱하기가 힘들었다. 텔레비전도 볼 수가 없었다. 사별한 사람들을 붙들고 같이 슬픔을 토로하고 울었다. 동병상련의 아픔을 가진 그들이 나의 유일한 위로였고 도피처였다. 지금 생각하면 너무나 고마운 사람들이다.

1년이 지나고서야 조금씩 사람들을 만날 수 있었다. 처음에는 출근하는 것도 너무 힘들었다. 나는 죄인이 된 것처럼 고개를 들 수도 없었다. 넋을 잃은 사람처럼, 영혼 없는 허수아비처럼 방황했다. 미친 사람처럼 책 집필에도 빠졌다. 일과 운동에 파묻혔다. 그게 순간순간 떠오르는 아내를 떠나보내는 내가 할 수 있는 유일한 방법이었다.

이제 아내를 보낸 지 4년이 흘렀다. 혼자서는 살아 내지 못할 것 같았던 시간이 흐르고 나의 삶은 조금 더 성숙해졌다. 아내를 잃은 후 욕심은 내려놓고 모든 것에 감사하는 마음으로 살아가게 되니 인생에 대해 한층 더 관대해졌다. 인생무상을 절감하면서 이제 마음이 가는 대로 살아갈 용기가 조금씩 생겨난다. 가끔 떠오르는 아내의 얼굴과 목소리와 추억들로 슬픔에 잠기거나 우울해지기도 하지만 점점 모든 것들을 객관화시키며 한 발 떨어져서 바라보는 마음의 근력이 생긴다. 이렇게 아내 없이 혼자 사는 삶에 점점 적응해 가나 보다. 애틋했던 우리의 인연이 여기까지인 걸 어떡하랴. 어쩔 수 없으니 체념할 수밖에….

어미 없는 아들의 결혼

결혼식 전날까지 비가 내려 걱정이었다. 다행히 하늘은 결혼식 당일 맑은 하늘과 아름다운 봄빛으로 두 사람을 축복해 주었다. 나는 결혼식 건배사를 멀리 있는 친구가 보낸 축하 메시지로 대신했다.

"교회 장로로 아프리카 우간다에서 하나님의 가르침을 몸소 실천하고 있는 한 부부가 있습니다. 친구인 그가 보내 온 결혼식 축하 메시지는 이러했습니다. '이곳에서는 오랫동안 가뭄에 시달리다가 자네 아들 결혼식 날에 고마운 단비가 내리고 있으니 이것은 분명 하나님도 자네 아들의 결혼을 축복하는 것일세. 아들 결혼식을 하나님의 이름으로 축하하네.'"

아내와 사별하고 4년이 지날 때쯤, 연녹색 나뭇잎이 산천을 가득 메우는 아름다운 봄날 사랑하는 아들이 결혼했다. 두 아들과 내가 생명 불이 희미해져 가는 아내 옆에서 울며 몸부림치던 날이 불현듯 떠올랐다. 아마 대부분 사별자는 좋은 일이든 궂은일이든 가족 행사가 있을 때마다 떠난 사람을 잠시라도 생각하게 될 것이다. 좋은 일이 있을 때면 설령 슬픔이 몰려오더라도 기쁨으로 그 슬픔을 다스려야 한다. 슬픔이 기쁨을 눌러서 슬픔이 이기도록 하면 삶의 기쁨을 온전히 누릴 수 없다.

아내가 떠난 후 나는 두 아들을 앞에 두고 매서운 말을 했다. 아버지가 퇴직하기 전에 너희들이 결혼했으면 좋겠다는 말과 더불어 이제는 너희들 스스로 강하게 독립하면서 살아가야 한다고 말했다. 그리고 덧붙여 엄마의 바람처럼 남은 우리 셋이서 더 강한 유대감으로 살아가자고 했다. 독립과 유대는 상충하는 듯 보이지만 독립은 생존에 대한 독립이고 유대는 가족애에 대한 유대이다.

나는 어미를 잃은 두 아들이 슬픔을 내색하지 않은 채 열심히 살아가는 모습이 기특했다. 사별후 3년쯤 지나 둘째가 결혼을 하게 되었다. 모든 걸 스스로 계획하고 결정하는 아들이 서운하기에 앞서 든든하기 짝이 없었다. 졸업 후 약국을 개업하는 일부터 결혼을 생각하고 준비하는 모든 것을 아버지의 도움없이 혼자 결정하고 추진했다. 젊은 나이에 비해 치밀하고 대담하여 나는 간섭하지 않고 혼자 알아서 하도록 맡겨 놓았다. 자신의 삶은 스스로 해결하도록 독립심을 키워 주고 싶었다. 어느새 훌쩍 자라서 결혼을 하겠다고 선언하니 한없이 자랑스럽기도 했다.

어느 날 아들은 결혼할 아가씨를 집으로 데려왔다. 처음 본 순간 참해 보이는 모습과 배려심이 깃든 행동에 마음이 놓였다. 바이올린 연주자라고 해서 무대 위 모습이 떠올라 혹 나와는 동떨어진 화려한 젊은이가 아닐까 내심 걱정했는데 그런 걱정은 기우였다. 아들 말대로 착하고 배려심 깊은 예쁜 젊은이였다.

상견례 때 후덕하고 의젓해 보이는 두 사돈을 만나 보니 그 가정의 분위기가 또 좋았다. 안사돈은 종갓집 맏며느리로 시집와서 그 많은 제사를 지내고 홀시어른을 모시면서 살아온 분이셨다. 본인은 교회를 다니심에도 불구하고 종갓집 맏며느리 역할을 잘 감당해 오신 그 모습이 존경스러웠다. 검소하고 덕성스러운 안사돈을 뵈니 그 어머니를 보고 자란 며느리 될 아가씨가 더 사랑스럽게 여겨졌고, 그런 이를 며느리로 맞을 수 있어 감사하고 다행스럽기도 했다.

양가의 종교가 다르고 며느리도 기독교인이었지만, 종교는 결혼하여 가정을 이루게 될 두 사람이 서로 배려하고 합의하여 결정할 부분이라고 생각하기에 양가 모두 크게 문제 삼지 않았다.

몇 달 후 아들의 결혼식이 진행되었다. 예식장의 부모석에 혼자 앉으니 아내의 빈자리가 너무나 커 보였다. 결혼식 전 아들은 어머니의 자리를 비워 두자고 제안했고 그것에 모두 동의했다. 아들은 어머니가 우리 눈에 보이지는 않지만, 오늘 이 자리에 오셔서 분명 함께 계실 거라고 말했다. 어미 없는 신랑의 애잔한 모습에 마음 한 구석이 서글퍼졌다. 하지만 부재의 슬픔과 아쉬움은 두 사람의 결혼이라는 축제의 기쁨으로 잠재워 두고, 그 하루 우리는 맘껏 행복하기로 했다.

엄마가 없으니 아들은 대부분 결혼 준비를 스스로 해결했고, 나의 누이들이 도와주니 큰 어려움은 없었다. 예식장 선정부터 청첩장, 신혼집 마련, 신혼여행, 답례품 봉투까지 아들이 며느리와 함께 해결해 가는 모습이 보기 좋았다. 고마울 따름이었다. 아내가 살았다면 침이 마르도록 아들의 결혼을 자랑했을 거란 생각을 하니 매우 아쉽고 슬펐다. 전염병이 유행하는 조심스러운 시기에 결혼식을 올린다는 것이 지인들에게 부담을 주는 것 같아서 미안했다. 하지만 부부의 인연이 귀하고 특별한 만큼 심사숙고하여 정한 결혼 날짜를 연기하지 않고 그대로 추진하기로 했다. 하객의 많고 적음에 연연하지 않는다면 굳이 애써 정한 날짜를 미룰 필요는 없다고 생각했다.

아름다운 바다가 내려다보이는 호텔에서 마주 바라보며 서 있는 두 젊은이의 결혼식은 매우 아름다웠다. 굳이 호화로운 결혼식을 할 필요는 없다는 것이 평소 나의 생각이었지만 최고의 호텔에서 제법 괜찮은 결혼식을 올리려고 한 아들의 마음을 알겠기에 나는 아들이 하고 싶은 대로 하도록 허락했다. 살뜰히 모든 것을 챙겨 주던 어머니가 없어도 좋은 짝을 만나 야무지게 잘 살아가고 있음을 돌아가신 어머니에게 보여 주고 싶었을 아들의 마음이 보였다. 나는 그저 아들이 고맙고 자랑스러웠다.

보통 결혼식에는 양가 어머니가 신랑이 입장하기 전에 촛불을 켜는 의식이 있다. 지역마다 풍습이 다르니 크게 의미는 없다고 생각해서 미리 촛불을 켜 놓았다. 결혼식이 진행되면서 나도 모르게 눈물이 났다. 어쩔 수 없었다. 아들의 고모들과 이모들도 다 울고 있었다. 슬픔과 기쁨이 뒤섞인 축복의 소리가 신랑 신부를 감싸고 있었다. 신랑 측 혼주인 내가 하객을 향한 감사 인사를 하기에 앞서 나는 신랑인 아들을 한참 동안 안아 주었다. 입술의 언어가 아닌 뜨거운 가슴으로 아들에게 말했다.

"어머니가 없어도 모든 일을 알아서 잘 해내고, 이렇게 좋은 며느리를 맞이하게 해 줘서 아버지는 네가 자랑스럽고 고맙다. 어머니도 분명 오늘 너를 자랑스러워하시며 기뻐하고 계실 거야!"

사별 후 혼자 남겨진 내게 자녀의 결혼은 큰 숙제였는데, 아들 하나를 무사히 결혼시키고 나니 큰 짐 하나를 내려놓은 듯했다. 아내 또한 마음을 놓고 편히 쉴 수 있을 것이다.

어머니가 없거나 아버지가 없는 자녀의 결혼은 우리 사별자가 겪어 내어야만 하는 피할 수 없는 운명이다. 재혼했다 해도 자녀의 결혼을 준비하는 과정에서 떠난 배우자를 생각하지 않을 수 없을 것이며 그 심리적 공백은 무엇으로도 온전히 대체하기가 어렵다. 혹 사별 후 가족관계가 복잡해지면 대인관계 때문에 마음이 조금은 심란할 수도 있다. 하지만 우리의 자녀들이 좋은 배우자를 만나 새로운 가족을 만들고 행복하게 살아갈 수만 있다면 우리가 감내하지 못할 것이 무엇이겠는가?

사별자들이여! 사랑하는 사람을 잃고 그 슬픔과 아픔의 시간을 지나온 우리의 자녀들은 누구보다 강하고 의젓한 청년이 되어 자신의 인생을 지혜롭게 살아갈 것이다. 그들은 스스로 사랑하는 사람을 찾아내고 함께 행복해지는 법을 배워 갈 것이다.

사별 후 시댁과 처가의 관계

건강했던 아내가 투병을 시작한 지 석 달 만에 세상을 떠났다. 장인이 교통사고로 세상을 떠난 나이와 같았다. 장인이 별세하고 장모님은 맏딸인 아내를 남편처럼 의지하면서 살았다. 장인과 장모님은 보기 드문 잉꼬부부였다고 한다. 그런 남편이 아침에 출근하고 저녁에 교통사고로 주검이 되어 돌아왔으니 그 슬픔과 충격은 이루 말할 수 없었을 것이다. 그때 장모님 나이가 쉰일곱이다. 장모님은 타지에서 근무하시던 장인어른을 뒷바라지하러 여러 날 집을 비우곤 했다. 그럴 때면 아내는 동생 다섯을 어머니처럼 돌봤다고 했다. 장모님에게 아내는 그저 자식이 아니었다. 장모님에게 아내는 딸이자 동역자이자 보호자였다. 아내가 건강했을 때 장모님은 우리 집에 와서 보름에서 한 달을 보내기도 했다. 늘 사위가 아들처럼 편하다고 여기저기서 자랑을 하시곤 했다.

명절 때면 나는 처가에 가서 하루를 지내면서 동서들과 당구도 치고 술도 마시며 즐겁게 보냈다. 장모님이랑 밤새 화투도 치고 놀았

나는 사별하였다

다. 해마다 1박 2일로 처가 형제들과 모여 무주리조트에 가서 스키도 타면서 즐거운 하루를 보내곤 했다. 참으로 화목했던 처가 가족들이었다. 동서들도 사회에서 인정받는 사람으로 잘 자리를 잡아 자기 역할을 하면서 살았다. 맏사위인 나는 아내를 사랑하는 마음으로 처가 형제를 내 형제처럼 챙겨 주고 싶었고, 나름 큰 형님 역할을 하며 살았다. 우리가 결혼할 때 처남은 초등생이었고, 처제들은 중고등학생이었다. 모두 동생들처럼 사랑스러웠고 너무나 착했다.

그런데 어느 날 갑자기 그 형제들의 맏이인 아내가 세상을 떠난 것이다. 자식 이상으로 특별한 맏딸을 허망하게 보낸 장모님은 큰 충격을 받으셨고 아내가 죽은 지 석 달 후 돌아가셨다. 그렇게 의지했던 당신의 맏딸이 한순간 쓰러지는 것을 보고 병을 얻으신 후 힘없이 가셨다. 항상 유쾌한 활력이 넘쳤던 처가는 하루아침에 슬픔과 비탄에 빠졌다.

장모님마저 떠나신 이후 나와 처가와의 관계는 예전 같을 수 없었다. 처제들은 형부의 슬픔을 보듬으려고 애썼다. 고마울 따름이다. 사별 후 명절 때마다 즐겁게 찾아갔던 처가로 발이 떨어지지 않았다. 혼자 가기도 싫었지만, 이전에 그렇게 화목하게 지냈던 사람들을 만나면 아내 생각이 절실해져서 너무 힘들었다. 굳이 멀리하려고 애쓰지 않아도 시간이 지나면서 자연스럽게 멀어지는 듯했다. 특별히 미워하거나 싫어하지는 않았지만, 처가 식구들 사이에서 아내 없이 나 혼자 있는 것이 불편했다. 그러다 보니 처가 가족들을 만난 지가 오래되어 간다. 처가의 구성원에서 떨어져 나가 국외자가 된 기분이다.

멀어지는 관계를 억지로 붙들려고 하지는 않으려 한다. 불가원不可遠 불가근不可近의 관계로 남아 있는 것이 좋을 것 같았다. 자연스럽게 두는 것이 그들도 편하고 나도 편할 듯하다. 만나면 굳이 피할 이유는 없지만, 일부러 찾아가 만나려고 하지는 않는다. 다만 명절 때면 과일을 남겨 두고 돌아오곤 한다. 슬플 뿐이다. 지금도 그들은 나를 위로하고, 나도 그들을 위로하고 있지만, 우리의 관계는 담담淡淡하게 흐르는 물과 같은 관계로 바뀌어 가고 있다.

남편을 잃은 여성 사별자가 시가와의 관계로 힘들어하는 경우를 종종 보곤 한다. 시어머니로서는 아들을 잃은 슬픔이 누구보다도 크겠지만, 남편이자 아이의 아버지를 잃은 며느리의 슬픔과 고통 또한 가늠하기 어려울 만큼 클 것이다. 사별 후 여러모로 힘든 상황에서 시가나 처가와의 갈등이 생긴다면 사별자의 슬픔과 고통은 이루 말할 수 없을 것이다.

인간이 겪는 상실의 슬픔 중 배우자를 잃을 때의 슬픔과 고통이 가장 크다는 말도 있다. 자식을 잃은 부모의 마음도 이해는 가지만, 사별자의 양가 가족들은 이제 가장이 되어서 혼자 어린 자녀들을 키우며, 생활을 꾸려 나가야 하는 사별자의 고통과 외로움을 헤아리고 배려해 주어야 한다. 배우자를 잃고 혼자 남은 사별자의 고통과 슬픔을 충분히 배려하지 않고, 자식을 잃은 부모의 슬픔이나 형제를 잃은 슬픔으로 사별자를 원망하고 비난하고 미워하는 것은 너무나 이기적인 생각이다.

남편과 아내가 평생 살면서 모은 재산이나 보험은 고스란히 그들의 몫이다. 혼자 된 사별자를 도와주지는 못할망정 그걸 빼앗으려 하거나 지나친 간섭을 해서는 안 된다. 그들이 큰 슬픔을 겪긴 했지만, 어린아이가 아니다. 이제 그들의 삶은 그들에게 맡겨 두어야 한다.

배우자와 사별하고 혼자 자녀를 키우면서도 며느리와 사위로서 역할을 하려고 애쓴다면 그 노력을 한없이 고맙게 생각하고 감사한 마음으로 대해야 한다. 설령 좋은 사람을 만나 재혼을 한다고 해도 그 의견을 존중해 주어야 한다. 누구도 그들의 삶을 대신 살아줄 수 없고 책임질 수도 없기 때문이다. 그들의 삶은 온전히 그들의 것이다. 사별은 이승에서 인연이 끝남을 의미한다. 하늘이 푼 인연을 인간이 다시 맬 수는 없다. 새로운 인연을 찾아가면 놓아주어야 한다. 그것 또한 운명이고 인연이기 때문이다.

죽은 자의 운명을 남의 탓으로 돌려서는 안 된다. 그것은 참으로 죄를 짓는 일이다. 과거의 인연은 과거의 인연으로 남겨 두어야 한다. 오면 받아 주고 가면 놓아줄 뿐이다. 슬프고 억울하지만 보내 주어야 한다. 어쩔 수 없다. 산 자는 산 자로 살아야 하기 때문이다. 산 자가 죽은 자처럼 살 수는 없다. 죽은 자도 산 자가 행복하게 살아가기를 바랄 것이다.

사별 후 대부분 시가나 처가의 관계는 이전과 같을 수 없다. 자녀가 있다면 자녀로 인한 연결고리는 있겠지만 그렇다 해도 전과 같기를 바라서는 안 된다. 오면 반갑고 가면 놓아주어야 한다. 그냥 인연도 자연스럽게 흘러가길 바라볼 뿐이다. 아주 위험하고 잘못된 방향으로 가고 있지 않다면 어른이라고 해서 절대 간섭하거나 강요하지 말아야 한다. 그렇게 할 어떤 권리도 더 존재하지 않는다.

사별자는 이제 자신과 자녀의 삶을 혼자 책임지며 잘 살아 내야 하는 큰 부담을 갖게 되지만 동시에 누구의 간섭도 없이 스스로 선택하며 인생을 살아갈 권리 또한 가지게 된다. 그러니 억지로 시가나 처가의 눈치를 보며 매여 살 필요는 없다고 본다. 때로는 냉정하고 독해야 하며, 때로는 이기적이란 소리도 들을 각오를 해라. 그렇지 않으면 혼자 살아 내기란 절대 쉽지 않다. 경제력에서도 더 냉정하고 객관적으로 판단할 필요가 있다. 그래야 혼자서도 당당히 새로운 삶을 살아갈 수가 있을 것이다.

그날도 비가 눈물처럼 하염없이 내렸다

아내의 장례식 날 하염없이 비가 내렸다. 수의를 입고 잠자듯 영면한 아내의 마지막 얼굴을 보았다. 아내의 얼굴을 손으로 어루만지니 얼음처럼 차갑고 낯빛은 창백했다. 장례식장은 내가 평소 자주 조문하던 곳인데 이제 내가 상주가 되어 조문객을 맞고 있다. 조문객들 대부분은 갑작스러운 아내의 부고에 많이 놀랐고 아내의 죽음이 사고사인 줄 알았다. 부고를 듣고 서둘러 온 조문객들은 하염없이 우는 나를 위로하기에 바빴다. 지금 생각하면 어떻게 그 순간들을 견딜 수 있었는지 생각을 떠올리는 것조차 힘이 든다.

장례식 날 운구는 장례식장을 빠져나와 우리가 살던 아파트를 향했다. 이 아파트는 근 8년 동안 아내가 입주민 대표를 맡아 돌보던 곳이다. 남자들도 하기 힘들다는 대단지 아파트 입주민 대표를 8년 동안이나 맡을 정도였다면 아내의 활달함과 리더십은 따로 설명할 필요도 없을 것이다. 아내는 누구보다 열정적이고 헌신적인 사람이었다. 자신이 아끼던 곳을 마지막으로 둘러보며 이곳을 떠나는 아내의 마음은 얼마나 안타까웠을까? 두고 가는 이 모든 것들을 바라볼 수는 있었을까? 운구는 화장장으로 향했다. 내 눈물처럼 비가 하염없이 내렸다. 그토록 정이 많고 사랑스러운 사람이 한 줌 재로 항아리에 담겨 내 가슴에 안겼다.

운구는 다시 고향으로 향하고 비는 계속 내렸다. 명절이나 제삿날이면 다정하게 서로의 따뜻한 손을 잡고 찾아갔던 고향길인데 이제 한 줌 재가 된 아내를 품에 안고 그 길을 가고 있었다. 동네에서 노제를 지내고 선산으로 향했다. 사진을 든 아들은 울며불며 산을 올랐다. 가족묘지에 조상님 묘를 위에 두고, 아래쪽에 아내 혼자 묻혔다. 먼 산이 보이는 양지바른 곳이었다. 말로는 표현하기 힘든 억울함과 안타까움이 마음속 깊은 곳에서 밀려왔다. 조상의 산소를 찾을 때마다 남편과 자식을 위해 간절히 기도하면서 절했던 그 자리에 아내가 묻혔다. 몸부림치고 울부짖어도 소용이 없었다. 장례식 내내 하염없이 내리던 비는 아내를 땅에 묻는 순간 그쳤다. 거짓말같이 비가 그쳤다.

아내를 위한 재齋는 우리가 늘 같이 다니던 절에서 올렸다. 생전 절에 다니면서 많은 도반으로부터 칭찬을 받았고 봉사활동도 많이 했던 아내였다. 얼마 전까지 남들의 재에 찬불가를 같이 불러 주던 아내가 아니던가. 찬불가 무상을 부르고 그렇게 울었던 당신이 아니던가. 그런데 아내의 영정이 그 자리에 놓여 있는걸 보니 황망했다.

아내는 어릴 적 크리스마스 때마다 자기 집 앞에 있는 교회에 나가 연극을 했다고 늘 이야기하곤 했다. 그래서 결혼하고 난 후에도 크리스마스 때면 언제나 성탄 트리를 만들어 거실에 놓곤 했다. 아내의 아버지가 생전에 자식들에게 그랬듯이 아내도 매번 선물을 준비해서 두 아들에게 주었다. 장인어른은 크리스마스가 되면 언제나 여섯 명의 자녀들이 곤히 잠자고 있을 때 머리맡에 선물을 두곤 했다고 한다. 산타가 와서 선물을 두고 갔다고 자랑했던 자상한 아버지를 둔 아내 역시 자상하고 따뜻한 사람이었다.

아내는 살았을 적에 사찰 합창단에서 남의 재에 영가를 불러 주었다. 그리고 집으로 돌아와서는 그렇게 눈물을 흘렸던 사람이었다. 당신이 그렇게 무상하게 떠날 줄 알고 찬불가를 부르면서 그렇게 울었던 것인가? 아내는 살았을 때 자주 자기가 죽으면 자식들에게 제사의 노고를 덜어 주어야 한다면서 자기는 절에서 제사를 지냈으면 좋겠다고 말하곤 했다. 우리는 아내의 뜻대로 하기로 했다.

사찰에서는 망자가 지은 죄를 씻고 후생의 명복을 빌어 주는 칠재를 올려 49일 동안 상실의 슬픔을 달랜다. 사십구재는 망자의 영혼이 이승과 이별하는 마지막 시간이고, 유족이 망자를 위해 마지막 정성을 다할 수 있는 시간이기도 하다. 그래서 사십구재는 산 자와 죽은 자를 위한 의식이다. 사십구재를 지내는 동안 유족은 슬픔을 조금씩 가라앉히고 일상으로 돌아갈 준비를 한다. 유교에서 1년상 또는 3년상을 치르는 것도 그 기간이 상실의 슬픔을 치유하는 기간이라고 보는 것이다.

상실의 슬픔은 하루아침에 무디어지지 않는다. 사람마다 차이가 있겠지만 몸에 난 상처가 회복되는 데도 시간이 필요하듯, 마음의 슬픔과 상처도 회복하는 시간이 필요하다. 또 사랑하는 이를 잃은 상실의 슬픔이 세월에 무뎌진다 해도 그 기억은 가슴 한곳에 영원히 남아 있을 것이다. 머리로 가슴의 슬픔을 잊으려고 애를 쓸 수는 있지만, 결국은 시간이 기억을 지우면서 천천히 슬픔을 지워 갈 것이다. 그러니 사별 초기라면 지금 슬픔에서 벗어나려고 너무 애쓰지 마라. 인간은 적응의 동물이라 어떤 상황에도 또 적응하여 살아가지 않겠는가?

지움으로 잊어가기

하얀 벚꽃이 남강 변을 따라 흐드러지게 핀 3월 말이다. 매일 죽음을 향해 가며 살기 위해 몸부림치며 투병을 하던 그해 4월도 벚꽃이 만발했다. 이맘때면 가슴 시리게 힘겨웠던 그 순간이 다시 떠오른다. 일부러 떠올리려 애쓰지 않아도 벚꽃과 함께 숨겨 둔 기억은 저절로 피어오른다. 사별에서 가장 힘든 것은 떠나간 사람의 흔적으로부터 오는 그리움과 연상이다. 우리는 죽은 자와 함께 했던 수많은 추억으로 인해 떠나보내야 할 사람을 떠나보내지 못하고, 지워야 할 기억을 지우지 못하고 괴로워한다.

떠난 사람에 대한 그리움을 옅어지게 하는 방법은 크게 두 가지가 있는 것 같다. 하나는 버리면서 지우는 것이고 다른 하나는 안으면서 지우는 것이다. 버리면서 지우는 방법은 떠난 사람의 흔적을 빨리 지우고 버리면서 망자에 대한 슬픔을 옅어지게 하는 것이다. 안으면서 지우기는 떠난 사람과 공존하면서 서서히 상실을 이겨 내는 것이다. 사람마다 기질과 슬픔이 다르니 어느 것이 상실의 슬픔을 이겨 내는 데 더 나은 방법일지는 사람마다 다를 수 있다.

나는 흔적을 지우면서 잊으려고 했다. 가는 곳마다 죽은 아내가 나타났고, 아내가 자주 사용했던 모든 물건에서 아내가 연상되어 너무 힘들었다. 사별 초기에 대부분 사별자는 배우자와 추억이 많이 깃든 공간들을 피하려고 하는 공통점이 있는 것 같다. 같이 자주 걸었던 길이나 음식점, 영화관, 심지어 같이 갔던 고향에도 가기 싫어진다. 나는 아내와 그렇게 자주 같이 갔던 절에도 가지 않았다. 그곳에 가면 아내가 앉아 있는 모습이 보였다. 간혹 어떤 이는 아내의 영혼이 곁에 있다고 생각하라고 한다. 하지만 아내를 만질 수도 없고 대화를 나눌 수도 없으니 그 생각은 슬픈 고문일 뿐이다.

내가 살던 작은 도시에서 가장 좋다는 아파트도 아내가 없으니 적막하고 두려운 공간이 되었다. 그래서 집에 들어가기조차 싫었다. 아내의 모든 흔적이 그대로 있었기 때문에 더 힘들었다. 부엌에서, 거실에서, 침실에서, 가는 곳마다 아내의 흔적이 보였다. 사별 후 몇 달 동안 아내와 살던 아파트를 들락거리는 것이 너무나 슬펐다. 내 정신이 아니고 그냥 몸만 오가는 것 같았다.

온기 없는 집으로 혼자 들어가는 것은 아무도 없는 깜깜한 세상으로 끌려 들어가는 두려움이었다. 불은 꺼져 있고 인기척 하나 없는 집은 따뜻한 우리 집이 아니었다. 바람이 휑하니 분다. 아내가 사용했던 그 모든 것들이 아내를 떠올리게 한다. 아내의 얼굴이, 행동이, 말이 그대로 살아 있다. 이 땅에 없는 사람을 수시로 떠올리며 살아야 하는 괴로움은 너무도 잔인했다.

아내가 절약하고 저축하여 작은 아파트에서 조금씩 더 넓은 아파트로 여러 번 이사하면서 지금의 아파트로 입주하던 기쁜 날이 생각났다. 아내가 이 집을 얼마나 좋아했는지 기억하지만 나는 도저히 아내와 같이 살았던 공간에서 혼자 살 수가 없었다. 아내의 흔적을 지우려고 아내를 보내고 6개월 후 오래된 작은 아파트로 이사를 했다. 서글프기 짝이 없었다. 사랑하는 아내를 잃고 작은 아파트로 혼자 이사하는 심정은 너무 초라했다. 스스로 불쌍하고 자존심이 상했다. 그렇다고 혼자 넓은 아파트에 있을 수도, 있을 이유도 없었다.

나는 이사를 하면서 아내의 흔적을 지우려고 했다. 많은 옷가지와 주방용품, 책 등 아내의 물건들을 대부분 버렸다. 아내의 손때 묻은 물건들을 버려야 하는 마음은 그냥 눈물로 삼킬 수밖에 없었다. 이사를 하면서 문제가 생겼다. 아들들이 어머니의 흔적을 지우는 것을 싫어했다. 내가 버린 아내의 물건들을 주섬주섬 들고 오는 것이 아닌가. 나는 버리고 싶었고, 아이들은 어미의 흔적을 안고 싶어 했다.

어머니의 흔적을 버리는 것이 어머니를 버린다고 생각하는 듯했다.

　이해 못 할 바는 아니다. 나는 피하고 버리면서 잊으려 했고, 아이들은 품으면서 잊으려 했을 뿐이다. 그것이 아이들의 어머니에 대한 그리움과 사랑이며, 그들의 애도 방식이니 어쩔 수 없었다. 어머니를 잃은 두 아들의 마음은 어느 때보다 예민해져 있었다. 결국, 두 아들이 다시 챙겨 온 물건은 지금도 베란다에 그대로 쌓아 두고 있다. 세월이 더 지나 어머니를 잃은 슬픔과 그리움이 잦아들면 언젠가 본인들이 직접 처리할 것이다.

　장기기억장치LTM에 저장된 정보를 망각하는 방법은 그 정보를 회상하지 않는 것이다. 하지만 매개체로 연상되는 정보는 반복 재생되니 잊기가 어렵다. 오랫동안 회상하지 않으면 그 정보는 자연스럽게 사라지지만 그 정보를 계속 꺼내어 회상하면 그 정보는 결코 잊히지 않는다. 저장된 정보를 망각하기 위해서는 장기기억장치에 저장된 정보를 떠올리지 않아야 한다. 잊으려고 노력하지도 말고 회상하지도 말아야 한다. 그래야 잊힌다.

　하지만 잊는 것만이 상실의 슬픔을 치유하는 바람직한 방법일까? 꼭 그런 것은 아닌 것 같다. 어떤 사별자는 떠난 사람을 안고 평생을 살아가기도 한다. 그러나 우리가 새로운 삶을 살아가고자 한다면 떠난 사람을 언제까지 안고 슬퍼할 수는 없다. 그 흔적들을 가까이 두면서 슬픔을 붙들고 있어서도 안 된다. 새로운 사람을 만나려면 과거의 사람은 떠나보내야 한다. 떠난 사람에 대한 미련과 사랑을 마음 가득 품은 채 새로운 사랑을 하기는 어려울 것이다. 비단 새로운 사랑을 하기 위해서 뿐만 아니라 새로운 삶의 영역으로 나가려면 마냥 슬픔에 빠져 있어서는 안 된다. 사랑하기 때문에 이별한다는 상투적인 말이 때론 사별자의 마음을 대변하는 것이 아닐까 싶다. 사별 후 달라진 상황을 받아들이고 적응하려고 노력하는 것이 상실의 터널을 빨리 빠져나오는 묘수가 될 수 있다.

일편단심으로 다시 누군가를 사랑하지 않으려면 망자를 안고 가는 것도 좋으리라. 그러나 살아야 할 시간이 길게 남아 있다면 평생을 혼자 외롭게 지내는 것은 너무나 잔인하다. 그 기나긴 세월을 어찌하려나. 하지만 사랑의 대상은 굳이 사람이 아니어도 된다. 일도 좋고, 하나님도, 부처님도, 우리보다 더 힘들어하는 사람을 사랑하는 것도 좋다. 에로스가 아닌 아가페적 사랑을 하거나 좋은 친구와 우정을 나누며 외로움을 달래는 것도 좋다. 모든 사별자에게 떠나간 배우자와의 지난 시간이 아름다운 추억으로 자리 잡을 수 있다면 더없이 좋겠다. 세월이 슬픔을 지우고, 일이 그리움을 지우고, 핏줄을 향한 사랑이 외로움을 지워 나간다.

일에 미쳐라

2016년 6월 29일 해가 잿빛처럼 기울고 있었던 오후! 병실로 모여든 의료진과 두 아들이 곁에서 지켜보는 가운데 큰 숨을 가쁘게 내쉬더니 아내의 몸에서 마지막 힘이 빠져나갔다. 그렇게 건강하고 활발하고 헌신적이던 아내가 우리를 떠났다. 나는 통곡으로 몸부림쳤다. 병실은 금세 울음바다가 되었고 슬픔이 파도처럼 모두를 휩쓸었다.

암을 발견한 지 불과 석 달 만이다. 석 달 동안의 투병 기간은 지옥이었다. 암 자字만 들어도 싫어했던 내가 수척해진 몰골의 암 환자들이 가득한 암 병동에서 석 달을 보냈다. 살릴 수 없음을 알면서도 기적을 바라면서 치료할 수 있다는 수많은 유혹에 속수무책으로 기댈 수밖에 없었다. 누구든 붙잡고 아내를 살려 달라고 매달리고, 세상의 모든 신에게 기도했지만 결국 떠날 사람은 떠났다. 우리 가정에 일어날 거라고는 상상도 못한 일이 내게 일어났다.

이 글을 쓰고 있자니, 사별의 어두운 터널에서 벗어나려고 발버둥 쳤던 기억이 떠오른다. 어두운 터널을 벗어나도 밖은 여전히 어두운 밤이다. 밤이 지나도 안개가 자욱해 앞을 볼 수가 없다. 어디로 가야 할지 모르는 더듬이를 잃어버린 개미와 같았다. 사람을 피해 다니는 대인기피증이 일상으로 나타났다. 왜 저 사람들은 여전히 건강하고 멀쩡한데 착한 내 아내는 그런 고통 속에서 세상을 떠나야 했나? 건강하고 젊은 아내가 왜 이리 일찍 가야만 했단 말인가? 생각할수록 억울하고 분했다. 방에 틀어박혀 나오지도 않고 움직일 힘도 없었다. 햇살이 밝은 줄도 몰랐다. 살아 보려고 발버둥 치면 칠수록 깊은 늪으로 빠져들어 가는 기분이었다. 헬스장에 갔다. 하지만 혼자 더 살아보겠다고 운동을 하고 밥을 먹는 나 자신이 미워지고 원망스러웠다.

결국 한 달을 넘기지 못했다. 몸은 쇠약해지고 우울한 마음은 날이 갈수록 깊어졌다. 학생들에게 미안한 일이지만 강의는 하는 둥 마는 둥 대충한 것 같다. 얼굴에 슬픔이 찌들어 있었으니 옆에서 지켜보는 사람들이 얼마나 힘들었을까? 소소한 차량 접촉 사고가 수시로 발생했다. 얼빠진 사람처럼 하는 일들 모두 허둥지둥하며 제대로 하지 못하는 바보가 되어 버렸다.

시간이 지나면서 조금씩 이 상실의 아픔에서 벗어나려는 방법을 찾기 시작했다. 죽을 게 아니라면 살아 내야 했고 이제 정신을 차려야 했다. 주변 사람들은 이런 깊은 슬픔의 굴에서 벗어나려면 어딘가에 집중하는 것이 좋다고 조언해 주었다. 그래서 나는 집필 중이던 책에 집중하기로 했다. 하루에 조금씩 조금씩 글 쓰는 시간을 늘려 가기 시작했다. 불현듯 올라오는 슬픔과 환영으로 언어와 문법은 뒤틀리고 수없이 많은 오류가 발생했다. 그래도 쓰고 또 썼다. 책을

나는 사별하였다

출판하는 일에 매달려 애도의 시기를 어느 정도 보냈다. 그 후에야 주위가 보이고 산이 보이고 사람이 보였다. 출판한 책 홍보와 신문 기사가 쏟아지고 특강도 이어졌다. 그래도 아내를 잃은 슬픔이 얼굴에서 온전히 가시지는 않았다.

다음 해 시월 누렇게 가을빛이 익어갈 때쯤 학교에서 학장 선출에 관한 이야기가 나왔다. 나는 전혀 생각도 하지 않았다. 대학 본부처장이나 본부장을 하고 나면 단대 학장은 하지 않는 것이 관례였다. 그런데도 학장을 해 보라는 권유가 이어졌다. 나를 위하는 일이기도 했고 마땅히 할 사람이 나타나지 않은 탓이기도 했다. 학장 선거도 쉬운 일이 아니라 망설여졌고 여러 사람에게 의견을 물어보았다. 사별하고 정신이 없는데 과연 학장 일을 할 수 있을까 하는 걱정이 앞섰다. 주위에선 그럴수록 더욱 일해야 한다고 닦달하였다. 그래! 사별했다고 고개 숙이고 기죽고 우울하게만 살아서는 안 되겠다 싶었다. 그래서 학장 선거에 나섰고 압도적 지지로 학장을 맡게 되었다. 60여 명의 교수와 10개 학과와 학생들을 돌아보고 책임지는 학장의 역할이 쉽지만은 않았다. 회의도 많았고 사업들도 많았다. 나는 많은 일을 벌였고 그 일에 집중했다. 함께 힘을 모아 도와주신 분들 덕분에 추진한 사업들을 잘 이루어 내었다.

열심히 내가 해야 할 일을 했을 뿐인데 나는 어느새 끝이 보이지 않던 사별의 음습한 터널에서 빠져나오고 있었다. 어두운 밤이 지나고 앞을 가리던 안개가 햇살에 조금씩 걷혀 가면서 아름다운 산이 보였다. 모든 것이 조금씩 제자리를 찾아오는 듯했다. 학장이 된 후 사람을 만나야 하고 회의에 참석도 해야 하니 홀로 있을 수가 없었다. 지금 생각해도 학장을 맡기로 한 것은 참 잘한 것 같다. 도전하지 않았으면 나날이 기가 죽어 지금도 슬픈 모습으로 살고 있었을지도 모른다.

그래서 사별 경험자인 내가 사별자에게 권하는 것 중 하나가 일에 파묻혀 시간을 보내라는 것이다. 그것이 사별의 슬픔과 외로움, 그리움과 우울함에서 조금이라도 벗어나는 방법이라 생각한다. 세월이 그냥 약이 되는 것이 아니었다. 내가 할 수 있는 일을 찾아 도전하면서 내 역할에 최선을 다할 때, 그 과정을 통해서 얻게 되는 성취감과 자존감이 상실의 슬픔으로부터 나를 회복시키는 힘이 되었다. 그런 세월을 살아 내야 세월이 진짜 약이 되는 것이다.

학교 일에 집중하면서 한편으로는 테니스에 다시 몰입했다. 사별 전에도 테니스를 치긴 했지만, 사별 후 한동안은 어떤 사람도 만나고 싶지 않았고, 위로랍시고 건네는 어떤 말도 듣기 싫어서 모임에 나가지 않았다. 하지만 차츰 사람들과 어울리기 시작하면서 테니스를 다시 치기 시작했다. 회원 중에 아내의 임종까지 지켜본 주치의가 있어 처음에는 다소 힘들었다. 그를 보면 당시 일들과 아내가 의사에게 다소곳하게 예의를 지켰던 모습이 자꾸 떠올랐다. 몰래 눈물을 흘린 적이 한두 번이 아니었다. 하지만 만남이 반복될수록 조금씩 나아졌고 격렬한 운동 중 하나인 테니스에 미쳐 시간을 보낼 수 있었다. 전국 교수 테니스대회에 참석하여 B조이지만 예상치 못한 우승을 했다. 미쳤기 때문에 가능한 일이었다.

나는 지금 사별 4주기를 며칠 앞두고 있다. 학장 직도 내려놓고 안식년을 가지면서 여행도 갈 수 있는 상황이다. 아내와 같이 다니던 길도 이제는 눈물 없이 아내를 추억하며 다닐 수가 있게 되었다. 아직 아무렇지도 않은 것은 아니지만 전보다 슬픔은 많이 가라앉은 듯하다.

하고 싶은 일이 있으면 망설이지 말고, 무엇이든 그 일에 미쳐 보라. 사랑하는 이의 허망한 죽음을 경험한 우리는 망설임이나 두려움으로 고민하며 더는 시간을 지체할 필요가 없다. 남의 시선이나 편견을 의식하거나 남을 따라 살 필요도 없다. 만약 당신에게 어떤 기회가 주어진다면 실패를 두려워하지 말고 도전해 보길 권한다. 당신이 꼭 해야만 할 일을 맡게 된다면 몸이 부칠 정도로, 딴생각은 일절 할 수 없을 정도로 집중하면 더 좋을 것이다. 우리가 사별이라는 예상치 못한 슬픔을 겪었다 해도 우리는 삶을 포기하지 않고 살아 내야 하고, 다시 일어서야 한다. 죽은 사람도, 아직 살아 있는 그 누구도 결코 나를 대신해서 살아 줄 수는 없다.

사별자도 당당하게 자기 삶을 살아야 한다

사랑하는 사람을 떠나보낸 슬픔을 어찌 다 말로 표현할 수 있겠는가. 인간은 누구든 죽음을 피할 수 없다. 그러니 두 사람이 동시에 죽지 않는 한 부부 중 누군가는 배우자를 먼저 보내야 하는 사별자가 될 수밖에 없다. 대부분 사별자는 한동안 대인기피증에 시달린다. 슬픔으로 힘들고 자존감은 사라지고 의지했던 보호자가 사라졌으니 심리적으로 나약해질 수밖에 없다. 그리고 누가 부추기지 않아도 사별자 스스로 망자에 대한 죄책감이나 사회적 편견으로 인한 불안과 두려움에 시달리기도 한다.

그런데 우리는 이제 이러한 시각과 인식에서 벗어나야 한다. 사별자도 당당히 개인의 존엄을 지키고 행복한 삶을 살아갈 권리가 있다. 솔직히 사별자는 결코 죄인도 아니고 세상에서 부끄러움을 느껴야 할 이유도 없다. 누구나 한번은 세상을 떠나야 하는 것이 인생이고, 배우자를 보낸 것은 인연의 다함이고 운명일 뿐이다. 사별자라고 해서 마냥 남의 눈길을 피해 숨거나 거짓말을 할 필요가 없다는 것이다. 얼굴을 숨기고 살 필요도 없고 고개를 숙일 필요도 없다.

일찍 사별한 사실을 죽음처럼 부끄럽게 생각할 필요도 없다. 떠난 사람은 떠나갔지만 남은 사별자는 어쩔 수 없이 앞으로 남은 긴 시간을 슬픔을 안고 눈물로 살아가야 한다. 그렇다고 의기소침해서 살아가기에는 너무나 아까운 시간이고 한 번뿐인 찬란한 인생이다. 더구나 생존 수명이 길어진 오늘날은 더더욱 그렇다.

당당해져야 한다. 사별이 자랑할 것은 아니지만 굳이 숨기고 숨어서 살아갈 필요도 없다. 그러니 사별에 대한 담론이 금기시될 필요도 없다. 떠난 배우자를 추모하고 그리워하는 마음은 가슴 한 편에 고이 간직하고 떠난 이에게 부끄럽지 않도록 자신의 남은 삶을 살아가면 된다. 때로는 독하게 때로는 이성적이고 냉정하게 살아야 살아남을 수 있다. 억울할수록 이를 물고 분할수록 당당하게 일어서야 한다.

사별에 관련된 외국출판 저서는 많이 있는 데 반해 국내의 사별자가 직접 쓴 사별에 대한 솔직한 담론과 감정을 드러낸 책은 그다지 많이 출판되지 않았다. 그것은 사별자가 심리적으로 위축되고 사회적 인식과 대우에 대한 두려움 때문에 스스로 사별자임을 밝히기 꺼려서일 수도 있다. 사별을 산 자의 책임이나 부정적 인과로 보아 온 우리의 문화와 잘못된 편견도 영향을 미쳤을 것이다. 죽음은 모든 인간에게 보편적인 일인데 왜 사별이 산 자의 책임이고, 산 자가 죄책감에 시달리거나 자신의 운명을 부끄러워하면서 살아야 하는가.

우리는 죽음을 멀리 존재하는 과정으로 보았다. 생사의 세계를 천만리 구천의 세계로 보았다. 그러나 서양은 죽음이 늘 곁에 존재하고 망자도 늘 같이 공존하는 것으로 보았다. 그래서 무덤도 생활 속에 두고 생활 속에서 추모하고 기도한다. 우리도 사별에 대한 인식을 바꿀 필요가 있다. 사별은 우리 인간 누구나 한 번은 겪어야만 할 삶의 한 과정일 뿐이다. 그 시기만 다를 뿐 모두가 사별자가 된다는 사실을 간과해서는 안 된다.

사별자는 남은 자신의 인생을 행복하게 살아가려고 단단해지도록 노력해야 한다. 견디다 보면 그만큼 내성과 지혜의 내공이 쌓이게 된다. 사별자가 아니면 누구도 쌓을 수 없는 경험의 내공이 생긴다. 비록 그 과정이 길고 지루할지라도 우리는 그 내성과 내공을 통해 행복하게 살아갈 힘을 얻게 된다. 인간은 누구나 행복을 추구할 수 있는 천부적인 행복권을 가지고 이 세상에 태어났다. 행복권은 인간의 신성한 기본적인 권리이다. 누구도 방해할 수가 없다. 그래서 우리 헌법에도 행복추구권을 명시해 놓고 있는 것이 아닌가.

사별자가 재혼하든, 연애하든, 우정을 나누든, 혼자 살아가든, 그건 사별자의 고유한 선택이고 그들의 사랑권과 행복권을 존중해야 한다. 이제는 자기의 삶을 자기가 독자적으로 살아가야 한다. 죽음으로 이미 끝나 버린 인연을 버린다고 해서 누구도 사별자를 비난할 수 없다.

사별함으로써 결혼으로 묶였던 배우자와의 약속과 사랑이 가지는 시효는 끝났다. 남편 가족과의 관계도 끝이 나고, 아내 가족과의 관계도 끝이 났다. 다만 자녀가 있고 지난 삶이 있으니 그 연을 지속하되 그 형태는 지난날과 달라야 할 것이다. 시가나 처가와의 관계도

나는 사별하였다

새롭게 재정립해야 한다. 억지로 묶여 굴레가 되어 힘들게 살아갈 필요가 없다. 모두 홀로된 사별자를 자유롭게 놓아두어야 하고 고통에서 벗어날 수 있도록 도와주어야 하고, 자기 삶을 살아가도록 이끌어 주고 아껴 주어야 한다. 과거의 인연으로 간섭하거나 관여해서는 안 된다.

사별자는 이제 이전의 며느리나 사위가 아님을 분명히 알아야 한다. 사별은 하늘이 인연의 끈을 스스로 풀어 준 것이다. 결코, 사별자의 잘못도 아니고 흠도 아니고 부끄러움도 아니다. 그래서 남은 삶은 새로운 인연을 만나고 새로운 삶의 형태로 거듭 태어날 수 있어야 한다. 하늘이 그렇게 허락해 준 것이다.

먼저 사별을 경험한 우리는 이제 사별의 슬픔과 고통을 당당하게 토로함으로써 앞으로 사별을 겪게 될 이들이 그 슬픔과 고통을 이겨 나가는 데 도움을 주어야 한다. 누구도 사별자를 죄인처럼 대하거나 기구한 운명을 가진 불쌍한 자로 대해서는 안 된다. 국가에서는 힘들게 살아가는 사별자를 보호하고, 경제적으로 어려운 한부모 가정이라면 경제적으로 자립할 수 있도록 지원하고, 아이들에게도 관심을 가져야 한다. 사별자는 결코 불쌍한 존재나 불운한 존재가 아니다. 사별은 나의 문제이고, 동시에 우리가 모두 겪게 될 문제이다. 누구나 사별자가 된다는 사실을 잊지 말아야 한다.

사별자는 과부나 홀아비가 아니라 또 다른 자신의 삶으로 돌아온

홀로임이다. 참 나로 돌아온 존재이니 다시 나 스스로 당당해져야
한다.

사별자의 다시 사랑하기에 대하여

사랑하는 사람을 잃었다. 사랑했기 때문에 결혼했고, 사랑했기 때
문에 수많은 시간을 같이 보내면서 살았다. 배우자의 사별은 오롯이
내 편이었던 아내와 남편을 보낸 것이다. 아무리 돌아봐도 아내도
남편도 찾을 수가 없다. 혼자임이 너무나 명백하다. 혼자서 어린아
이들을 어떻게 키우고, 어떻게 먹여 살리고, 어떻게 교육을 해 나가
야 할까. 그래서 때로는 죽은 사람을 불쌍하거나 안타깝게 생각하기
보다 "나는 어떻게 살라 하고 당신 혼자 떠났나?" 하면서 울부짖는
사별자가 있다.

앞으로 살아갈 수십 년의 삶에 대한 두려움과 걱정이 앞서고 황
량한 들판에 혼자 남겨진 듯한 외로움과 무서움이 엄습해 온다. 아
이들이 어린 젊은 사별자의 경우엔 더 살아갈 길이 험하고 앞이 깜
깜하다고 느낄 수 있다. 이제 가장으로서 이 집을 책임지고 꾸려 가
야 하고 모든 것을 스스로 결정하고 이끌어 가야 한다. 앞으로 저
아이들을 아빠 없는 자식으로, 또는 엄마 없는 자식으로 키워 나가
야 한다.

배우자가 없는 새로운 현실에 적응하며 힘겨운 시간이 어느 정도 지나 삶이 안정되고 정신이 차려지면 이제 새로운 누군가를 만나 다시 사랑할 수 있을까 하는 물음을 던지게 된다. 과연 사랑하는 사람을 또 먼저 떠나보내게 된다면 그 슬픔을 다시 견뎌 낼 수 있을까? 앞으로 남은 인생을 혼자 살아갈 수 있을까? 외로움은 어떻게 이겨 나가고 경제적인 어려움은 어떻게 극복할 수 있을까? 또 죽은 사람을 잊으면서 새로운 사람을 사랑한다는 것이 과연 가능할까? 새로운 사랑과 인생에 대한 이런 질문들을 자신에게 수없이 던지게 된다.

시간이 지나가면서 사별의 슬픔을 치유하기 위해 같은 슬픔을 겪고 있는 사별자들이 모인다. 누구에게도 말하기 어려운 슬픔을 토로할 수 있고, 위로 받고 위로할 수 있는 사람들이 있다면 바로 같은 동병상련의 사별자들이다. 점점 사람을 만날 수 있는 용기가 생기고 사람이 눈에 보이기 시작한다. 잊고 살았던 이성에 대한 감정도 조금씩 되살아난다. 외로움을 달래려고 이성을 만나고, 홀로임이 두려워서 이성을 만나기도 한다. 우정이라고 해도 동성과 이성의 만남은 조금 다른 의미가 있다. 이런 만남을 통해 때로는 사별의 슬픔을 잠시라도 잊어버리고 삶의 활력을 경험하기도 한다.

인간은 적응의 동물이다. 적응하면서 자신만의 습관이 형성된다. 새로운 사람을 만나면 거기에 적응하면서 살게 되는 것 같다. 어떤 사별자들은 갑작스러운 상실의 공백을 메우기 위해 서둘러 이성을 만나려고 한다. 죽은 배우자에 대한 기억이 앞을 가로막고 따라다녀 새로운 사랑의 감정에 찬물을 끼얹기도 하지만, 산 자의 이기심은 때로 냉정하리만큼 차갑다. 감정이 변해 가는 자신을 보며 자신에게 놀라기도 하지만 이미 곁에 없는 죽은 배우자를 벗어나지 못하고 고독하고 불행한 영혼으로 남은 일생을 살 수는 없지 않은가?

사랑은 흐르는 물같이 오고 가는 속성이 있다. 남은 자는 떠난 자가 자신이 어떻게 살아가길 원할지 한 번쯤 생각할 필요가 있다. 진정 사랑하기 때문에 떠난다는 역설적 사랑의 세레나데도 있다. 떠난 자가 진정 산 자를 사랑했다면 더는 사랑할 수 없는 자신을 끌어안고 평생을 외롭게 살아가기를 바라지는 않을 것이다.

어느 날 아내가 '내가 죽으면 당신은 새 사람 만나서 편하게 살아갔으면 좋겠다. 당신이 먼저 죽으면 나는 절에 들어가 공양주로 살고 싶다'라고 했던 말이 기억난다. 아내는 사랑하는 남편이 끝까지 행복하기를 원할 뿐이었다. 그것이 진정한 사랑이다.

사별자가 새로운 사랑을 찾는 것이 죽은 자를 배신하는 것일까? 아니면 죽은 자가 산 자에게 베푸는 배려일까? 사랑의 감정은 신묘하여 과거를 잊고 새로운 행복을 주는 묘약이 되기도 한다. 인간은 만나고 헤어지고 또 만나기도 하는 회자정리의 윤회 속에서 살아간다. 우리는 하루에도 수많은 인연과 만나고 헤어지기를 반복하면서 살고 있다. 생각의 생멸도 이와 마찬가지이다. 슬픔이 생겨났다가 기쁨이 생겨났다가, 떠난 사람이 생각나서 몸부림쳤다가 이내 다른 생각에 잠긴다. 그렇게 현실에 적응해 가면서 살아간다.

인간은 누구나 사랑을 먹고 사는 존재다. 설령 이별의 상처로 또 괴로움을 겪게 되더라도, 누군가에게 다시 사랑 받으며 살고 싶고 누군가를 다시 사랑하고 싶은 마음이 인간의 본성이다. 사별 후 다시 누군가를 사랑하게 된다고 해서 인간적 도리에 어긋나는 것도 아니며 죽은 배우자의 사랑을 배신하는 것도 아니다. 그러니 다시 사랑하는 것은 두려워하거나 죄책감에 빠질 일이 아니다.

많은 사별자는 새로운 사랑을 갈구하면서도 한편으론 여러 핑계로 머뭇거린다. 사별자의 사랑의 조건은 일반인보다 훨씬 까다로울 수도 있고 반대로 훨씬 더 자유로울 수도 있다. 사별자의 사랑의 특징은 사춘기나 초혼의 사랑보다 훨씬 계산적이고 이해타산적이라는 것이다. 다르게 생각하면 덜 계산적이어도 되는데 겁먹은 조건들을 스스로 많이 붙인다. 떠난 사람에 대한 그리움과 미안함이 언제나 따라다니고 또 자녀들이 곁에 서성거리고 있으며, 처가나 시가 가족들의 시선을 의식하지 않을 수도 없다. 각자의 재산 유무도 신경 쓰이는 대목이다. 불같은 사랑으로 이해관계를 떠나 가슴 설레는 사랑이 다시 찾아온다면 그것보다 더 행운은 없겠지만, 이해타산을 떠난 사랑을 하기란 매우 어렵다. 결혼이란 구속의 제약도 없으니 만남도 떠남도 자유로워서 깊은 사랑 없이 외로움을 달래는 가벼운 만남을 갖는 사별자들도 있다.

장성한 자식이 있는 경우는 새로운 사랑을 찾기가 더 힘들어진다. 그들은 상처한 부모의 새로운 사랑을 또 다른 상실과 배신으로 받아들인다. 거기에는 부모의 재산에 대한 우려가 또 한몫한다. 사별한 부모가 긴 삶을 외롭고 슬프게 살아가는 것보다 또 다른 사랑을 찾아 서로 의지하면서 행복하게 살아가길 바라는 자녀들은 그리 흔하지 않은 것 같다. 부모가 상대를 잘못 만나 상처를 받을까 봐, 또는 거기에 빠져 바른 판단력을 잃을까 두려워 반대한다면 문제 될 것이 없지만, 그렇지 않고 자신들에게 돌아올 사랑이나 관심, 또는 경제적 이해로 그들의 부모가 다른 이성을 만나는 것을 반대하는 것은 지극히 이기적인 생각이다. 부모가 자식의 인생을 살아 줄 수 없는 것처럼, 자식도 부모의 인생을 살아 줄 수 없고 늙어 가는 부모의 동행이 되어 주긴 어려운 일이다. 자녀들은 혼자된 부모의 긴 삶을 심각하게 고려해야 한다.

개인적인 욕심이지만 우리 사별자에게 이런 사람이 옆에 있으면 좋겠다. 아름다운 꽃이 피는 봄이면 꽃길을 같이 걸어 줄 수 있는 사람, 맛있는 음식을 보면 같이 먹으러 갈 수 있는 사람, 특히 이전에는 전혀 경험하지 못했던 새로운 경험을 찾아 같이 시도해 볼 수 있는 사람이면 좋겠다. 비슷한 세대의 유행가를 들으며 같이 여행도 하고 무작정 걷기도 하고 운동도 할 수 있는 사람이면 참 좋을 것 같다.

나는 사별하였다

과하게 집착하거나 계산적인 사랑이 아니라 남은 인생을 뚜벅뚜벅 같이 걸어가며 서로의 안부를 묻고 조언을 주고받을 수 있는 동행이 있다면 좋을 것이다. 또 만나면 설레고 서로에게 따뜻하고 편안함을 느낄 수 있는 그런 사람이면 좋겠다. 삶의 가치관이 비슷하고, 즐거운 대화를 공유할 수 있는 사람이면 외로운 인생을 살아갈 때 큰 힘이 되어 줄 것이다. 그리고 서로가 힘들 때 도와주고 싶어 하고, 같이 있을 때 말이 적어도 지루해하지 않을 사람이면 좋겠다. 특히 떠난 배우자를 향한 마음을 이해해 주고, 서로에게 여유와 믿음을 가질 수 있는 관계라면 서로 좋은 위로가 될 것이다.

마지막으로 아빠나 엄마를 잃은 어린 자녀들을 연민과 사랑으로 품을 수 있는 넉넉한 마음을 가진 사람이라면 참으로 좋을 것 같다. 바람을 다 적고 보니 욕심이 과하다 싶지만 큰 아픔을 겪은 많은 사별자에게 이런 좋은 만남의 축복이 있기를 응원해 본다.

당신 이름을 가만히 불러보네

당신이 떠나고 난 후 많은 사람이 소위 말하는 정신적 공황이 찾아왔어. 그렇게 건강하고 활달했던 당신이 그렇게 황급히 떠날 줄은 아무도 몰랐고, 다들 사고사인 줄 알았다고 했어.

당신이 떠나고 뒷정리를 하면서 가족관계증명서를 뗄 때마다 얼마나 힘들었는지 몰라. 당신 이름을 볼 때마다 눈물이 앞을 가렸고 그 이름 옆에 사망이란 글자를 보고 또 울었어. 다정했던 당신 이름 석 자가 이렇게 가슴을 후벼 팔 줄은 꿈에도 몰랐거든. 이름을 되새김할 때마다 당신의 목소리가 들리고 당신이 나를 불렀던 '자기'라는 부름이 들려오는 듯했어.

당신은 나를 자기와 동의어로 썼잖아. 당신이 나고 내가 당신이었지. 자기 그대로였어. 내가 몸과 마음이 아플 때마다 당신은 당신보다 나를 더 염려하고 걱정했지. 자신이 죽어 가는 것을 알면서도 내 걱정을 한 당신이었고…. 어느 날 병석에서 나를 보며 "당신 허리가 찬 것이 속이 상해"라고 했던 말이 지금도 생생해. 내가 허리와 배가 차다며 족욕을 하라고 매일 저녁 무거운 물통을 가지고 온 당신이었지.

정신이 혼미해 오면서 간호사가 당신 이름을 물으면 당신은 내 이름을 말해 주었어. 내가 곧 당신이었으니까…. 당신은 없고 오직 남편인 내가 당신의 전부였어. 내가 지금 속상하고 억울하고 화가 나는 것은 당신이 당신으로 살지 못하고 오로지 두 아들과 남편을 위한 삶을 살았기 때문이야. "고맙다"라는 말보다는 "미안하다"라는 말밖에 할 말이 없는 나 자신이 원망스러워. 당신은 당신 없이 나를 위해 살았지만 나는 당신을 위해 살지 못했기에 내 마음속에는 후회와 죄책감이 떠나질 않아. 당신은 병석에서 마지막으로 "내가 욕심이 너무 많았다"고 말했지. 당신은 남편과 자식에 대한 지나친 욕심으로 힘들어 한거 알아.

당신이 일찍 떠나려고 그랬나. 우리가 10년 동안 거의 매일 일상을 글로 주고받았고 진언으로 당신을 위하고 아들을 위한 기도를 했던 것을 기억하겠지. 그렇게 떠나려고 붙어서 떨어질 줄 모르고 전국 곳곳 여행을 다녔던 것일까. 전국 절이라는 절은 다 다닌 듯해. 절을 방문하느라 밤늦게 손을 잡고 산길을 내려왔던 적이 한두 번이 아니었지. 가는 곳마다 당신의 간절한 기도 소리가 소리 없이 들렸어. 모두 당신 아닌 남편과 두 아들을 위한 기도였다는 것도 다 알고 있었고. 당신 아프기 전 몇 해 동안은 방학 때마다 외국으로 갔었지. 당신이 그토록 가고 싶어 했던 그리스와 터키도 갔다 왔고, 아테네 동산에서는 지중해 바다를 바라보면서 전생에 여기서 산 것 같이 아름답다고 몇 번이나 말한 기억이 나네. 가고 싶은 곳이라도 그렇게 갔다 온 것이 다행이었지. 인도 타지마할에 갔을 때도 역사를 좋아했던 당신은 눈빛이 달라졌지. 왕비의 무덤을 보고 그 사람은 참 복이 많은 사람이라고 말했었지. 당신이 떠난 지금 당신과 여행했던 곳이 방송에서라도 나오면 나는 으레 당신과의 추억을 떠올리곤 한단다. 아직 많은 슬픔이 남아 힘들지만….

당신은 어둠이 짙은 학교 운동장을 화엄경약찬게를 수없이 외면서 도는 것을 즐겼었지. 당신은 머리도 참 좋았어. 그 많은 내용을 다

외는 것을 보면 나는 늘 신기하기만 했거든. 기도 속에서도 당신은 당신 아닌 남편의 건강과 자식을 위해 기도했다는 것도 알아. 지금도 그곳을 가면 당신 생각에 잠기곤 해.

나는 당신이 떠나고 난 후 당신이 그렇게 좋아하고 정성을 들였던 아파트에서 작고 오래된 아파트로 이사했어. 당신과 같이한 공간에서 살아간다는 것이 너무나 힘들었거든. 미안하지만 이사하면서 당신의 흔적들을 버리고 또 버렸어. 당신은 아마 당신 생각으로 힘들어할 나를 보면서 빨리 잊고 더는 슬퍼하지 말고 나의 행복을 찾으라고 하겠지. 당신보다 나를 더 걱정하는 당신이었기에…. 미안해.

우리 작은 아들은 착한 아내를 맞이해서 결혼 했단다. 모든 것을 자기가 알아서 너무나 멋있게 잘 치렀어. 코로나로 하객들이 너무 없을까 봐 걱정했는데 부산에서 제일 좋은 호텔 예식장이 가득했단다. 혼주석 당신 자리는 비워 두었어. 당신이 와 있다고 생각하면서 말이야. 나도 모르게 눈물이 흘렀어. 아들을 안고 한동안 당신을 생각하면서 주체할 수 없이 눈물이 나더라고. 아들 결혼을 당신이 얼마나 좋아했고 자랑했을까 하는 생각을 수없이 했단다. 좋은 집안에서 자란 참한 아가씨를 며느리로 맞이했어. 아들은 좋은 아파트에 신혼집을 차렸고 자기가 운영하던 약국 건물도 샀단다. 기특하고 자랑스럽기도 하지. 당신이 병석에 있을 때 아들 약국 이름을 "다드림 약국"이라고 당신이 지어 주었지. 환자에게 "다 드린다"라는 뜻과 많은 꿈을 가진다는 드림dream의 뜻도 있다고 좋아했었지. 지금 약국은 그 이름이 아니지만, 아들은 첫 약국을 개업했을 때는 그 이름으로 개업을 했단다. 지금은 어쩔 수 없이 대학이름을 사용하고 있어. 언젠가 그 이름으로 약국을 개업한다고 하니 약속은 지키겠지. 가족들이 하는 모든 일마다 당신의 손길과 도움이 있는 듯 잘 풀려나가고 있는 듯해. 하늘에서 당신이 도와주고 있는 것 같다고 모두 그렇게 믿고 있단다.

언젠가 당신이 나에게 "당신이 학장을 하면 안 되요?"라고 한 말이 생각나. 당신 떠나고 헤맬 때 주위에서 학장을 권해 학장도 했고. 일로써 슬픔을 어느 정도 이겨 나갈 수 있어서 좋았지. 학교를 위해 누구보다도 많은 일을 할 수 있어서 마음이 뿌듯해. 당신이 참 좋아했을 텐데.

올해는 안식년을 받아 지금은 제주에서 한 달 살기로 보내고 있어. 정년을 준비하면서 그동안 공부했던 연구물과 짬짬이 써 놓았던 글들을 모아 집필하려고 작정했는데 생각처럼 쉽지가 않네. 당신과 나눈 메일도 책에 넣으려고 해. 논문을 쓰고 책을 쓸 때마다 당신이 즐겁게 읽고 수정하고 교정해 주었던 일이 생각나네. 안식년을 당신과 같이했으면 얼마나 좋았을까 하는 생각이 머리에서 떠나질 않아. 안식년을 같이 누려 보지 못하고 당신을 먼저 보낸 것이 너무 억울하고 안타까워. 당신은 혹시나 내가 아플 때 쓰려고 안식년을 아껴 놓았는데 당신이 먼저 갈 줄이야. 또 미국으로 가게 되면 유럽으로 여행도 실컷 하자고 했었지. 그러나 시간은 사람을 기다려 주지를 않더구나.

나는 요즘 제주도 지인의 집에서 한 달 살이를 하면서 제주를 혼자 걷고 또 걷고 있어. 그러면서 삶을 생각하고 때론 무아지경으로 삼매에 빠지기도 한단다. 삶이 무상한 것에 깊게 천착하면서 혼자 살이에 적응해 가고 있어. 어떤 때는 걷다가 그냥 사라질 수는 없을까 하는 망상도 하면서 걷고, 걷다가 바닷가에 혼자 앉아 먼바다를 바라보기도 하고, 찻집에서 차를 마시기도 한단다. 지금 나는 서제주 귀덕이란 곳에 있어. 바닷가 바위에 지어진 '바위에서 쉬다'라는 작은 찻집에서 혼자 노을 지는 바다를 바라보면서 당신을 불러본다. 찻집 이름이 참 좋지! 유치환 시인의 바위가 생각나네. 당신은 죽어서 바위가 되었을까? 당신은 바위처럼 든든한 사람이었어. 바위에서 바라보는 노을 진 바다가 당신의 환하고 밝은 모습처럼 너무나 아름답구나. 이 자리에 당신이 있었다면 어린아이처럼 좋아했을 텐데…. 늘 너무나 순수한 당신이었어. 불러낸다고 당신이 올 리는 없지만, 가슴 빈자리에서나마 같이하고 있단다. 슬픔이 파도 소리처럼 밀려와.

사실, 나는 앞으로 어떻게 살아가야 할지 두려움과 걱정이 떠날 날이 없어. 당신에게 물어본다면 뭐라고 말할까? 언젠가 당신은 나에게 "혹 내가 먼저 죽으면 자기는 혼자 살기 어려우니 혼자 살지 마"라고 한 말이 생각난다. 여든 다섯까지 같이 살다 같은 날 같은 시에 가자고 했는데, 당신은 왜 그리 빨리 떠났나. 이승에서 우리의 인연은 여기까지인가 보다. 천상재회라는 노랫말처럼 천상에서 다시 만날 수 있을까?

만약 윤회가 있다면 당신은 돈 많은 귀부인이 되든지 아니면 남자로 태어나 훌륭한 정치가가 될 것 같아. 아니면 당신이 그토록 하고 싶었던 역사 교수가 될지도 모르지. 그것도 아니면 천상에서, 천국에서, 극락에서 신선처럼 날아다니고 있을지도 모르겠다. 당신 같은 사람이 세상에 또 어디 있을까. 너무 아까운 당신이야. 원도 한도 없이 사랑한다고 해 놓고 그렇게 사랑했지만 사랑은 끝이 없음도 알았네. "사랑한다"라는 말밖에 더 할 말이 없구나. 이제 남편도 두 아이 걱정도 모두 내려놓았으면 해. 이승의 온갖 고통 홀홀 털고 해탈하여 윤회의 굴레에도 들어오지 말게나. 아마 당신은 불도를 많이 닦아서 번뇌, 망상, 걱정, 근심, 욕심도 없는 청정계 극락에서 영생하고 있을 거라 믿네. 당신의 자기는 앞으로 살 날 동안은 잘 살아 낼게. 아들들도 잘해 나갈 거니 더 걱정하지 말아요.

우리가 살면서 매일 말했던 것처럼 "미안해요, 고마워요, 사랑해요."

김민경

그대! 내 가슴에 별이 되었다

2013년 잔인한 4월, 그해 벚꽃 소식은 유난히도 늦었다. 우리 동네는 대한민국에서 봄이 가장 늦게 오는가 싶을 정도로 추웠고 봄꽃 개화 소식은 더디기만 했다. 그해 봄엔 몸과 마음에 원인 모를 차가운 기운이 자주 들었던 것 같다. "무슨 날씨가 이래?" 추운 것을 싫어하는 나는 볼멘소리로 도대체 봄은 언제 오느냐며 늦장을 부리며 오는 봄을 향해 원망의 소리를 내었다.

제발, 그를 살려주세요!

4월 중순 어느 새벽 지금도 기억이 생생한 꿈을 꾸었다. 꿈속에서 남편이 내 손을 가져다가 자신의 오른쪽 복부에 대며, "김 여사, 나 여기 좀 만져봐. 야구공 같은 것이 잡혀." 그의 오른쪽 복부에서 그가 말한 대로 야구공 크기와 비슷한 불룩한 무엇이 너무도 생생하게 느껴졌고 나는 그 느낌에 소스라치게 놀라 꿈에서 깨어났다. 놀란 마음에 꿈에서 깬 그대로 무릎을 꿇고 기도를 했다. '하나님! 대체 이 생생한 꿈은 무엇인가요? 너무나 불안합니다. 아버지! 제발 아무 일도 아니길, 제발 아무 일도 없길 간절히 바랍니다.' 아침이 되어 컴퓨터를 켜고 검색을 했다 "오른쪽 복부 혹" 연관 검색 결과는 오른쪽 상복부에 있는 장기는 간이었다. '간이라고? 간… 간….'

그날 온종일 내 머릿속을 채운 생각은 온통 간이었지만, 며칠간 평상시와 다를 바 없이 남편은 출퇴근을 했고 나의 시간도 그 꿈을 잊은 채 평소처럼 흘러갔다. 잊고 있었던 그 꿈이 다시 현실이 된 건 2주 후 핸드폰 저편에서 들려오는 남편의 떨리는 목소리였다.

"김 여사, 놀라지 말고 들어."

"뭔데! 장난하지 말고! 불안하게 왜 그래."

잠깐의 침묵이 흐른 후 그가 말했다.

"나 간 초음파 했어. 간에 혹이 있는데 지름이 7-8cm 정도 된대. 앞으로 길어야 6개월 정도 살 수 있을 것 같대."

어떻게 이런 일이 나에게 일어날 수 있을까? TV나 드라마에서만 보던 일이 우리 가정에 일어났다. 망연자실했던 나는 몇 날 며칠을 어찌할 바 몰라 울기만 하다가 문득 정신을 가다듬으며 생각했다.

'그와 나 그리고 우리 아이들에게 남편으로서 아빠로서 함께 할 수 있는 시간이 얼마나 주어질지 모르는데 내가 이러고 있으면 안 되지.' 그가 우리 곁을 떠난다는 건 생각도 못 했고 그가 없는 우리 가족은 상상조차 할 수 없었다.

암 선고를 받고 정신을 차린 내가 가장 먼저 계획한 일은 가족여행이었다. 어쩌면 마지막이 될지도 모를 우리 가족만의 여행을 떠나기로 했다. 당시 사촌동생이 진주 공군훈련소에 근무 중이었는데 남편의 소식을 들은 사촌동생이 연락을 해 왔다.

"형! 며칠이라도 진주에 내려와 요양하다 가세요."

그래서 우리는 진주로 요양을 겸한 여행을 떠났다. 사촌동생의 배려로 진주 공군훈련소 근처에 숙소를 잡아 아침엔 훈련소 관내에서 산책도 하고 비행기 앞에서 두 아들과 사진도 찍으며 며칠을 보낸 후, 바다 근처로 장소를 옮겼다. 숙소를 옮긴 이튿날 새벽, 일찍 눈이 떠진 그와 나는 일출 전 미명의 새벽하늘을 보며 산책을 했다. 등산모자를 눌러 쓴 그가 바다 위로 펼쳐진 새벽하늘을 멀리 응시하는 순간 나는 핸드폰에 그의 모습을 담기 시작했다. 어쩌면 이 사진이 그의 영정사진이 될 수도 있다는 생각이 서글프게 스쳐 갔다. 그리고 진주, 통영, 남해, 독일인 마을 등을 돌면서 우리는 슬프고 아름다운 마지막 여행을 했다.

여행 후 본격적으로 투병생활이 시작되었다. 침묵의 장기로 불리는 간에 생긴 암은 통증도 없이 소리도 없이 그를 잠식해 갔고 우리에게서 차츰 그를 앗아 가기 시작했다. 난 예지몽을 믿지 않았었다. 그러나 꿈으로 예견되었던 그의 병명 "간암." 그가 병원에서 투병 중일 때 나는 다시 생생한 꿈을 꾸었다. 입원 중인 병원과 병실, 현실과 같은 담당 간호사가 잠들어 있는 나를 흔들어 깨웠다.

"보호자 분! 일어나 보세요. 환자분이 숨을 안 쉬어요."

소스라치게 놀란 나는 꿈에서 깨어나 그의 코에 손을 대 보았다. 그의 숨결이 느껴졌다. '다행이다.' 안도하며 놀란 가슴을 쓸어내리고 다시 기도를 시작했다. '하나님! 저는 준비가 되지 않았어요. 하나님 저는 준비가 되지 않았어요. 그를 살려 주세요. 제발 그를 살려 주세요.'

입원과 퇴원을 반복하며 그는 점점 더 음식을 먹지 못했고 급격히 체중이 줄고 야위어 가며 하루하루를 힘들게 버티고 있었다. 간 내부 출혈로 인한 극심한 빈혈로 어지러워했고, 여윈 몸에도 다리는 코끼리처럼 퉁퉁 부었다. 그의 하얀 피부는 보통 사람보다 더 어두운 갈색 피부로 변해 갔고 점점 숨쉬기도 힘들어하더니 결국 인공호흡기에 의존하는 순간이 왔다.

얼마 후 나는 지난번과 같은 꿈을 또 꾸었다. 같은 병원과 병실, 같은 담당 간호사가 나를 깨웠다. "보호자 분 일어나 보세요. 보호자 분 일어나 보세요. 환자분이 숨을 안 쉬어요." 같은 꿈에 몸서리치게 다시 놀란 나는 악몽에서 깨자마자 얼른 그에게로 다가가 그가 숨쉬고 있는지를 확인했다. 그의 숨결이 느껴졌다. '다행이다, 정말 다행이다.' 나는 놀란 가슴을 또 한 번 쓸어내리고 다시 기도했다. '하나님 저는 아직 그를 보낼 준비가 되지 않았습니다. 하나님, 제발 그를 살려 주세요."

두 번째 고비를 넘기며 간신히 버티고 있는 그의 약해진 육신을 마주하니 심장이 조각조각 찢기는 아픔이 나를 엄습해 왔다. 그래도 버텨 주길···. 아무리 아파도 조금만 더 우리 곁에 살아 있어 주길 그가 견디고 있는 고통의 무게를 알지 못하는 나는 나의 이기심으로 기도하고 또 기도하며 그의 곁에서 잠시도 떨어지지 않았다.

어느 날 산소 호흡기를 끼고 있어서 의사 표현을 하지 못했던 그에게 그가 좋아하는 CCM을 불러 주었고 불편한 곳이 없나 살펴보려고 그의 가슴에 얼굴을 가져간 순간 그가 두 팔로 나를 힘껏 껴안았다. 한쪽 팔을 올릴 기운조차 없던 그의 힘은 어디서 나온 힘인지 그는 온 힘을 다해 힘껏 나를 안아 주었다. 그 순간 그는 내게 마지막이 될지도 모를 사랑의 말을 전하고 싶었던 모양이었다.

며칠 후 아이들을 챙기기 위해 병실을 아버님께 맡기고 잠시 집에 왔다. 서둘러 집안일을 마친 뒤 지친 몸으로 잠시 소파에 기대어 앉는다는 것이 잠깐 잠이 든 모양이었다. 세 번째 다시 같은 병원과 병실에서 같은 담당 간호사가 나오는 지난번과 같은 꿈을 꾸었다. 나는 꺼이꺼이 울며 꿈에서 깨었다. 그리고 기도했다. '하나님, 나의 하나님! 당신은 나에게 이 일을 감당할 힘이 없음을 아시고 그의 병명을 예시하여 꿈으로 보여 주셨습니다. 그리고 세 번의 임종 순간 또한 보여 주시며 나를 설득하시고 그럴 때마다 그를 포기 못 하고, 살려 달라고 아직 나는 준비가 되지 않았다고 절규하는 저의 기도에 두 번의 임종을 미루어 주셨습니다. 준비될 수 없는 이별이지만 이 이별을 받아들이도록 나를 설득하고 계신 하나님! 이것이 당신의 뜻이라면 이제 순종하고 받아들여야겠지요? 그를 하나님 아버지 곁에 보내야만 하겠지요?' 뜨거운 눈물이 볼을 타고 흘렀고 나는 기도를 이어 갔다. '그런데 이 일을 저 혼자는 감당할 수 없으니 나를 도와줄 이를 보내주소서.' 기도 후 후들거리는 다리와 호흡을 안정시킨 후 남편이 있는 병원으로 향했다.

아버님과 교대하기 전까지 산소 호흡기로 안정적인 호흡을 하던 그의 상태는 내가 병원에 도착했을 무렵에는 급작스레 위급한 상태로 변해 있었다. 나는 큰 언니에게 전화했다.

"언니, 오늘이 그를 보내야만 하는 날인 것 같아. 나 혼자서는 도저히 그를 보내는 일을 감당할 수 없을 것 같은데 형부 목사님과 함께 와 줄 수 있겠어?"

전화기 너머의 언니는 단단한 어조로 말했다.

"그래! 언니가 형부 목사님과 갈게. 오늘 수요 저녁 예배 마치고 바로 가도록 할게. 그때까지 잘 견딜 수 있지?"

"응. 김 서방이 그때까지 기다릴 거야. 반드시 견뎌 줄 거야."

그는 정말 언니와 형부가 도착할 때까지 잘 견뎌 주었고, 임종예배 후 아버님, 그의 두 아들 그리고 나와 마지막 인사와 포옹을 나누었다. 그리고 "처제와 아이들, 아무 걱정하지 말아요. 여기 언니도 있고 형부인 나도 있고 처가댁 우리 온 가족이 함께 잘 키우고 잘 돌볼게요. 편히 숨 쉬어요."라는 형부의 말을 들은 후 그는 안심한 듯 마지막 긴 호흡을 내어 쉰 후 평온한 모습으로 그렇게 사랑하는 가족들의 품에서 영원한 안식을 얻었다. 그의 장례식에는 새벽미명 바닷가에서 하늘을 응시하고 있던 그의 사진이 놓였다.

그를 보내고 몇 달이 지났다. 어느 날 산소 호흡기를 끼고 있던 그때가 생각이 나면서 나를 있는 힘껏 안아 주었던 그 순간이 떠올랐고 그의 눈빛과 그의 목소리가 들려왔다. 그가 간절히 말하고 싶었으나 말이 되지 못한 말, 아니 그가 그 순간 온 힘을 다해 내게 말하고 있었던 말이 들려왔다.

'미안하다, 먼저 가서… 아이들을 잘 부탁한다… 영원히 사랑한다…'

나를 마지막으로 있는 힘껏 안아 주던 그 순간 그가 내게 하고 있던 말이 선명하고 분명하게 들려왔다.

그가 떠나고 5년이 지난 후 큰아들이 공군 입대를 하게 되었다.

훈련소에 입소하던 날, 아들은 나의 얼굴을 바라보며 나지막하게 말했다. "엄마! 여기는…" 다음 말을 잇지 못해도 우리는 서로를 이해했다. 아빠와 함께한 마지막 여행지였던 바로 그 진주 공군훈련소에 입소하게 된 것이다. 아들은 아빠와 함께 사진 찍었던 그 비행기 앞에서 동기 훈련생들과 기념사진을 찍었고, 그 순간 아빠와 함께했던 여행을 떠올리며 아빠를 추억했다고 했다. 아빠의 투병과 이별을 생각하며 함께했던 가슴 아픈 가족 여행지였지만, 훈련 내내 아빠와 함께 하는 것 같았다고 했다. 그렇게 그는 우리와 어느 순간의 기억과 어느 곳의 추억으로 함께하고 있다.

그를 보낸 지 벌써 7년이 지나갔다. 그는 여전히 우리의 기억과 마음속에서 우리의 모든 날 모든 순간을 함께하고 있다. 나는 여전히 문득문득 그가 그립고 그의 목소리가 듣고 싶다.

죄 지은 것도 아닌데 죄인으로 살게 되다

비가 유난히 많이 내리던 2013년 어느 여름날, 나는 초점 없는 시선으로 병실 창밖으로 내리는 비를 하염없이 바라보고 있었다. 그러다 어느 순간 상복을 입고 장례식장에 서 있는 나를 상상하고서는 머리를 절레절레 휘저으며 그 생각을 떨쳐 내고 다시 마음을 다졌다.

'나와 아이들을 두고 남편이 그리 쉽게 일찍 떠나는 일은 결코 일어나지 않을 거야. 남편은 강한 사람이니 암을 극복하는 기적 같은 일이 일어날 거니까, 믿자, 기적이 일어난다고 믿자! 꼭 기적은 일어날 거야'

그리고 2주 후, 병실에서 상상했던 그대로 나는 검은 상복을 입고 장례식장에 서 있었다. 생각보다는 덤덤해 보였지만 사실 정신이 나간 상태였다고 봐야 맞을 것이다. 정신이 나간 상태에서 장례를 치렀기에 누가 남편 장례식에 왔었는지 어떻게 장례를 치렀는지 아무것도 기억이 나지 않았다. 장례식을 마치고 남편의 주검을 화장하고 납골당에 안치한 후 집으로 돌아오니 함께 갔던 언니와 동생이 우리 집으로 와서 남편의 짐을 정리한다고 했다. 나는 모든 일의 의미와 의욕을 잃었고, 어떤 결정과 선택의 사고력도 가질 수 없었기에 나중에 내 손으로 정리할 터이니 그냥 두고 각자 집으로 돌아가라고 했다. 하지만 언니와 동생들은 내 상태를 보아하니 혼자서 남편의 흔적을 정리할 수 없겠다는 판단을 하고 남편의 유품을 하나하나 정리해 주었다. 먼 훗날 아이들이 아빠를 추모할 수 있는 유품 몇 가지와 그가 아끼던 LP판을 제외하고는 그에 관한 아픔의 눈물을 흘릴 만한 눈에 보이는 모든 흔적을 정리해 주었다.

장례를 치르고 2주 후에 새로운 학기가 시작되었고 나는 새 직장으로 발령을 받아 출근하게 되었다. 새로운 직장 동료들과 어린 학생들을 만나야 했고, 새로운 관리자들과 사회적 관계를 유지해야만 했다. 동료와의 새로운 관계에 있어서 큰 변화가 있었다. 굳이 사별한 상황을 내가 먼저 이야기할 필요도 없었고 그럴 만한 생각도 없었기에 사별한 사실을 말하지 않았다. 어느 순간 동료들은 나도 그들처럼 배우자가 당연히 있을 것이라 생각하며 대화를 이어갔고, 사별이 죄도 아닌데 나는 마치 죄인인 것처럼 사별한 사실을 감추고 말하지 못했다. 그러다 보니 직장 동료들과의 사회적 관계는 적당히 거리를 두고 이어졌다.

배우자의 죽음이 남겨진 자의 죄가 아닌데도 남겨진 사별자는 마치 죄를 숨기는 죄인처럼 주눅이 들고 움츠러든다. 내가 사별했음을 굳이 먼저 말해서 얻을 수 있는 유익이 별로 없다고 생각하는 사람들도 많고, 혹 사별 사실을 고백했을 때 측은지심으로 바라볼 타인의 시선을 견디기가 어려울 것이라고 생각하는 사람들도 많은 듯하다. 제발 배우자에 대해서 묻지 말아 주길 바라며 사별을 꼭꼭 감추고 싶은 것이 사별자들의 솔직한 마음이리라. 스스로 위축되고 움츠러드는 마음은 직장 내 사회적 관계뿐 아니라 친구들과 가족 등 다른 지인들과의 관계에서도 나타난다. 내가 너무나 초라해지고 작아지는 느낌이 들기 시작하면 스스로 고립과 단절을 원하게 되기도 한다.

어느 명절 시댁 모임에서 다른 형제들은 다 있는데 남편만 없는 빈자리를 실감하고 나는 구석방 한구석에 쪼그리고 앉아 소리 죽여 오열했다. 이런 내 모습을 시어머님께 들키고 난 후 집으로 돌아온 나는 지금 내 마음의 상태로는 당분간 시댁 모임에 아이들은 보내더라도 나는 참여하지 못하겠노라는 장문의 문자를 보내 드렸다. 시부모님은 자식을 잃은 아픔으로 남편을 잃은 내 아픔을 이해하고 내 마음을 품어 주셨다.

친정 모임에서도 마찬가지로 죄스러움을 느껴야 했다. 남편을 보내고 한 달 뒤에 추석이 있었다. 나의 자매들은 온 가족이 모이는 명절 행사를 각자 남편은 집에 두고 자매들끼리 떠나는 여행으로 대체했다. 그것이 혼자 된 나를 위한 배려임을 깨닫고 고마우면서도 한편으론 심히 위축되고 초라해지는 느낌이 들었다.

남편을 땅에 묻고 처음으로 친정의 현관문을 열고 들어서는 순간, 나는 큰 산과 같았던 아버지의 눈에서 눈물이 뚝뚝 떨어지는 것을 보았다. 평생 강한 분이신 줄 알았던 아버지는 남편을 잃은 딸로 인해 눈이 빨갛게 충혈되도록 우셨다. 그런 아버지를 대면해야 하는 나는 정말 죄인 아닌 죄인이었고 불효 아닌 불효녀의 자리에 있음을 가슴 아프게 느껴야 했다. 나의 사별은 이렇듯 여러 관계에 있어서 마치 내가 죄인이 된 것처럼 느끼며 살아가도록 만들었다. 사별은 죄가 아닌데 혼자라는 게 나를 죄인처럼 만들었다.

찬란한 슬픔의 봄

올해는 코로나 19로 계절을 제대로 느껴 보지 못했다. 맘 놓고 외출하지 못한 지 거의 반년이 지나가니 한해의 반을 통째로 빼앗긴 것 같은 느낌이다. 인기 드라마 중 "너는 요즘 너 자신을 위해 무엇을 해 주냐?"라는 질문이 극 중 대사로 나오는데 그 질문이 시청자의 마음에 울림을 주었나 보다. 며칠 전 친구가 나에게 같은 질문을 해왔다.

"너는 자신을 위해 요즘 무엇을 해 주고 있니? 너에게 어떤 선물을 주었어?"

사별 초기에 나는 상실로 인한 공허함에 옷, 신발, 주방 도구, 각종 침구류, 액세서리, 화장품 등 필요치도 않은 물건을 마구 사들였다. 풀어보지도 못한 택배와 필요 이상의 물건들이 집안에 쌓이기 시작했다. 어느 정도 시간이 지나 쌓여 있는 물건들을 보니 정돈되지 못한 나의 정신과 마음을 보여 주는 듯해서 나 자신이 너무나 안쓰러웠다. 얼마의 시간이 지나고 쌓인 박스를 하나씩 개봉해 정리하기 시작했다. 오래 두고 사용할 수 있는 물건이라도 필요 이상 쌓아 두지 않았고, 지인들에게 나누어 주며 산만한 마음을 정리하듯 물건을 정리하기 시작했다. 관찰자의 시선으로 나의 상태가 어떤지를 인식하기 시작한 후부터 나는 원래의 나로 돌아가는 첫걸음을 내디뎠고 새로운 나의 삶으로 한발 두발 걸어 나갔다.

마구잡이 쇼핑으로 내 공허함이 해결되었을까? 아니었다. 나는 허한 마음이 들 때면 여러 가지 새로운 시도를 해 보았다. 혼자 커피를 마시려 카페에 들려선 두 잔의 음료를 주문해 들고 나와서 한 잔은 하늘을 향해 들어 올리며 중얼거렸다. '당신이 좋아하는 아이스아메리카노야! 그곳은 항상 따뜻할 테니 시원한 것이 좋겠지? 나는 따뜻한 라떼! 당신이 떠난 후 내 마음엔 한여름에도 눈이 내리고 시린 바람이 불어, 춥다. 아직 나에겐 따뜻한 라떼가 필요하네.'

그가 문득 사무치게 생각나는 날이면 그가 좋아했던 자장면을 먹으러 중국음식점에 들어가 짬뽕 하나 자장면 하나를 주문해서 한 그릇은 앞에 두고 먹은 날도 있었다. 짬짜면이 한 그릇에 나오는 식당이 있으면 감사한 마음으로 탕수육 小 자에 소주도 한 잔 따라서 앞에 두었다. 술은 입에도 대지 못하면서 마치 그가 내 앞에 있기라도 한 것처럼 나는 눈물 같은 소주를 잔에 채워 주었다.

계획 없는 게릴라 여행도 떠났다. 아침이나 새벽 혹은 밤에 문득 어디론가 떠나고 싶을 땐 "가자~"라고 누구든 먼저 외치면 우리는 아무 준비도 없이 어디로든 맘 내키는 대로 떠났다. 언젠가 무작정 속초로 떠나 바다가 잘 보이는 곳에 숙소를 잡고 밤새 파도 소리와 음악을 듣고 새벽 저 멀리 수평선 위로 동트는 장관을 보며 당신도 보고 있냐며 연거푸 물어보았던 적도 있었다.

지금의 나는 가끔 나에게 선물을 한다. 일상의 업무와 지친 하루를 보낸 내가 안쓰러울 때, 사회생활에서 인간관계에 지치고 힘들어 누군가에게 위로받고 싶을 때, 그리고 이제는 기억해 줄 사람이 없는 결혼기념일 등 나를 위한 선물의 구실을 만들어서 말이다. 나 혼자 온전히 감당해야 하는 현실의 무게가 나를 짓누르거나 미래에 대한 막연한 두려움과 건강에 대한 염려가 몰려올 때면 나는 늘 나에게 선물을 사 주었다.

나를 위한 선물이란 것이 별것은 아니다. 새로 생긴 카페로 투어를 간다거나, 하루 날 잡아 영화를 세 편 정도 연이어 본다거나, 혼자 노래방에 가서 한 시간 정도 좋아하는 노래를 불러 본다거나, 화초나 생화 꽃을 한 아름 산다거나 하는 것들이 주로 내게 주는 선물이다. 너무 지치고 고단했던 날은 반지나 팔찌, 목걸이 등 누군가의 정성이 듬뿍 들어간 핸드메이드 액세서리를 사기도 한다.

누군가 내게 자신에게 준 선물 중 가장 크고 마음에 드는 선물이 무엇이었냐고 묻는다면 1초의 망설임도 없이 "아이들과 떠난 3주의 북미와 캐나다 여행"이라고 대답할 것이다. 큰아들이 군에 입대하기 전, 앞으로 아이들이 성년이 되면 각자의 자리에서 제 몫을 감당하느라 한동안 셋이 함께 여행하기 어렵겠다는 생각이 들었다. 아빠를 잃고도 지금까지 잘 자라 주었고, 그간 다 말하지 않았어도 남모르게 힘들었을 아이들과 나 자신에게 특별한 선물을 하고 싶었다. 혼자 버는 살림이니 경제적으로 큰 여유가 없어 좀 무리를 해서 떠난 여행이지만 가장 행복하고 의미 있는 선물이었다.

여행하는 동안 우리는 엄마와 아들로서 서로 몰랐던 마음의 소리도 들었고, 또 북미대륙이라는 낯설고 광활한 세상에서 우리라는 이름으로 함께 고립된 이국적인 느낌을 공유하며 서로 더 결속력을 다지고 더 의지할 수 있었다.

여행의 계획을 아이들에게 짜 보라고 미션을 주었다. 가고 싶은 곳, 하고 싶은 것, 먹고 싶은 것 등 각자의 개성을 살려 여행해 보자고 했고 나 역시 가고 싶은 곳, 하고 싶은 것, 먹고 싶은 음식의 리스트를 만들어 아이들과 공유했다. 여행은 여행을 계획하는 순간부터가 이미 시작된다. 그가 떠난 여름을 직면하기 두려워 우리는 늦은 봄부터 여행을 계획하기 시작했다. 출발은 그의 기일 3주 전으로 정했다. 정신없는 3주를 보내고 돌아와 그가 없는 여행에서 좀 더 성숙해진 우리가 되어 그의 기일을 기념하고 싶었다.

해마다 봄이 되면 그가 암 진단을 받았던 그해의 봄이 떠오른다. 몹시 추웠던 4월, 벚꽃은 아무리 기다려도 더디게 피었고 화사하게 봄을 밝히는 노란 개나리도 다른 해와는 달리 유난히 서러워 보였다. 그리고 몇 주 뒤 그는 암이라는 진단을 받았고 흐드러지게 핀 벚꽃 아래 하루하루를 준비하는 마음인 듯 슬픈 미소를 지으며 사진을 찍어 달라고 했던 기억이 난다. 그는 주로 사진을 찍는 역할이었지 사진 속의 주인공은 아니었는데 그의 사진을 찍으며 떨리던 나의 손이 기억난다. '내년 봄에도 우린 함께 할 수 있을까? 그다음 해에도… 또 그다음 해에도… 우리는 이 봄을 다시 함께 볼 수 있을까?' 해마다 봄날이 찾아오면 흐드러진 벚꽃 아래 홀로 그날의 기억이 눈물의 꽃비처럼 마음을 적신다.

그토록 원했던 "그대와 함께하고 싶었던 봄날"은 그저 슬픔의 봄일 뿐이다. 어느 시인의 말처럼 나의 봄은 '찬란한 슬픔의 봄'이다.

나를 위한 위로

곧 있으면 사별 8년 차가 시작된다. 사별 초기만큼은 아닐지라도 문득문득 밀려오는 감정의 파도가 있다. 탈상까지 3년은 먼저 떠난 사람이 그립고, 보고 싶은 슬픔에 빠져 살았다면 그 후의 시간은 내 설움에 마음 아프고 힘들었다고 고백하던 사별 선배님의 말이 생각난다. 지난 세월 상처로 인한 힘든 시간은 지나갔으나 여전히 예기치 못한 인생의 파도가 밀려와 그 파도를 넘느라 힘들기는 한 것 같다. 엄마와 아빠 두 몫을 혼자 해내느라 힘들고 버겁기도 하고, 산 자의 의무를 다하며 살아 내느라 애쓰는 나 자신이 애처롭기도 하다.

남편이 있었을 때는 서로의 일상을 공유하며 힘들었던 하루와 스트레스 받았던 업무나 직장 상사와의 에피소드를 서로 들어 주기도

하고 흉보기도 하고 큰소리로 오버하며 편을 들어주었다. "내가 혼내 줄게 누구야?"라며 팔도 걷어붙이고 "사표 내! 내가 책임져 줄게"라고 호언장담도 해 가면서 힘을 실어 주는 내 편이 있었다. 그때는 미처 깨닫지 못했다. 당연하게 여겼던 일상들이 얼마나 행복하고 든든한 순간들이었는지. 지난 시간 아쉬워 해 봐야 돌아올 시간이 아니라는 것은 알지만 왜 지나고 나서야 깨닫게 되는 것일까? 왜 상실하고 나서야 그 소중함을 알게 되는 것일까?

어느 날 열심히 애쓰고 사는 내가 더 안쓰러웠던 날이 있었다. 친한 동생이 남편과 싸웠다며 여행용 가방에 옷가지 몇 벌을 챙겨 들고 우리 집에 가도 되겠냐고 연락을 하고 왔다. 부부싸움은 언제나 그렇듯 본인들에게만 심각한 내용이고 제3자가 듣기에는 자신의 일만큼 심각한 일이 아닌 경우가 많다.

아무튼 친한 동생의 마음을 달래 주기 위해 가까운 바닷가로 드라이브를 갔고 맛있는 것도 사 주고 달달한 후식도 함께 먹으며 이런저런 이야기를 나누었다. 그런데 철없는 동생은 혼자 사는 내가 부럽다느니, 진심 혼자 살고 싶다느니, 이혼하고 싶다느니 등의 말을 하는 것이었다. 그녀의 표현들이 다소 거슬렸지만 동생이 악의 없이 하는 말이라는 것을 알고 있었기에 나는 그녀를 이해하며 품어 주기로 마음먹고, 남편 없이 혼자 사는 삶에 관하여 이야기를 해 주었다.

"남편이 곁에 있을 땐 너무나도 당연한 일상이라 몰랐는데 그가 죽고 혼자가 되고 나니 그 소중함을 깨달았다. 하지만 이미 그는 내 곁에 더는 존재하지 않으니 함께였을 때 못 해 준 것과 좀 더 배려하고 인내하고 따뜻한 말 한마디 더 해 주지 못한 것이 너무나 사무치게 미안할 뿐이다. 그러니 너도 곁에 있을 때 서로 더욱 사랑하고 아껴 주며 배려하고 살아라. 후회할 땐 이미 너무 늦은 일이야.”

동생은 나와 같은 이별의 아픔을 겪지 않기를 바라면서 나는 마음 속 깊은 진심을 전했다.

내 말이 설득력이 있었는지 모르겠으나 이야기를 마치고, 살림꾼인 동생은 인근 장터에서 어르신들이 수확한 농산물과 김장을 위한 말린 고추 등을 장보기 시작했다. 그러더니 남편과 싸운 사실을 잊었는지 남편에게 전화해서 지금 ○○ 언니랑 바람 쐬러 왔다가 잘 말린 빛 좋은 고추를 봤는데 올해 김장에 쓰면 좋겠다고, 현금 가진 것이 없으니 고추를 판매하시는 어르신 계좌로 고춧값을 입금해 달라는 내용의 전화를 하는 것이었다. 그러고는 막내가 열이 좀 있고 어디가 아픈 것 같다며 집에 가야겠다고 말했다. 동생이 돌아간 후 잠시 마음이 흔들렸다.

음~ 이 상황을 난 어떻게 받아들여야 할까? 마음에 상처를 받아야 할 것인가? 아니면 이해를 해야 할 것인가? 사별한 나에게 남편과 싸워서 왔다는 동생에게서 난 “상처받음”을 택할 것인가? 아니면 사별자의 마음을 비사별자들이 충분히 이해할 것이라는 기대를 버

릴 것인가?'

그때 나는 나를 선택하기로 했다. 타인이 내게 어떤 영향을 미치기보다는, 다시 말해서 비사별자인 타인의 어떤 말이나 행동에 영향을 받기보다는 나 자신을 다독이는 방향을 택하기로 했다. 비사별자인 동생을 이해하고 받아들이기로 한 것이다. 비사별자가 사별자의 마음을 어찌 깊이 헤아릴 수 있겠는가? 그것은 마치 이제 막 한글을 뗀 아이에게 시를 써 보라는 경우와 같으니까 말이다.

그 길로 바로 나는 나 자신을 위로해 주기로 했다. 남편이 있었으면 사람 관계에서 오는 서운함에 대해 서로 토닥였겠지만 이제 그럴 수 없으니 내가 내 편이 되어 주면 되는 것이다. 그날 나는 나를 위로하기 위해 내가 좋아하는 영화를 보기로 정하고 영화 몇 편을 연달아 예매했던 것 같다. 그리고 예쁜 그릇과 소품을 파는 가게에 들러 커피잔 세트를 고르고 골라 맘에 드는 2인용 찻잔 세트를 샀고, 내가 좋아하는 작업을 하기 위해 공방으로 가서 열심히 취미 활동을 했던 것 같다.

나를 위한 위로의 시간은 타인과의 관계에서 상처 받는 경우뿐만 아니라, 힘들고 고단한 하루를 보냈다든지, 혼자의 힘으로 어려운 일을 잘 해결해내었을 경우에 사용하면 좋을 것 같다. 또 나 자신이 안쓰럽게 느껴진다든지, 먼저 떠난 배우자의 챙김의 마음을 받고 싶을 때, 혹은 이제 나만이 기억하는 결혼기념일을 자축하기 위해서 나 자신에게 위로를 준다는 의미로 소중히 적용해 보면 좋지 않을까? 배우자를 보내고 하루를 살아 내느라 애쓰는 것만으로도 위로 받고 선물 받을 자격은 이미 충분히 넘치도록 갖추고 있다고 생각한다.

어제는 지난주 내내 피곤함과 싸우며 열심히 일한 나를 위해 꽃한 다발을 샀고, 나를 낳아 준, 늘 고마운 엄마를 위해 한 아름의 꽃을 배달시켜 드렸다. 그리고 오늘은 주말에 맛있는 점심을 사 준 제부에게 고구마 빵을 한 박스 선물했다. 내가 사랑하는 이들을 챙기면서 내가 얻는 것은 기쁨이라는 선물이다. 내가 사랑하는 이들에게 작은 기쁨을 선물하는 것이 나에게 주는 또 다른 선물이 될 수 있으니, 가족과 친구와 이웃을 챙기는 일도 나를 위한 선물이자 나를 위로하는 방법으로 사용해 보면 어떨까 싶다.

"나는 나를 응원한다." 격하게!~~

지금 놓치고 있는 것들에 대하여

100일의 기적이라는 말이 있다. 갓 태어난 신생아들은 안전한 엄마의 자궁을 떠나 시끄럽고 낯선 새로운 환경 속에서 스스로 호흡하는 것부터 먹고 배설하고 잠자는 법을 조금씩 배워 간다. 아기는 출생 후 100일쯤까지는 이유 없이 미열이 나기도 하고, 원인 모를 피부 발진에 시달리기도 하며, 수유 후 먹은 것을 토하기도 하고, 밤낮이 바뀌기도 하고, 작은 소리에도 크게 놀라는 등 여러 가지 경험을 체득해 가면서 성장해 나간다.

한편, 처음으로 출산과 육아를 경험하는 엄마들은 무경험에서 오는 걱정으로 아이의 작은 변화에도 예민하게 반응하며 전쟁 같은 육아 적응 기간을 갖게 된다. 아이가 자궁 밖 세상에 적응하고 엄마가 아이를 돌보는 일에 점차 익숙해져 서로 평안함을 느끼게 되는 그 시점을 가리켜 100일의 기적이라고 부른다. 100일이라는 시간 동안 아기가 자궁 밖 세상에 사는 법에 익숙해져서인지 아니면 엄마가 아기의 의사 표현을 이해하고 처리하는 능력이 성숙해진 덕분인지는 모르지만 100일 정도가 지나면 엄마와 아가는 어느 정도 여유를 가지고 서로를 바라볼 수 있게 된다.

엄마와 아기가 새로운 삶에 적응하는 당연한 일도 100일의 기적이 필요하듯, 사랑하는 사람을 떠나보낸 사별자도 혼자가 된 새로운 삶에 적응하고 마음의 평안을 회복하는 데 어느 정도의 시간이 필요한 것 같다. 사별에는 탈상이라는 시간개념이 있다. 사별 초, 숨이 막히고 나의 마음은 미칠 듯이 갈피를 잡지 못하고 요동쳤다. 심장은 숨을 쉴 때마다 갈기갈기 찢겨지는 듯한 아픔을 느끼며 깊이 잠들지 못하는 불면의 밤을 보내는 처절한 시간이 한동안 지속되었다. 그러다 그의 부재 사실이 비로소 나 자신에게 인정되는 시기가 왔다. 그

인정의 시간을 경험하고 나서야 나는 왜 우리 선조들이 3년상을 치렀는지 그 이유를 알게 되었다.

사별 선배로서 후배들에게 "이 시기는 이렇게 하세요"라고 합리적이고 현실적인 조언을 해 주고 싶지만 사실 각 사별자에게 도움이 될 만한 적절한 조언을 찾기란 어려운 일이다. 각자의 마음과 생각이 다르니 서로의 감정이 다를 것이고, 사별 후 처한 상황도 서로 다르기에 내가 다른 사별자에 줄 수 있는 위로라면 동병상련의 위로 정도인지도 모른다. 조금 더 나아가 내가 사별자로서 지나온 날들과 당당하고 행복하게 현재를 살아가는 모습을 보여 주는 것이 가장 진솔한 조언이 될 것이라는 생각이 든다.

사별 후 얼마간의 시간이 지나고, 돌아보니 많은 순간을 놓치고 살았던 것이 후회가 되었다. 내 삶에 다시 오지 않을 시간을 슬픔과 좌절과 한탄의 시간으로 보냈던 것이다. 남편을 상실하면서 나는 삶을 살아가야 하는 의미와 이유를 상실했고, 어느 순간 그의 곁에 가고 싶다는 생각으로 하루를 살았다. 나의 삶도 그의 장례와 더불어 같이 순장된 것 같은 시간을 살았다.

남편을 보내고 난 후 내 삶은 많은 부분이 달라졌다. 함께 머리 맞대고 의논한 후 결정해야 할 일들을 나 혼자 선택하고 판단하려니 잘 모르는 분야에 대해서는 결정 장애가 생겨났다. 어찌어찌 결정을 내려도 내 결정에 대해 옳은 결정인지, 현명한 선택인지에 관해 확신할 수 없어서 혼란스러웠다. 사별 초기 그가 곁에 없다는 부재의 슬픔과 미래에 대한 막연한 두려움에 짓눌려 우울하고 무거운 죽음 같은 하루하루를 살았다. 그가 간절히 살고 싶어 했던 시간을 살고 있으면서도 나는 그 하루의 소중함을 머리로만 이해한 채 절망과 두려움에 갇혀 뜨거운 가슴으로 삶을 살아 내지 못했다.

사별 초에 온라인 사별자 카페에 나의 마음과 생각과 감정을 일기처럼 매일 기록하기 시작했다. 처음엔 단순히 나의 마음을 기록했었는데, 글을 써 가면서 차츰 내가 가야 할 방향성을 찾기 시작했다. 이왕이면 누군가에게 힘과 위로가 되어 주고, 그러면서 나 자신의 삶을 건강하게 세워 나갈 수 있으면 좋겠다는 생각이 들었다.

아주 힘들었던 사별 초가 지나가고 건강한 일상을 회복해야겠다는 의지가 생기면서 음식을 요리하기 시작했다. 남편을 보내고 3~4일쯤 지났을 때였다. 당시 초등학교 6학년이던 작은 아들이 침대에 누워 있는 나를 향해 아주 미안한 듯 말을 했다.

"엄마! 나 배고파요."

이럴 수가! 며칠을 넋 나간 사람처럼 정신을 놓고 있느라 밥통에 밥이 있는지, 아이가 배가 고픈 지도 모르고 있던 것이다. 성장기의 아들들이 얼마나 배가 고팠을까? 어린 아들의 배고프다는 한마디가 정신 나간 상태로 침대에 앉아만 있는 엄마의 정신을 번쩍 깨웠다. 어찌나 미안하고 당황스럽던지 다시 그때를 생각하면 아들들에게 너무나 미안한 마음뿐이다. 그런 일이 있고도 어느 정도의 시간이 지난 후에야 비로소 제대로 된 음식을 하기 시작했고, 음식을 하면서 이런 생각이 들었다.

'밥상의 회복이 있어야 삶의 다른 부분도 회복되겠구나!'

그때부터 나는 예쁜 그릇에 음식을 세팅한 밥상 사진과 요리하는 글을 사별자 카페에 올리기 시작했다. 혼자 먹는 밥이라 할지라도 반찬통째 두고 먹지는 않았다. 나는 나를 위해 음식을 하고 식사를 할 수 있는 시간이 주어진 것에 감사하기 시작했고, 나 자신이 두 아들들에겐 얼마나 소중한 존재인지 깨닫기 시작했다. 그리고 내가 깨달은 이 마음을 같은 아픔을 가진 이들과 나누고, 그들에게 회복의 의지를 심어 주기 위해 정성껏 밥상을 차리고 글을 올렸다.

서로를 격려하기 위해 시작한 사소한 일이었지만 결론적으로는 나 자신을 존중하고, 사별로 인해 떨어졌던 자존감을 회복하고, 새로운 삶에 대한 나의 의지를 북돋아 줄 수 있는 시간이 되었다. 그리고 그것은 내 삶을 채우는 긍정적인 에너지가 되었다. 나는 나의 동반자였던 남편이 이 세상에서 사라짐으로써 나의 존재 또한 함께 무너짐을 경험하였다. 그러나 음식을 정성껏 요리하고 잘 차려 먹기 시작한 후부터는 나 자신을 스스로 존귀하게 생각하기 시작했고 내 삶의 다른 영역들도 차츰 회복되기 시작했다.

애도의 기간을 망연자실하게 보내면서 놓치고 있는 소중한 시간이 있다. 성장하고 있는 아이들과의 시간을 놓치고 있고, 여전히 내 삶에서 나를 사랑하고 지지하는 나의 가족들과 친구, 동료들과의 시간도 놓치고 있다. 어쩌면 나를 위로하는 그들의 마음을 받아 줄 여유조차 놓치고 있는지도 모른다. 사별자가 아닌 사람들은 사별자의 마음을 속속들이 알진 못하니 때로는 위로가 되지 못하는 말을 할 수도 있다. 그렇다 할지라도 그들이 전하는 위로의 마음을 놓쳐서는 안 될 것 같다. 그때 내가 슬픔으로 놓치고 있던 귀한 일상들을 깨닫지 못했다면, 내 아이의 "엄마, 나 배고파요."라는 말을 계속 놓치고 살았다면, 나의 일상으로의 회복은 훨씬 더 늦어졌을 것이다.

"슬픔으로 인해 지금 내가 놓치고 있는 소중한 것이 무엇인지?" 꼭 생각해 보시길 후배 사별자들에게 부탁한다.

상실을 극복하기 위한 노력

남편을 보낸 그날부터 나는 한동안 깊이 잠들지 못했다. 그를 보냈던 그 밤을 생각하면 7년이 지난 지금도 처절한 슬픔이 되살아난다. 혹시라도 아이들이 들을까 싶어 울음소리가 새어 나가지 않도록 베개로 입을 막고 울음을 애써 삼켰었다. 이전에는 상상할 수 없었던 통증으로 심장에 쥐가 나는 듯 가슴이 저려왔다. 배고픔도 느끼지 못한지라 한창 크고 있는 사춘기 아이들의 허기는 짐작도 못했고

　　　　　　　　　　　　　　나는 사별하였다

아이들의 끼니를 차려야 한다는 생각조차 못했다. 정상적인 사고와 이성적 판단을 할 수 없을 만큼 나는 정신줄을 놓고 있었고, 내가 챙겨야 할 모든 집안일은 완전히 멈춰 버렸다.

장례 후 2주일의 시간이 어떻게 흘렀는지도 모른 채로 새 직장으로 발령받아 출근을 해야만 했다. 누군가는 안정을 찾을 때까지 더 쉬어야 한다고 했고, 또 다른 누군가는 일에 몰두하면서 일하는 순간만이라도 슬픔을 잊어야 한다고 했다. 누구의 말이 옳았을지는 모르겠지만 새 직장에서 내 마음과 슬픔을 들키지 않기 위해 나는 정신을 바짝 차려야 했고 매 순간 긴장해야만 했다. 그러다 보니 일하는 순간만큼은 슬픔에 빠져 눈물을 흘릴 수가 없었고, 어느 정도 이성적인 정신 상태를 유지할 수 있었다.

시간이 조금 흐르자 상실의 아픔과 고통에서 회복되기 위한 무언가를 해야 할 필요성을 느꼈다. 나는 아이들과 가정예배를 드리기 시작했고 억지로라도 운동을 하기 시작했다. 하루 두어 시간의 운동으로 피곤함에 지쳐 깊이 잠들기를 간절히 바랐지만, 운동으로 지쳐서 깊이 잠드는 것은 더 많은 날이 지나야 했다.

상실의 아픔을 극복하기 위한 노력 중 하나로 나는 같은 사별의 아픔을 가진 사람들의 모임에서 글을 쓰기 시작했고, 글로 기록한 내 감정과 생각을 남의 글처럼 다시 읽어 보았다. 제3자의 시선으로 나의 아픔을 바라보며 마치 다른 사람에게 위로를 보내는 마음으로

나 자신에게 위로를 보냈다. 그 당시 나는 매일의 생활과 수시로 달라지는 사별 후 감정을 충실히 기록했다. 글을 통해 슬픔을 토해 내기도 했고, 잘하고 있다고 스스로 격려하고 다독이며 새로운 삶을 다짐하기도 했다. 슬픔으로 가득한 날들이었지만 글쓰기를 통해 하루하루를 버텨 낼 수 있는 위로를 받았고 회복하는 힘을 얻기 시작했다.

또 다른 노력으로 나는 혼자 할 수 있는 일들에 도전하기 시작했다. 어떤 사별자들은 노인의 퇴화현상처럼 사별 전에는 혼자 잘했던 일인데도 사별 후에는 못 하게 되는 일시적 퇴화현상을 겪기도 한다. 일례로 나는 영화를 좋아했고 사별 전에도 혼자 극장에 가서 영화를 관람하곤 했는데 사별 후에는 혼자서는 영화를 보지 못하고 있다는 것을 깨달았다. 그래서 나는 사별 전의 나를 하나씩 회복시키기로 마음먹었고, 처음 도전한 것이 혼자 영화 보기였다. 혼자 영화를 볼 때는 옆 사람 눈치 보지 않고 울고 싶으면 울고 웃고 싶으면 웃을 수 있으니 혼영은 일상으로 돌아가는 연습을 하기에도 딱 좋은 시도였다.

상실을 극복하기 위해 내가 시도한 두 번째 방법은 낯선 환경으로 떠나는 여행이었다. 사별 후 첫 여행은 남편의 1주기 추모식을 앞두고 요동치는 마음과 아픔을 진정시킬 목적이었다. 조금 멀고 낯선 곳으로 시선을 돌리면 내 감정과 생각을 분산시킬 수 있을 것 같아

나는 사별하였다

서 추모식을 2주 앞두고 나는 낯선 곳으로 혼자 여행을 떠났다. 만약 내가 떠나지 않았다면 아마도 요동치는 감정에 휘둘려 남편의 1주기를 보냈을 것이다. 하지만 아는 사람 하나 없는 낯선 곳에 혼자 있게 되니 익숙하지 않은 환경에 적응하느라 우울한 감정에 파묻힐 여유가 없었다. 나의 뇌는 내면의 슬픔보다는 새로운 환경에 적응하느라 바쁘게 움직였다. 나는 그 후로도 매년 남편의 기일 1~2주 전쯤 여행을 떠났다. 여행을 통해 내면의 감정을 슬픔과 우울이 아닌 다른 감정으로 전환시켰고, 하루 이틀 여유를 두고 집으로 돌아와 마음을 정리한 뒤 가족과 함께 그를 추모했다. 낯선 곳으로 나 혼자 떠나는 여행은 상실의 감정에서 조금 떨어져서 나의 생각과 감정을 객관적으로 바라보게 되는 좋은 시도였다.

회복을 위해 나는 취미생활을 다시 시작했다. 남편의 투병이 시작되면서 중단되었던 예전에 내가 즐겨하던 취미들을 소환했다. 제일 먼저 시작한 건 좋아하는 커피와 여행을 접목한 카페 투어였다. 새로 생긴 독특한 카페 중 가 보고 싶은 카페의 시그니처 메뉴, 인테리어와 콘셉트 등의 정보를 알아본 뒤 실제 현장 답사 후 사진과 기록을 남겼다. 두 번째로는 마음 수양에 좋은 목공을 다시 시작했다. 나무를 잘라 다듬고, 조립과 칠을 거쳐 마감 작업까지 작품 하나를 만들다 보면 잡생각을 할 틈이 없었다. 손을 바쁘게 움직이다 보면 복잡하던 생각이 어느새 사라졌다. 목공작업 역시 매번 사진을 찍고 작업 기록을 남겼다. 나는 사진과 일기를 통해 내가 무엇을 하며 사별을 극복하려고 애썼는지를 기록했다.

상실을 극복하기 위한 다른 방법으로 나는 같은 종교를 가진 분들과 소통의 시간을 많이 가졌다. 종교를 통한 위로는 상실의 아픔으로부터 회복하는 데 정말 큰 도움이 된다. 나는 사별한 여성들 중 같은 종교를 가진 분들과 소통할 수 있는 SNS 대화방과 모임을 만들었다. 모임은 다양한 연령층으로 구성되었지만 사별과 종교라는 공통분모가 있어서 처음 만나도 쉽게 친밀감을 느낄 수 있었다. 우리는 서로의 아픔에 대한 위로와 격려를 주고받았고, 사별 후 집안의 가장이 되어 홀로서기를 해야 하는 어려운 상황과 책임에 대해 서로에게 조언을 아끼지 않았다.

사별 전에는 남편과 의논했을 일들을 이제 이곳에서 함께 의논하며 좋은 방법을 찾아갔다. 우리는 매일 서로의 기도 제목을 나누고 서로를 위해 기도한다. 지금까지 오랫동안 우리는 서로를 품는 기도와 사랑으로 사별의 아픔을 이겨 내도록 돕고 있으며 서로에게 든든한 동행이 되어 주고 있다.

사별 7년 차인 내가 다른 이들이 사별의 아픔을 극복하도록 돕기 위해 도전한 또 하나의 일이 있다. 그것은 "별이 된 그대"라는 유튜브 채널을 통해 사별자들의 사연을 소개하고, 다른 사별자들을 위로하는 유튜브 방송을 시작한 것이다. 다양한 콘텐츠를 다루는 유튜브에서 사별자들을 위한 콘텐츠는 그리 많지 않다. 사별이라는 우울한 주제를 누가 꺼내고 싶겠으며 누가 구독하겠는가? 하지만 이 땅에는 매일 사별하는 사람들이 있고 누구나 잠정적인 사별자라고 인정한다면, 사별자를 위로하기 위한 콘텐츠는 있어야 한다고 생각했다.

비록 지금은 중단된 상태이나 유튜브 방송은 정말 큰 도전이었다. 나는 그 후로 사별자들을 위한 온라인 카페를 개설해서 운영해 오고 있다. 카페를 통해 서로의 아픔을 위로하고, 사소한 일상을 나누며, 뜻을 함께하는 모임을 통해 사별의 아픔과 외로움으로부터 회복과 치유가 일어나길 소망한다.

이렇게 상실의 아픔을 극복하기 위한 다양한 노력을 하다 보니 사별 전 '나 자신다움'을 찾아가는 내가 보이기 시작했다. 이제는 처음 사별을 경험하는 누군가에게 사별 후 나의 경험을 나누고 위로할 수 있는 선배 사별자로 당당하게 서 있는 달라진 나를 보게 된다. 상실의 아픔을 잘 극복하고 싶다면 세월이 흘러 잊히기만을 바라지 말고 스스로 적극적인 노력을 해야 한다. 내 아픔을 가장 잘 이해하는 사람은 바로 나이고, 그 아픔을 가장 잘 위로할 수 있는 사람도 바로 나 자신이다. 자신만이 진실하고 성실하게 자신을 이해하며 다독일 수 있다.

오늘도 나는 나를 위로한다. 그리고 지금 상실의 아픔을 겪고 있는 그대에게 내 아픔을 위로하는 마음으로 같은 위로를 보낸다. 나도 잘 견디었으니 그대 또한 그럴 수 있기를 응원한다.

나는 두 아들의 가이드 러너입니다

두 아들은 초등과 중등 사춘기였고, 나는 삶이 어느 정도 안정기에 접어든 40대 초반에 남편을 떠나보냈다. 남편은 내게도 그리운 사람이지만 두 아들에게도 극한 그리움의 대상일 텐데, 아빠가 죽은 후 아이들이 아빠에 대한 이야기를 전혀 하지 않았다. 처음엔 그러려니 했는데 그것이 정상적인 애도는 아닌 것 같아서 나는 아빠에 대한 이야기를 일부러라도 자주 해야겠다는 생각이 들었다.

아이들의 아빠가 우리와 함께하지 못하는 현실은 너무 슬프고 마음 아프지만, 과거 행복했던 우리 가족의 추억이 상실의 아픔 속으로 사장되어 아이들이 아빠를 슬픔과 고통으로 기억하게 해서는 안될 것 같았다. 더는 아빠와 함께 아름다운 추억을 만들 수 없다면, 우리가 함께했던 지난 추억이라도 잊지 않고 소중히 품어야 하지 않겠는가. 나는 아이들이 아빠의 사랑을 오래 기억하길 바랐다.

얼마의 시간이 지난 후 나는 그동안 의식적으로 외면하고 피했던 아빠에 대한 기억을 아이들에게 되돌려주기 시작했다. 아빠와 자주 갔던 음식점에 갔고, 아빠가 좋아하던 음악을 들었으며 아빠와 함께 갔던 여행지도 다시 갔다. 네 식구가 함께였던 가족여행을 아빠 없이 셋이 다니기 시작하며 아빠에 대한 추억을 꺼내 놓았다.

"여기 아빠가 참 좋아했는데. 그치?" "예전에 아빠랑 왔을 때는 여름이었지, 이것저것 구경하고 재미있었는데 말이야. 그때 여기서 네가 해파리에 쏘여서 아빠가 업고 해상구조팀 응급처치실로 뛰어갔었잖아. 기억나?"

평소 별로 말이 없는 편인 나는 옹알이 하는 아기에게 말을 가르치는 엄마처럼 의도적인 수다쟁이가 되어 갔다. 그제야 아이들은 아빠에 대한 기억을 떠올리며 아빠에 대해 다시 말하기 시작했다.

마라톤 선수에게는 가이드 러너 Guide runner라고 장거리 달리기를 훈련하는 동안 같이 뛰어 주는 선수가 있다. 선수가 자신의 페이스를 잃지 않고 체력과 감정, 속도를 조절해서 마라톤 풀코스를 끝까지 완주하도록 도와주는 페이스메이커라고도 불린다.

나는 초보 엄마이고 여자이기에 사춘기 남자아이들을 잘 몰랐다. 아빠도 없이 아들이 사춘기가 되니 은근 걱정이 되었다. 그래서 나는 사춘기 남자아이들의 문화를 공부하기 시작했다. 요즘 아이들은 무엇을 하며 시간을 보내고, 아이들 사이에서 유행하는 것은 무엇인지, 친구들끼리는 어떤 음식을 먹으며, 친한 친구들은 누구이고 무엇을 하고 노는지 등을 공부했다. 아빠는 없지만 두 아들의 인생 마라톤을 함께 달려주는 페이스메이커 같은 엄마가 돼 주고 싶었다.

때때로 나는 수다스러운 질문자가 되어 사춘기 남자아이들에 관해 묻고 또 물었다. 그러면서 두 아들을 조금씩 더 이해하게 되었고, 아들 또래 남자아이들과 소통하는 방법을 깨닫기 시작했다. 점차 아들의 친구들과도 아는 사이가 되었고, 아들은 친구들과 통화 중에 "우리 엄마 바꿔 줄까?"라며 너스레도 떨었다. 그러면 나는 핸드폰 너머 친구에게 "OO아! 우리 작은 아들에게 제발 방 좀 정리하라고 전해 줄래. 어느 날 사진 찍어서 SNS에 공개할지도 모른다고 전해. 사회적 지위와 명성을 지키고 싶다면, 내일 밤 12시까지 정리되어 있어야 할 것이야." 하며 농담을 주고받았다.

또 어느 날은 아이들에게 평소에 하고 싶은 것을 생각해 뒀다가 격주로 금요일마다 함께 하자고 했다. 큰아들이 선택한 가족 활동은 한 달에 한 번 노래방에 가서 실컷 노래 부르기였다. 노래방 사장님은 다 큰 아들들과 노래방 오는 부모도 별로 없지만, 엄마랑 노래방에 주기적으로 오는 아들들은 처음이라며 갈 때마다 시간을 연장해 주셨다. 우리는 목이 쉬도록 노래를 부르고 나서야 집으로 돌아오곤 했다. 덕분에 나는 아들들의 노래 취향도 파악하고 새로운 노래도 알게 되는 기회를 얻었다. 내가 부르는 노래를 들으며 기성세대가 좋아하는 노래를 자주 듣다 보니 아들들은 오래된 노래에도 관심을 갖게 되었고, 어른 세대의 레트로 감성을 공유하고 이해하는 젊은이가 되었다.

어느 날엔 기억을 더듬어 아빠가 좋아했던 노래들을 부르면서

"이 곡 아빠가 좋아하던 곡인데"라며 아빠와의 노래방을 추억하기도 했다. 아이들이 스스로 아빠에 관한 이야기를 꺼내고, 아빠와의 추억을 잊지 않고 마음에 담아 두어서 참 다행이었다.

아빠가 떠난 후 우리는 새로운 가족의 룰을 정하고 가사 일을 분담했다. 사실 나 혼자 직장 업무와 가사 그리고 공부까지 병행하며 지치지 않고 조화로운 생활을 하는 것은 쉽지 않았다. 그래서 나는 아들들에게 도움을 요청했다. 먼저 내가 매일 해야 하는 일과 일주일과 한 달 동안 해야 하는 직장 업무와 가사 일을 아이들에게 구체적으로 설명하고 아이들이 도와줄 수 있는 일에 대해 생각해 보게 했다. 아들들은 둘이 의논을 하더니 설거지는 둘이 번갈아 하겠다고 했고, 각자 방 청소와 욕실 청소는 물론이고, 재활용품 분리수거와 음식물 쓰레기를 처리 하겠다고 했다.

혼자서 부모 역할을 해야 하는 한부모가정이라면 아이들과 의논을 통해 새로운 가정의 룰을 만들고 서로 각자 할 수 있는 일은 분담하면서 함께 살아가는 법을 가르치는 것도 좋은 교육이라고 생각한다. 물론 이것도 아이들이 어느 정도 성장해야만 가능한 일이지만, 한부모가정에서 자라는 아이들이 안쓰러워 가족을 배려할 줄 모르는 응석받이 철부지로 자라게 한다면 그것은 옳지 않은 일이다.

사별자 모임 가족 캠프에 간 적이 있었다. 다양한 연령의 아이들과 1박 2일간의 단체 생활을 하면서 일부 사별자의 아이들에 대해 안타까운 마음이 들었다. 사별 후 망연자실한 엄마나 아빠가 혼자 아이들을 어찌 돌봐야 할지 몰랐거나 아니면 한부모가정에서 자라는 자녀들이 안쓰러워 내키는 대로 하도록 허용했을지도 모르지만 어쨌든 어른의 바른 가이드와 돌봄이 필요해 보이는 자녀들이 있었다.

물론 나도 사별 후 애들이 배고픈 줄도 모르고 망연자실하며 지내던 날들이 있었지만 아이들이 아주 어렸다면 나 또한 더 힘들었을 것이다. 사별 후 모든 면에서 매우 힘든 것은 사실이지만 어린 자녀가 있는 사별자일수록 되도록 빨리 몸과 마음을 회복하려고 노력해야 한다. '애들을 봐서라도 빨리 정신을 차려야 한다'라는 말은 대부분 사별자가 듣기 싫어하는 말이지만 그 말은 부정할 수 없는 사실이기도 하다.

부모 중 하나를 잃은 자녀에게 사별은 큰 충격이며 처음 겪는 일이다. 어찌할 바를 모르는 아이들은 살아 있는 부·모나 어른들의 모습을 예민하게 살피며 시키지도 않은 눈치를 본다. 아이들의 몸과 마음은 매일 매일 빠르게 성장하고 자라며, 아이들은 보고 느끼며 접하는 모든 것을 통해 무엇인가를 학습하고 배운다.

인생이 긴 마라톤이라면 아이들은 이미 자신의 인생을 달리기 시작했고, 부모는 아이들이 가장 신뢰하는 가이드 러너이다. 우리는 매 순간 정신을 똑바로 차리고 아이들이 삶의 방향을 잃지 않고, 마지막까지 잘 완주할 수 있도록 돕는 가이드의 역할을 잘 감당해야 한다. 아이들은 우리가 달리는 모습을 보고 배우며 자신의 삶을 달려 나갈 것이다. 그러니 우리는 항상 함께 뛰는 가이드 러너가 되어 주어야 한다.

어느 곳에서나 당신을 마주해요

남편! 당신이 하늘 저편의 별이 된 지 7년이 되었습니다. 내 나이는 마지막 당신의 나이를 세 살이나 앞서 네 살 연상이었던 당신보다 연상이 되어 있네요. 당신의 젊었던 시절을 기억하는 나는 아직도 여기저기서 당신의 흔적과 당신의 얼굴을 마주합니다. 지금 나는 당신을 보냈던 그날의 아픔은 아닐지라도 이 그리움과 보고픔의 시간을 거리를 두고 지내보려고 하고 있어요. 가끔 그리워하고, 가끔 보고파 하고, 가끔 안부를 묻는 그런 정도로 당신을 생각합니다.

오늘 당신이 있는 하늘은 가슴 시릴 만큼 맑고 높고 푸르렀고 구름은 그 하늘을 빠르게 흘러갔습니다. 운전 중인 차 안에서 들려오는 음악에서도 당신의 콧노래를 듣고, 당신이 좋아하던 음식과 과일에서도 당신의 향긋했던 미소를 마주하고, 영화관에서 홀로 영화를 볼 때도 미간에 '집중 주름'을 만들며 심각한 표정을 짓던 당신의 얼굴을 마주합니다.

새벽 미명의 바다 빛과 하늘빛이 아름다웠던 그날에, 하늘을 우러러 간절하고 애절하였던 당신의 기도를 오랜만에 꺼내 본 당신의 사진 속에서 다시 듣습니다.

당신은 어디에서나 우리와 함께합니다. 우리 곁의 그대는 따사로운 봄날의 햇살이며, 여름철 시원하게 쏟아지는 소낙비이고, 가을날의 맑은 하늘이며, 한겨울 차가운 바람과 흰 눈입니다.

오늘은 그대를 조금 그리워하는 날. 그대가 그리운 날에도, 혹은 지워진 날에도 그대는 마음속에 잔잔한 파도로 왔다 갑니다.

내가 나보다 네 살 많았던 당신의 마지막 나이가 되었을 때 마음이 참 미묘했습니다. 어느 날은 당신과 같은 연배인 분들을 보며 지금 내 곁에 그대가 있다면 어떻게 나이 먹어 가고 있을까 상상을 해 보지만, 그대의 얼굴은 그대가 떠나던 그해의 젊었던 얼굴밖에 떠오르질 않습니다.

요즘의 나는 그대를 향한 그리움은 가끔 있으나, 다행히 처음처럼 죽을 것 같이 아프진 않습니다. 매일 눈물로 지새웠던 처절했던 그날의 아픔이 7년이 지난 지금까지 계속되었다면 내 심장은 까맣게 타 버리고 재가 되어 산산이 흩어졌을 것입니다. 신께서 내게 처절한 아픔과 고통의 시간을 허락하셨다면, 그는 또한 아주 늦은 속도이긴 하였지만 망각의 축복도 함께 주셨음을 압니다. 이 축복으로 인해 아팠던 기억들은 조금씩 잊혔으며 이젠 당신과 좋았던 기억을 추억하는 것만으로도 살아갈 힘을 얻고 있습니다.

내일은 당신을 꼭 닮은 아들이 복무 중인 부대 오픈 행사에 갑니다. 훈련소에 입소시킬 때 눈물로 보냈지만, 내일은 씩씩하게 당신의 몫까지 있는 힘껏 안아 주고 격려해 주고 오겠습니다.

당신, 그 하늘에서 평안한 안식 누리고 있지요? 내일 찬란한 아빠미소로 밝은 햇살과 푸른 가을하늘과 시원한 바람으로 아들과 내게 와 주시겠어요?

삶이라는 신비

김기석

"땅이 있는 한, 뿌리는 때와 거두는 때, 추위와 더위, 여름과 겨울, 낮과 밤이 그치지 아니할 것이다"(창세기 8:22).

한 번도 뵌 적 없는 분들에게 편지를 쓰는 무례를 용서해 주십시오. 사실 사별의 아픔을 겪은 이들에게 말을 건넨다는 것은 참 어려운 일입니다. 자칫하면 아물어 가고 있던 상처를 후벼파거나, 슬픔의 기억을 소환하는 일일 수 있으니 말입니다. 그런데도 이런 편지를 올리는 것은 뭔가를 가르치기 위해서가 아니라, 그런 슬픔에 공감하는 이가 있다는 사실을 환기시키기 위한 것입니다. 삶은 다양한 만남의 점철입니다. 누구를 만나느냐에 따라 우리 인생의 태도와 지향이 결정되는 경우가 많습니다. '관계'라는 단어는 '빗장'이라는 뜻의 '관關'과 '잇다'라는 뜻의 '계係'가 결합된 것입니다. 누군가와 관계를 맺기 위해서는 우리 마음의 빗장을 열어 그와 연결됨을 받아들여야 한다는 뜻일 겁니다. 관계 맺음은 그런 의미에서 결단입니다.

살아가면서 수없이 많은 타자들과 만나지만 우리 인생에 소중한 타자로 받아들이는 이들은 의외로 많지 않습니다. 삶이 그런대로 괜찮다고 느낄 때는 언제인가요? 누군가와 연결되어 있다고 느낄 때일 겁니다. 소속과 연결이야말로 사회적 존재인 인간의 기본 바람일 겁니다. 하지만 그 연결이 지나치게 많거나, 그 연결이 오히려 우리 삶을 옥죄는 사슬이 될 때 우리는 고독에의 열망에 사로잡히기도 합니다. 연결을 원하는 동시에 그 연결에서 벗어나고 싶다는 모순된 소망을 품고 우리는 시간 속을 바장입니다.

누군가를 만나 사랑을 느끼고, 그 사랑을 섬세하게 키워가다가 마침내 혼신의 힘을 다하여 파트너의 이름을 호명함으로 부부가 된다는 것은 참 신비한 일입니다. 삶의 조건이 어떻게 변하든 지금 내 곁에 있는 사람과 평생 함께 걷겠다는 결혼 서약은 그 신비 속으로 성큼 들어서는 일이기도 합니다. 그래서 사랑은 인간의 선택이지만 결혼은 하나님의 선물이라고 하는지도 모르겠습니다. 서약은 그렇기에 엄중한 것입니다.

결혼을 유지하는 것은 물론 서로에 대한 존중과 사랑이겠지만 더 근본적 외연은 서약에 대한 충실함입니다. 오랜 세월을 함께 지내다 보면 사랑의 감정이 식을 때도 있고, 권태감이 찾아들 때도 있는 게 사실입니다. 관계의 위기가 찾아와 결국 헤어지는 이들도 있습니다. 부부간에 벌어지는 갈등은 어느 누구도 함부로 재단하거나 평가할 수 없습니다. 만나고 헤어지기도 하는 게 인생이라지만, 그 만남의 기억은 쉽게 망각의 강으로 흘려보낼 수 없습니다. 그 기억은 어떤 형태로든 우리 영혼에 흔적을 남겨놓게 마련입니다. 중도에 사별의 아픔을 겪은 이들이야 새삼 말해 무엇하겠습니까? 그것이 부모 자식간의 관계이든, 부부간의 관계이든, 가장 가까운 이들이 우리 곁을 떠난다는 것은 자기 몸의 일부가 떨어져 나가는 것 같은 고통일 수밖에 없습니다. 사랑하는 이를 잃어버리면 세상이 더 이상 이전과 같을 수는 없습니다. 낯선 곳으로 변해버린다는 말입니다. 나가사키의 바닷가에는 소설 《침묵》을 썼던 엔도 슈사쿠의 비문이 있다고 합니다. "인간은 이토록 슬픈데, 주여 바다가 너무도 푸르릅니다." 설명하지 않더라도 누구라도 공감할 수 있는 문장일 겁니다.

철학자 마틴 하이데거는 '인간은 죽음에 이르는 존재'라고 말했습니다. 누구나 아는 뻔한 이야기 같지만, 그 말은 그의 철학 이해를 위해 매우 중요합니다. 인간은 자기의 유한성을 알 뿐 아니라 죽음을 의식하며 사는 존재입니다. 죽음을 의식하지만 죽음은 우리 경험 속에 없습니다. 죽었다가 살아났다고 말하는 사람들은 있지만 그것이 진짜 죽음인지는 알 수 없습니다. 죽음의 경험은 사실은 가장 가까운 이들의 죽음이 우리 속에 불러일으키는 두려움과 상실감 그리고 쓸쓸함인지도 모르겠습니다. 사람들은 죽음을 생각할 때 이런 전제를 한다고 합니다. '나도 언젠가는 죽을 것이다. 그러나 지금은 아니다.' '지금은 아니다'라는 생각은 우리 삶에 안정성을 부여하기도 하지만 세상에서 벌어지는 모든 불행한 사건과 사고에서 나만은 예외가 되어야 한다는 덧없는 생각의 반향일 뿐입니다. 인간은 누구나 한계상황 앞에 설 수밖에 없는 존재입니다. 죽음, 죄책, 질병, 우연 등은 우리의 일상을 뒤흔들고, 우리 생의 유한함을 돌아보게 만듭니다. 한계 상황은 우리를 몹시 힘들게 만들지만 본래적 삶을 환기시키는 계기가 되기도 합니다.

여러분들은 모두 예기치 않는 시간에 닥쳐온 아픔과 슬픔을 경험한 분들입니다. 사고로 사랑하는 이를 잃은 분도 계시고, 질병으로 사랑하는 이를 잃은 분들도 계십니다. 사고 소식을 들었을 때 혹은 파트너의 시한부 선고를 받았을 때 삶의 토대가 흔들렸다는 고백은 참 적실합니다. 든든한 줄 알았던 터전이 흔들릴 때 우리는 멀미를 느낍니다. 돌연 익숙하던 세계가 낯선 곳으로 변하고, 세상에 홀로 버려진 것 같은 외로움이 찾아들 때 어떻게들 견디셨습니까? 앞서 잠시 언급했던 엔도 슈사쿠의 《침묵》을 처음 읽었을 때 어떤 문장에 이르러 멍해지는 경험을 한 적이 있습니다. 일본의 기독교 박해사를 다룬 이 소설은 참으로 믿는다는 것이 무엇인지를 묻고 있습니다. 많은 이들이 예수님에 대한 믿음을 견지하려다가 목숨을 잃었습니다. 그들을 끝내 지켜주고 싶었던 신부가 바라보는 가운데 한 사나이가 처형을 당했습니다. 후미에라고 하는 성화상에 발을 올려놓기를 거부했기 때문이었습니다. 신부는 텅 빈 안마당에 하얀 햇빛이 내리쬐고 있는 광경을 지켜보며 삶의 부조리함에 몸서리칩니다.

> "조금 전과 마찬가지로 매미가 계속 울고 있다. 바람은 없다. 파리 한 마리도 여전히 그의 주위를 윙윙거리며 날고 있다. 외계는 조금도 달라지지 않았다. 한 사람의 인간이 죽었다고 하는데도 조금도 달라진 것이 없었다. '이런 일이…, 이럴 수가….' 신부는 창살을 꼭 잡은 채 현기증을 일으켰다"(엔도 슈사쿠, 《침묵》, 김윤성 옮김, 바오로딸, 209쪽).

그에게 현기증을 일으킨 것은 한 사람의 죽음이 아니었습니다. 한 인간이 죽었는데 외계는 마치 아무 일도 없는 것처럼 무심하다는 사실이었습니다. '안마당의 고요함과 매미소리, 그리고 윙윙거리는 파리소리'가 그렇게 부조리할 수가 없었던 것입니다. 사별자들이 겪는 일도 마찬가지라지요? 나는 세상이 무너진 것 같은 슬픔을 겪고 있는데 세상은 마치 아무런 일도 없었다는 듯 지속되는 현실에 분노할 수도 있겠습니다.

지그문트 프로이트는 상실감이 일으키는 우울증에 대한 반응을 두 가지로 설명합니다. 하나는 멜랑콜리입니다. 성찰적 거리를 두고 자기가 겪은 일을 돌아보기보다는 우울 속으로 더 깊이 침강하는 심리적 태도가 그것입니다. 멜랑콜리에 사로잡히는 순간 사람들은 자기가 겪는 모든 어려움을 외부의 탓으로 돌리곤 합니다. 원망, 히스테리, 자학 등을 낳을 수도 있는 상황입니다. 다른 하나의 반응은 애도입니다. 자기의 상황을 객관적으로 이해하려고 애를 쓰면서, 상실을 삶의 일부분으로 받아들이는 태도입니다. 진정한 애도는 삶의 에너지를 정상으로 되돌려 놓기 위한 노력을 포함합니다. 애도자는 상실한 사랑의 대상을 지속적으로 기억함으로 자기 삶의 일부가 되게 합니다. 기질이나 삶의 여건에 따라 이런 반응으로 갈리는 것 같습니다. 삶의 가장자리로 떠밀렸는데 중심에 이르는 길을 알 수 없다는 생각이 들 때도 많습니다. 길을 찾을 의욕도 없고, 기다림조차 부질없어 보일 때, 희망의 불빛은 가물거리게 마련입니다.

살다보면 우리는 전혀 경험해보지 못한 현실에 직면하곤 합니다. 합리적이고 질서정연한 줄 알았던 세상이 사실은 혼돈 그 자체이고, 누군가를 잘 안다고 생각했지만 실은 그를 전혀 모르고 있었다는 것을 깨닫고 놀라기도 합니다. 누구에게나 다른 이들에게 드러나지 않는 슬픔의 지층이 있습니다. 가장 가까운 이들조차 알아차리지 못하는 생의 이면입니다. 소설가 이승우는 〈마음의 부력〉이라는 소설에서 요양원에 계신 어머니가 끝내 꿈을 이루지 못한 채 세상을 떠난 큰 아들에 대한 미안함을 평생 간직하고 사셨다는 사실을 뒤늦게 깨 닫고는 이렇게 자책합니다.

"상실감과 슬픔은 시간과 함께 묽어지지만 회한과 죄책감은 시간 과 함께 더 진해진다는 사실을, 상실감과 슬픔은 특정 사건에 대한 자각적 반응이지만 회한과 죄책감은 자신의 감정에 대한 무자각적 반응이어서 통제하기가 훨씬 까다롭다는 사실을 의식하지 못했다. 상실감과 슬픔은 회한과 죄책감에 의해 사라질 수도 있지만, 회한과 죄책감은 상실감과 슬픔에도 불구하고 사라지지 않는다는 사실을, 오히려 그것들에 의해 더 또렷해진다는 사실을 이해하지 못했다"(제 44회《이상문학상 작품집》, 이승우, 〈마음의 부력〉, 문학사상, 47쪽).

아마 여러분의 마음도 이럴 거라고 짐작합니다. 사별의 고통을 더 욱 견디기 어렵게 만드는 것은 사랑하는 이의 부재가 아니라, '나 때 문에' 혹은 '더 잘해 줄 걸'이라는 자책감인지도 모르겠습니다. 여러 분의 이야기를 들으며 지금 내가 맺고 있는 관계에 대해 돌아보게 되었습니다. 지금 곁에 있는 사람은 언제나 그렇듯 당연히 여기 있 는 줄만 알았습니다. 때로는 다정하게 지내지만, 때로는 성을 내기 도 하고, 등을 돌리기도 합니다. 당연하게 생각한 그의 존재가 '비존 재'로 바뀔 수도 있다는 사실을 생각하면 가슴이 먹먹해집니다. 시인 김승희의 〈세상에서 가장 무거운 싸움2〉라는 시가 떠오릅니다.

> "아침에 눈뜨면 세계가 있다
> 아침에 눈뜨면 당연의 세계가 있다
> 당연의 세계는 당연히 있다
> 당연의 세계는 당연히 거기에 있다"

너무 뻔한가요? 그런데 시인은 "당연의 세계에서 나는 당연하지 못하여/당연의 세계가 항상 낯선 나"라고 노래합니다. 당연의 세계가 항상 낯설기만 하다는 것처럼 아득한 노릇이 또 있을까요? 삶은 이렇게 처연한 것이지만 그런데도 살아야 하는 것이 우리의 숙명입니다. 사랑하는 이를 더 이상 볼 수 없는 데도, 때가 되면 배가 고프고, 공과금 내야 하는 시간은 꼬박꼬박 돌아오고, 돌보아 주어야 할 이들이 눈에 밟히고, 먹고 살기 위해 일을 하지 않을 수도 없습니다. 그런데 따지고 보면 이런 일상이 우리의 삶을 존속 가능하게 하는 것들입니다. 앞에서 인용한 성경구절은 노아 홍수 이후에 하나님께서 인간에게 주신 약속입니다. 시간은 지속될 것이고, 계절의 변화 또한 지속됩니다. 바로 그것이 은총의 징표라는 것입니다. 납득하기 어렵지만 곰곰이 생각해보면 거기에 삶의 길이 있습니다.

세상에는 우리가 이해할 수 있는 일보다 그렇지 못한 일들이 더 많이 일어납니다. 물론 쓰나미처럼 몰려와 우리 삶을 뒤흔드는 자연재해도 그렇지만 선한 이들에게 닥치는 불행도 많습니다. 우리 사회 시스템 속에 내재된 불의에서 비롯되는 악도 많습니다. 어린 시절부터 우리 마음에 익혀온 권선징악의 윤리가 작동되지 않는 현실을 목도한다는 것은 참 쓸쓸한 일입니다. 성경에 나오는 시편의 시인들도 이런 현실 앞에서 탄식하곤 했습니다. '어찌하여', '언제까지'라는 단어가 자주 등장합니다. 거의 대부분의 사람들이 부조리한 현실에 당혹감을 느낍니다. 그 당혹감을 안고 사는 것이 인생인가요?

마치 삶에 정답이라도 있는 것처럼 말하는 이들도 있지만 그들은 대개 삶의 복잡성을 이해하지 못하는 사람이거나, 다른 이들을 오도함으로 이익을 얻으려는 사람인 경우가 많습니다. 삶이란 어쩌면 답이 없는 삶을 살아가는 것인지도 모르겠습니다. 성경에 나오는 욥은 아주 짧은 시간 동안 급전직하를 경험한 사람입니다. 며칠 사이에 재산을 다 잃고, 자식도 다 죽고, 아내에게 버림받았고, 몸에는 사람들이 혐오할 만한 질병이 나타났습니다. 그를 위로하기 위해 먼 길을 마다하지 않고 세 친구가 찾아왔습니다. 그들은 칠일 낮과 밤을 친구 곁에 머물렀습니다. 한 마디 말도 할 수 없었습니다. 이만한 우정이 또 있을까요? 그런데 욥이 자기 처지를 한탄하며 태어난 날을 저주하자 친구들은 깊은 침묵을 깨고 말을 하기 시작합니다. 욥이 그런 처지에 떨어진 것은 숨겨진 죄가 있기 때문이라는 것이었습

나는 사별하였다

니다. 여러 번에 걸쳐 논쟁이 계속되지만 기본 전제는 욥의 죄가 그런 현실을 잉태했다는 것이었습니다. 그들은 하나님이 창조하고 섭리하시는 세상의 질서정연함을 확신합니다. 대단한 믿음의 사람들입니다. 그러나 결과적으로 그들은 틀렸습니다. 하나님의 세계를 다 안다고 하는 것은 오만일 뿐입니다. 세상에는 인과적으로 설명할 수 없는 일들이 많습니다. 피조물인 우리는 다만 그 현실을 겪어낼 뿐입니다. 비극적이지만 그건 어김없는 삶의 실상입니다. 욥의 친구들은 알 수 없는 일을 아는 것처럼 말했다고 하여 꾸중을 듣습니다. 모름을 받아들이는 것이 지혜인지도 모르겠습니다.

여러분도 그 불행의 와중에 사람들이 들려주는 섣부른 위로의 말이 전혀 도움이 되지 않았다고 말하시더군요. 좋은 의도로 하는 바른 말이 때로는 더 큰 상처가 될 수도 있습니다. 애도의 시간이 끝나지도 않았는데 벌어진 사건을 제멋대로 해석하려는 이들을 보면 분노의 감정이 일기도 합니다. 말이 오히려 소통의 장애가 되는 경우가 허다합니다. 가장 큰 슬픔의 시간에 제일 고마운 사람은 곁에 머물러 주는 사람이 아니던가요? 물론 홀로 있고 싶은 시간도 있겠습니다만. 곁에 있어 주는 사람은 우리가 삶의 세계로 복귀하려 할 때 '설 땅'이 되어주는 사람들입니다. 그들은 결핍에 집중되어 있는 우리 시선을 '있는 것'에 돌리도록 해주기도 합니다. 숙명의 잡아당기는 힘에 저항할 힘을 우리 속에 채워주기도 합니다.

사별자들의 모임은 어쩌면 슬픔의 강에 놓인 징검다리와 같다는 생각이 들었습니다. 모두 다 아픔과 상실감을 겪은 이들이기에 서로의 감정을 누구보다 깊이 이해할 수 있었을 것이고, 격려하고 보듬고 일으켜 세워줄 수 있는 모임이었으니 말입니다. 그곳은 장벽이 무너진 세계라지요? 차마 다른 이들에게는 할 수 없는 내밀한 이야기도 털어놓을 수 있고, 새로운 관계를 맺을 용기도 북돋워주는 이들이 있다는 것은 얼마나 고마운 일인지요.

그곳에서 함께 글로 공유했던 이야기들은 사별자들이 슬픔의 미궁에서 빠져나올 수 있도록 해준 아리아드네의 실이 아니었나 생각합니다. 글을 쓴다는 것은 자기를 객관화하지 않고는 할 수 없는 일입니다. 물론 글은 쓰는 이의 주관이 들어가지만 그의 경험을 언어라는 도구를 통해 전하기 위해서는 객관화 작업이 필수입니다. 가장 깊은 내면의 고백이라 해도 거리두기는 필수입니다. 글의 내용을 살아냈던 나와 글을 쓰는 나는 같은 나이면서도 다릅니다. 글쓰기라는 행위는 자기를 발견하는 과정이기도 합니다. 쓰기 전까지는 내 생각과 감정의 빛깔을 이해하지 못하는 법입니다. 씀을 통해 우리는 가장 내밀한 자신과 만납니다. 과거의 나와도 만나지만 미래의 나와도 만납니다. 그래서 글쓰기는 새로운 삶을 향한 발돋움입니다.

길고 지루한 이야기를 마쳐야 할 시간입니다. 저는 생텍쥐페리가 들려주는 이야기를 참 좋아합니다. 그는 1935년에 파리와 사이공

나는 사별하였다

사이의 장거리 항로 개척 비행 중에 북아프리카의 리비아 사막 한복판에 추락했던 적이 있습니다. 산채로 모래바다 위에 내던져진 것만도 기적이었습니다. 침착한 그는 치밀한 과학자의 계산으로 가능한 모든 방법을 모색하여 인간의 세계로 되돌아갈 길을 찾아 헤맸습니다. "습도가 낮은 이곳에서 이대로 가면 24시간이 지나면 목숨이 가랑잎처럼 말라버릴 것이다. 하지만 지금 동북풍이 바다 쪽에서 불어오니 습도는 약간 높아질 것이다. 그래, 동북쪽으로 가자."

그는 밤에는 낙하산 천을 찢어 모래 위에 깔아놓았다가 새벽에 이슬을 짜서 목을 축였습니다. 그러나 며칠이 지나면서 구원의 여망은 보이지 않았습니다. 냉철한 그는 마지막 방법을 쓰기로 합니다. 비행기의 잔재를 태우는 것이었습니다. "세상에서 불을 다룰 수 있는 동물은 오직 인간뿐이니, 누군가가 사막에서 일어나는 불꽃을 본다면 우리는 구원받을 수도 있을 것이다."

그는 누군가가 찾아와 주기를 고대했습니다. 그러나 아무도 그를 찾아오지 않았습니다. 다음 날 그는 다시 걷기 시작했습니다. 그대로 포기하고 싶은 생각이 들었을 겁니다. 하지만 문득 그의 뇌리에 떠오른 것은 라디오 앞에 앉아 이지러진 얼굴로 절망에 잠겨 기다릴 아내의 얼굴과 불안과 초조에 사로잡힌 친구들의 얼굴이었습니다. 그때 섬광처럼 "조난자들은 내가 아니라 바로 그들이다. 내가 그들을 구해야 한다"는 생각이 떠올랐습니다. 인식의 전환이 일어난 것입니다.

비슷한 맥락이긴 합니다만 생텍쥐페리는 다른 소설에서도 안데스에서 조난당했다가 귀환한 기요메라는 비행사의 말을 들려줍니다.

"내가 한 일은 결단코 어떤 짐승도 일찍이 한 일이 없을 거라고 단언하네"(《인간의 대지/야간비행/어린왕자/남방우편기》, 안응렬 옮김, 동서문화사, 41쪽).

그가 한 일은 절망을 딛고 한 걸음 한 걸음 발을 내디딘 것입니다. 조심스러운 이야기이긴 합니다만 '조난자'는 내가 아니라 나를 사랑하는 이들인지도 모른다는 인식의 전환, 그리고 어떠한 조건 속에서도 한 걸음씩 희망을 향해 발걸음을 옮기겠다는 결의야말로 우리 앞을 비춰주는 등불인지도 모르겠습니다. 앞서 세상을 떠나신 분들은 영원한 생명의 주인이신 분의 자비에 맡기십시오. 그리고 용감하게, 씩씩하게 주어진 길을 걸으십시오. 주님의 은총이 사별의 고통을 경험한 모든 이들을 감싸주시기를 기도합니다. 평안을 빕니다.

김기석 일상의 삶 속에 담겨 있는 하늘빛을 잔잔하면서도 풍요롭게 보여주는 목회자이자 평론가다. 시와 산문, 현대문학과 동서고전을 자유로이 넘나드는 진지한 글쓰기와 빼어난 문장력으로 신앙의 새로운 층들을 열어 보이되 화려한 문학적 수사에 머물지 않고 질펀한 삶의 현실에 단단하게 발을 딛고 서 있다. 그래서 그의 글과 설교에는 '한 시대의 온도계'라 할 수 있는 가난한 사람들, 소외된 사람들, 아픈 사람들에 대한 따듯한 시선과 하나님이 창조한 피조세계의 표면이 아닌 이면, 그 너머를 꿰뚫어 보는 통찰력이 번득인다. 감리교신학대학교와 같은 대학원을 졸업하고 지금은 청파교회 담임목사로 사역하고 있다.

2장
사별 후 나타나는 증상과 아픔

사별자는 자기 자신과 남은 가족의 안위가 걱정되고, 죽음을 포함한 끔찍한 일을 다시 겪을지도 모른다는 두려운 마음에 휩싸일 수 있다. 자신이 딛고 서 있던 세상이 무너져 깊은 나락으로 추락할 것처럼 불안하고 삶이 안전하지 않다고 느낄 수도 있다. 또 언제 죽을지 모르는 예측 불가한 삶이 때로는 허무하게 느껴져서 아무것도 하고 싶지 않을지도 모른다. 이러한 막연한 두려움과 불안은 시간이 지나 일상을 회복하고 삶에 대한 자신감이 생길수록 줄어든다. 그러니 두려움과 허무감으로 무언가를 새로 시작하는 것이 어렵게 느껴질수록, 당신은 무언가를 시도하고 도전해야 한다.

사별은 당신의 몸을 병들게 할 수 있다

수면장애

사별 후 많은 사람들이 한동안 불면을 경험하지만 일부는 현실 도피처럼 잠에 빠지기도 한다. 깊은 슬픔과 우울감에 빠지면 수면을 유지하는 호르몬이 부족해지고 수면장애를 겪게 될 수 있다. 만성 수면부족은 신체기능 저하로 면역력을 낮추고 질병을 유발할 수 있으며 기억력, 판단력, 지적능력을 떨어뜨려 성급한 행동을 하거나 잘못된 의사결정을 하게 만든다. 또한 스트레스 호르몬의 증가를 초래해 우울감이나 불안감이 더 커지게 된다. 불면증에 시달리다 보면 술에 의지하는 경우가 있는데, 이는 몸을 더욱 힘들게 만들기 때문에 결코 바람직하지 않다. 술보다는 명상이나 운동, 수면을 돕는 식품을 활용하는 것이 좋다.

섭식장애와 급격한 체중변화

극심한 우울감이나 스트레스와 불안이 가중되면 미각과 위장관 기능이 저하되고 그로 인한 섭식장애가 야기될 수 있다. 오랫동안 음식을 제대로 섭취하지 못하면 영양 불균형 상태에 빠지고 신체기능 저하와 무기력감, 질병이 발생할 수 있으니 이 시기에는 가급적 섭취와 소화가 용이한 음식물을 조금씩이라도 자주 먹는 것이 좋다. 또 사별 후 신경성 대식증(폭식증)이나 음식을 먹고 구토를 해 내는 거식증 등 음식에 대한 과도한 집착을 보이기도 하는데 이는 음식으로 사별 후 몰려오는 심리적 허기를 채우거나, 현실의 고통과 슬픔을 완화시키기 위한 자기 방어일 수 있다. 이런 증상이 장기간 지속될 경우에는 건강을 해칠 수 있으므로 전문가의 도움을 받을 필요가 있다.

피로와 무기력증

사별 후 당신은 풀리지 않는 피로와 무기력함을 지속적으로 느낄 수도 있다. 쉽게 지치고 졸리지만 막상 깊은 잠을 잘 수 없거나, 잠을 자고 또 자도 피곤이 풀리지 않을 수 있다. 그것은 슬픔이 엄청난 에

너지를 소모시키기 때문이다. 시간이 지나 슬픔의 파도가 잔잔해지면 서서히 일상을 회복할 수 있을 것이다. 지금은 당신이 하루를 살아 내는 것만으로도 이미 큰일을 하고 있는 것이다. 무언가를 하려고 애쓰지 않아도 된다. 아무 생각도 할 수 없는 사람처럼 멍한 상태로 하루를 보내도 된다. 하루가 지나고 또 하루가 지나다 보면 검은 밤 이후 아침이 오듯 당신은 잠에서 깨어나 다시 현실을 살아갈 것이다.

사별은 당신의 마음과 정신을 흔들어 놓는다

망연자실 그리고 부정

어떤 죽음이든 사랑하는 사람이 죽었다는 사실을 받아들이는 것은 누구에게나 매우 힘든 일이다. 아마도 배우자의 죽음에 대한 당신의 첫 반응은 "아냐! 그럴 리 없어"라는 죽음에 대한 부정일 수 있다. 당신은 충격 속에서 무감각해지고, 망연자실해진 채 아무것도 명확하게 생각할 수 없을지도 모른다. 마치 나쁜 꿈처럼 삶이 비현실적으로 느껴질 수도 있다. 하지만 현실은 부정한다고 달라지지 않는다. 망연자실한 상태에서 현실을 거부한다고 저절로 해결되는 삶의 문제는 없다. 현실을 직시하는 것이 새로운 출발의 시작점이 될 것이다.

두려움과 불안

두려움과 불안은 사별 후 가장 흔하게 겪는 감정으로 사람을 약화시키고 스트레스를 가중시켜 몸과 마음을 병들게 할 수도 있다. 사별을 겪게 되면 남은 자는 두 사람이 함께 꾸려오던 가정의 모든 대소사와 자녀에 관한 일들을 혼자서 판단하고 책임져야 하는 달라진 현실과 혼자 남은 미래를 마주하게 된다. 냉철한 이성적 사고가 어렵고 감정이 혼란스러운 시기에 많은 일상을 혼자 판단하고 결정하며 책임져야 한다는 극도의 부담감은 '혹 나의 섣부른 판단과 잘못된 행동으로 상황을 더 나쁘게 만들진 않을까'하는 두려움을 키우며 아무것도 할 수 없을 것 같은 무력감을 만들기도 한다. 하지만 사람은 누구나 실수를 하고 어떤 것이든 잘하게 되려면 시행착오를 거쳐야 한다는 것을 기억하라. 익숙하지 않은 것은 언제나 힘든 법이다.

사별자는 자기 자신과 남은 가족의 안위가 걱정되고, 죽음을 포함한 끔찍한 일을 다시 겪을지도 모른다는 두려운 마음에 휩싸일 수 있다. 자신이 딛고 서 있던 세상이 무너져 깊은 나락으로 추락할 것처럼 불안하고 삶이 안전하지 않다고 느낄 수도 있다. 또 언제 죽을지 모르는 예측 불가한 삶이 때로는 허무하게 느껴져서 아무것도 하고 싶지 않을지도 모른다. 이러한 막연한 두려움과 불안은 시간이 지나 일상을 회복하고 삶에 대한 자신감이 생길수록 줄어든다. 그러니 두려움과 허무감으로 무언가를 새로 시작하는 것이 어렵게 느껴질수록, 당신은 무언가를 시도하고 도전해야 한다. 당신의 시도와 도전이 성공한다면 당신은 자신감을 얻을 것이고 불안과 두려움은 줄어들 것이다. 당신은 실패하거나 실망할 수도 있다. 그럴지라도 당신이 포기하지만 않는다면, 새로운 방법을 찾아가며 두려움을 극복하게 될 것이다.

경제적인 문제 또한 두려움과 불안의 큰 원인이 될 수 있다. 경제적으로 고인에게 많이 의존했다면 당장 가정의 수입이 심각하게 감소하기 때문에 어떻게 먹고살 것인가가 크게 걱정이 된다. 이때 성급하고 무리한 결정을 하게 되면 더 큰 곤란을 겪을 수 있으므로 신중해야 한다. 경제적인 어려움은 사실 단기간에 해결할 방법이 많지 않다. 바로 눈앞의 이익과 현실만 보지 말고, 조금 넓게 멀리 보고, 가능하다면 많은 이들과 상의해가면서 시간을 가지고 꾸준히 노력하기를 바란다.

두려움과 불안을 극복하는 데 가장 필요한 것은 긍정적인 마음과 용기다. 지금은 아무것도 보이지 않는 어두운 밤과 같을지라도 태양이 다시 떠오를 것이라고 믿어라. 당신의 긍정적인 믿음과 거기서 나오는 용기가 두려움과 불안을 극복하는 힘이 될 것이다.

죄책감

어떤 형태의 사별이든 배우자를 살리지 못한 후회와 죄책감이 들 수 있다. '만약 내가 이렇게 했더라면 살릴 수 있었을지도 모른다'는 생각이 들고 해 보지 않은 모든 선택이 후회로 남는다. 또한 더 많이 사랑하고 이해하고 살펴 주지 못한 지난 삶이 미안하고 후회스럽다. 돌이킬 수 없는 죽음 앞에서 '후회와 자책'은 남겨진 자의 몫이 된다. 후회하고 자책하는 이들에게 '배우자의 죽음은 당신 탓이 아니다. 당신은 당신이 할 수 있는 최선의 선택과 행동을 한 것이다. 누구의 탓도 아닌 그저 운명이었다'라고 말해 주고 싶다.

하지만 동시에 충분히 후회하고 자책하는 시간을 가지도록 내버려 두고 싶다. 대부분의 죄책감은 결혼생활 동안 죽은 배우자를 더 아껴 품어 주지 못한 후회와 살리지 못한 아쉬움에서 비롯된다. 배우자를 살리지 못한 것과 온전히 사랑하지 못했다는 자책감에 괴롭다면 그 마음 역시 배우자를 사랑하는 마음의 일부다. 사별한 배우자를 향한 그리움만이 남겨진 자의 사랑은 아니다. 뼈저린 후회와 미안함과 자책도 남겨진 자의 '혼자 사랑'이다.

세월이 흐르면 기억은 희미해지고 그리움도 색이 바래고 혼자 사랑은 힘을 잃어 갈 것이다. 죄책감도 세월을 이기진 못할 테니 점점 약해질 것이다. 그러니 그리움이든 후회와 자책이든 죽은 자를 사랑할 수 있을 동안 사랑하는 것도 괜찮지 않을까? 우리 대부분은 배우자들이 죽은 후에 그 영혼이 후회와 죄책감에 괴로워하길 원하지 않는다. 그들이 평안하길 바라듯 죽은 그들도 이 땅에 혼자 남은 우리가 후회와 죄책감을 내려놓고 평안하길 바랄 것이다.

공황장애

사별 후 당신은 갑작스러운 여러 신체 증상과 통제하기 힘든 공포감을 느낄 수 있다. 갑자기 식은땀이 나며 심장이 두근거리고 가슴통증과 함께 호흡곤란이나 현기증을 느낄 수도 있다. 평상시에 없던 이런 증상이 반복되는데도 병원 검진 결과 별다른 이상이 없다면 당신은 공황장애를 의심해 봐야 한다. 공황장애의 정확한 원인은 아직 밝혀지지 않았지만 극심한 스트레스로 인해 발생할 수 있으며 공황장애는 현대 사회에서 흔한 정신과 질환 중 하나이다. 공황장애를 겪는 대부분의 사람들은 자신이 통제할 수 없거나 도움을 청할 수 없는 상황에서 공황발작을 겪을 수 있다는 불안감을 가지게 되고 이런 불안감이 가중되면 공황장애 증상이 더 심각해질 수 있다. 공황장애는 신경정신과에서 진단 받을 수 있으며 전문가에 의한 약물치료와 심리치료를 받는 것이 좋다.

슬픔과 우울증

사별 후 슬픔은 당연한 감정이다. 하지만 이 감정이 지속적으로 삶을 지배한다면 우울증으로 발전할 수 있다. 우울감은 몇 달 이내 사라질 수도 있고 일 년 이상 지속될 수도 있다. 우울한 기분은 누구나 흔히 느끼는 감정이다. 하지만 우울증은 일시적인 기분 저하가 아니라 거의 매일 하루 종일 사고와 행동을 통제하는 전반적인 정신 기능이 저하된 상태를 말한다. 우울증은 의욕과 흥미, 집중력의 저하, 죄책감, 자살충동, 자기 비하, 무기력감, 대인기피증을 일으키므로 사회생활을 어렵게 만들고, 죽은 배우자에 대한 환각 증상을 일으키기도 한다. 우울증에 걸리면 이전에 스트레스를 극복할 때 사용했던 방법들은 도움이 되지 않고 이런 괴로움이 영원히 지속될 것처럼 느껴진다. 우울증 증상이 2주 이상 지속되고 일상생활이 지장을 받게 된다면 정신과 전문의와 상담하는 것이 좋다.

분노와 감정조절장애

사별 후 많은 이들이 심한 감정 기복을 경험한다. 멀쩡한 듯 생활하다가 어느 순간 아무것도 아닌 일에 쉽게 화를 내기도 하고 슬픔과 불안으로 침몰하기도 한다. 분노, 불안, 슬픔 등 부정적인 감정을 통제하고 벗어나려고 해도 마음은 얼어붙은 것처럼 꼼작도 하지 않는다. 때로는 누구에게 왜 화를 내는지도 모른 채 화가 나 있는 경우도 있다. 대부분 사람은 자신의 기대와 믿음에 어긋난 상황에서 실망하거나 화를 낸다. 사별은 우리가 당연한 것처럼 품어 온 삶에 대한 기대와 믿음이 깨지는 상황이니 사별 후 마음속 분노는 당연한 것인지도 모른다. 여기에 사별이라는 예기치 못한 불행에 대해 누구라도 비난하고픈 마음이 분노를 키울 수 있다.

사별 후 감정 기복이 심하고 분노가 생기는 마음은 충분히 이해될 수 있지만, 분노가 타인에게 상처를 주는 언행으로 표현되면 의도치 않는 부정적 영향을 끼쳐 대인관계, 직장, 가정 등 일상생활이 원만해지지 않을 수 있다. 하지만 무작정 분노를 억누르거나 회피하는 것이 정답은 아니다. 왜냐하면 억눌러진 화는 사라지지 않고 잠재되어 있다가 예상치 못한 방식으로 표출될 수 있기 때문이다. 분노의 감정이 때로는 큰 슬픔을 극복하는 힘이 되기도 하고 애도의 과정일 수 있다. 할 수 있다면 내면의 분노가 어디서 시작되었는지 찾아보고 그것에 대해서 말이나 글로 누군가에게 표현하고 도움을 받음으로써 분노의 감정을 풀어내는 것이 좋다.

집중력·기억력 장애

집중력·기억력 장애는 극심한 스트레스에 대한 보편적 반응이다. 어떤 사별자는 뇌가 화상을 입은 것 같다는 표현을 쓰기도 한다. 그것은 일시적인 것일 수도 있고 기대보다 훨씬 더 오래 지속될 수도 있다. 이것은 당신의 뇌에 결함이 생긴 것이 아니다. 다만 과거의 기억이 잘 떠오르지 않는 것은 배우자와 함께 한 시절에 대한 기억이 사별 후 슬픔과 고통으로 다가오기 때문에 무의식적으로 과거에 대한 기억을 차단했기 때문일 수도 있다. 현재에 집중하기 어려운 것은 당신의 마음이 슬픔을 견디고 애도하는 것에 몰입되어 있어 어떤 것을 기억하거나 집중할 여력이 남아 있지 않기 때문이다. 하지만 대부분의 경우 사별의 어려움을 극복해 나감에 따라 당신의 기억력과 집중력도 정상적으로 회복되어 간다. 그러므로 이런 문제로 절망하지 말고 변화에 대해 시간을 두고 인내심을 가지는 것이 좋다.

중독과 탐닉

사랑하는 사람을 잃은 사람은 심각한 감정 기복과 고통을 겪게 되고 이러한 감정 기복에 대한 대응으로 그 고통을 잊기 위해 여러 형태의 중독에 빠지기 쉽다. 사별자에게서 가장 흔히 볼 수 있는 중독과 탐닉은 알코올일 것이다. 술을 적당히 마시면 사별의 아픔을 이겨 나가는 데 도움이 되기도 하겠지만 과도한 반복적인 탐닉은 중독으로 발전하고 뇌병변을 야기하며 중독성 장애로 발전할 수 있다. 잠시 슬픔과 괴로움을 잊기 위해 의존했던 술, 또는 마약성 약물에 대한 중독은 결국 건강한 몸과 일상을 파괴함으로써 사별보다 더 힘든 중독의 고통 속으로 빠져들게 만들 것이다.

쇼핑중독이나 음식에 대한 과도한 탐닉도 사별 초기에 나타날 수 있는 증상이다. 새 물건을 구매하는 것은 정신적 쾌감을 가져다줄 수 있기 때문에 쇼핑으로 우울함과 스트레스를 해소하려는 사람들이 있다. 쇼핑중독은 경제적으로 넉넉하다면 사실 큰 문제가 아닐 수 있지만, 그렇지 않다면 머지않아 경제적 어려움에 부닥치게 될 것이다. 음식에 대한 과도한 탐닉도 스트레스 해소의 한 방편으로 많이 사용되는 것 같다. 하지만 장기간의 과도한 음식 섭취는 여러 가지 질병으로 이어질 가능성이 매우 높다. 그러므로 슬픔과 괴로움을 술이나 쇼핑 또는 음식으로 해결하려 들지 말고 자신이 좋아하는 운동이나 취미, 종교, 여행 등을 통해 극복하기를 권장한다.

사별은 당신의 관계에 영향을 미친다

상대적 박탈감

사별을 하게 되면 다정한 연인은 물론 티격태격하는 부부만 보아도 부러움과 외로움을 느낄 수 있다. 사별 전 배우자와 함께 했던 사소한 일상을 더 이상 누릴 수 없다는 것에서 당연히 내 것이었던 것을 강제로 빼앗긴 것 같은 박탈감을 느낀다. 다른 사람들은 보편적으로 누리는 것을 나와 내 자녀들이 누릴 수 없다고 생각될 때 상대적 박탈감은 커지고 내 삶이 상대적으로 결핍되고 불행하게 느껴진다. 인생은 예측불허이고 우리는 매일 어제와 다른 오늘을 살아가며 우리 모두 서로 다른 길을 걸어간다. 그러므로 행복의 기준은 하나가 아니다. 하나의 길만 고집한다면 도리어 행복에서 멀어지게 된다. 내게 없는 것에 눈을 돌리고 남들과 비교하는 순간 행복은 달아

나는 사별하였다

난다. 누구도 빼앗을 수 없는 진정한 행복은 내가 가진 것을 깨닫고 누리며 나눌 때 자라난다.

기존 관계의 변화

사별로 인해 우리 삶의 많은 부분이 달라지는데 인간관계 역시 예외는 아니다. 친구나 가족이 사별자를 대하는 방식에 조심스러운 변화가 생기고 사별자 역시 전과 같지 않을 수 있다. 배우자가 죽게 되면 맨 먼저 배우자로 인해 형성된 인간관계를 어떻게 해야 할지 고민하게 된다. 당장 시가 또는 처가와 갈등이 생길 수도 있다. 유산상속이나 자녀양육에 대한 문제가 발생할 수도 있고, 사소한 언행에도 서로 상처를 주고받을 수 있다. 배우자를 잃은 충격과 슬픔도 크겠지만 자녀를 잃은 부모의 슬픔도 그에 못지않기 때문에 똑같이 사랑하는 사람을 잃은 우리는 서로를 연민의 마음으로 너그럽게 바라봐 주고 배려해야 한다. 개인적인 차이가 있겠지만 친구들과의 모임도 사별 후엔 참여하기 껄끄러울 수 있다. 가장 중요한 것은 사별 후 달라진 현실을 인정하고 새로운 생활에 적응해 가는 것이니, 모임에 참여하는 것이 심리적으로 힘들다면 자신의 마음을 친구들에게 솔직히 이야기하고 시간을 갖는 것도 좋을 것이라 생각된다. 지속될 인연이라면 한동안 소원해져도 다시 인연을 이어 갈 것이고 끊어질 인연이라면 힘들게 붙든다 해도 결국 멀어지게 될 것이다.

사회적 편견

편견은 공정하지 못하고 한쪽으로 치우친 의견이나 태도로 일반적으로 부정적인 평가를 동반한다. 이혼이나 사별 그리고 한부모가정에 대한 편견이 존재하는 것은 사실이며 사별 후 당신과 당신의 자녀들은 편견의 대상이 될 수도 있다. 충분한 실증이나 이유 없는 편견을 가지고 사람을 대하는 것은 분명 옳지 않지만 우리 대부분은 어느 정도 자기만의 고집과 편견을 가지고 살아가니 편견 없는 세상이 실현되기는 어려울 것이다.

그렇다면 우리는 어떻게 편견에 마주할 것인가? 편견을 모면하기 위해 현실을 부정하고 사별자가 아닌 척하며 살 것인가? 아니면 편견을 무시하고 자신이 처한 현실을 인정하며 자신의 삶을 당당히 살아갈 것인가? 이 경우 자신과 자녀들의 상황에 따라 결정과 행동은 달라질 수 있고 당신의 행동에 대해 자신 이외에는 누구도 옳고 그름을 말할 수 없다. 편견은 지나친 일반화, 선입견, 고정관념의 결과일 뿐 나의 잘못과는 무관하기 때문에 편견에 주눅이 들거나 휘둘릴 필요는 없다.

대인 기피증

대인기피증이란 당혹감을 느낄 수 있는 사회적 상황이나 활동을 두려워하여 피하고, 피할 수 없는 경우는 불안 반응을 보이는 사회

불안장애이다. 사별 후 달라진 환경에 충분히 적응하기 전에 기존 관계의 급격한 변화와 상대적 박탈감, 사회적 편견을 경험하게 되면 대인 기피증이 생기고 사회적 관계가 위축될 수 있다. 또한 이로 인해 왜곡된 사회성으로 분노조절장애 등 심각한 증상으로 발전할 수도 있다. 대인기피증을 극복하려면 먼저 가족과 친구에게 도움을 청하고, 본인 스스로를 비하하지 않고 자신감을 키워야 한다. 또 이해와 배려가 부족하고 경솔한 언행을 자주 하는 사람은 가까이하지 않는 것이 좋으며 심각한 경우 전문전인 심리상담을 받는 것이 필요하다.

3장
치유와 회복

혹 당신이 이 세상에서 가장 괴로운 사람이라고 생각하는가? 사별 카페에서 무수히 많은 사연과 아픔을 읽다 보면 아마도 그 생각이 바뀔 것이다. 당신 주변에는 사랑하는 사람을 떠나보낸 이가 드물 수 있지만 사별 카페의 모두는 사랑하는 이를 잃었고, 그들 중의 일부는 당신보다 더 어려운 상황에 처해 있을지도 모른다. 그럼에도 불구하고 다시 희망과 용기를 가지고 혼자 남은 인생을 살아가고 있는 꽃보다 아름다운 이들을 본다면 당신은 자신의 삶에 대해 새롭게 생각해 보게 될 것이다.

다른 사별자들을 만나보라

사별 후 우리를 가장 외롭게 만드는 것 중 하나는 아무도 나의 마음을 이해할 수 없으리란 생각일 것이다. 배우자의 죽음으로 인해 갑자기 이 세상에 혼자 남겨진 느낌과 혼돈의 감정은 겪어 보지 못한 사람이 온전히 이해하기란 어려운 일이다. 도와주려고 하는 가족이나 친구가 있어도 감정적 연대가 부족한 그들의 위로는 큰 도움이 되지 못하거나 오히려 상처가 될 수도 있다. 이러한 상황에서 우리는 본의 아니게 주위로부터 고립되기 쉽고 그 고립감은 사별의 슬픔을 더욱 깊게 만드는 악순환을 가져올 수 있다. 사별 후 혼자 많은 시간을 보내는 것은 정서적으로 좋지 않다. 이 시기에는 소외감과 상대적 박탈감을 최소화하면서 감정적으로 공감하고 소통할 수 있는 사별자를 만나보는 것이 큰 위로가 된다.

혼자서 사별의 아픔과 소외감을 견디기보다는 용기를 내어 다른 사별자들을 만나보라. 비록 낯선 사람들이라 할지라도 그들은 당신이 겪은 아픔과 같은 아픔을 겪었기 때문에 쉽게 당신을 이해하며 공감할 수 있다. 그리고 먼저 사별한 사람들 중에는 그 힘든 시기를 잘 견디고 이겨 낸 사람들도 많이 있다. 그들은 나의 괴로움이 어떤 것인지 정확하게 알고 있으며, 또 그러하기에 다른 사별자들이 다가온다면 기꺼이 도움을 주려고 한다. 당신이 내성적이고 소극적인 사람이라 사람을 쉽게 사귀지 못한다고 걱정할 필요는 없다. 사별자들은 비슷한 경험을 공유하고 있기 때문에 처음 만나는 사이에도 쉽게 친밀감을 느끼고 마음을 터놓고 이야기 할 수 있게 된다. 당신도 그들과의 소통을 통해 조금이나마 마음의 평안을 얻게 될 것이다.

그러면 다른 사별자들을 어디에서 만날 수 있을까? 가까운 지인들 중 친분이 있는 사별자가 있다면 그들과 마음을 터놓고 교제를 나누면 좋겠지만, 그럴 수 없다면 병원이나 종교 및 특정 단체에서 운영하는 사별 치유 프로그램에서도 사별자들을 만날 수 있다. 또 특별한 치유 프로그램이 운영되지는 않지만, 배우자와 사별한 사람만 가입할 수 있는 온라인 사별 카페를 통해서도 만날 수 있다. 특히 당신이 낯선 사람들을 직접 만나는 것을 꺼려하거나 신분을 노출하고 싶지 않다면 온라인 사별 카페에서 글을 통해 다른 사별자들을 만나 보는 것이 좋을 것이다.

온라인 사별 카페에는 많은 사람들의 다양한 글이 올라와 있다. 사별초기의 극심한 슬픔, 비틀린 감정과 생각, 사별 후 달라진 사소한 일상과 관계에 대한 고민부터 육아와 취업, 법적인 문제까지 다양한 주제에 대해 많은 사람들이 묻고 답하기 때문에 어떤 경우엔 가장 적절한 조언을 얻을 수도 있다. 수시로 카페에 글을 올리고 소통하며 자신의 슬픔을 극복하는 사람들도 있지만, 그저 동시대에 비슷한 아픔을 가진 사람들의 글을 읽고 연대감을 느끼는 것만으로 슬픔과 외로움을 견딜 수 있는 위로를 얻는 사람도 있다.

혹 당신이 이 세상에서 가장 괴로운 사람이라고 생각하는가? 사별 카페에서 무수히 많은 사연과 아픔을 읽다 보면 아마도 그 생각이 바뀔 것이다. 당신 주변에는 사랑하는 사람을 떠나보낸 이가 드물 수 있지만 사별 카페의 모두는 사랑하는 이를 잃었고, 그들 중의 일부는 당신보다 더 어려운 상황에 처해 있을지도 모른다. 그럼에도 불구하고 다시 희망과 용기를 가지고 혼자 남은 인생을 살아가고 있는 꽃보다 아름다운 이들을 본다면 당신은 자신의 삶에 대해 새롭게 생각해 보게 될 것이다.

잘 조직된 사별 카페에는 다양한 형태의 오프라인 모임이 있다. 등산이나 독서토론, 영화 관람이나 콘서트를 같이 하는 모임도 있

나는 사별하였다

고, 아이들과 함께 하는 캠핑이나 여행 모임 등의 다양한 소모임이 있으니 자신이 원하는 모임에 참여하여 다른 사별자들을 직접 만나 볼 수도 있다. 소모임 활동을 통해 동병상련의 좋은 친구나 선후배를 만나 교제할 수 있다면 사별 후 너무 우울해지거나 감정이 격동할 때 그런 마음을 토로하고 이해 받을 수 있을 뿐 아니라 사별자의 조언이 필요한 고민에 대해서도 터놓고 의논할 수도 있으니 큰 위로와 도움이 될 것이다.

물론 사별자라고 해서 모두 다 슬픔과 위로를 공유할 수 있는 것은 아니다. 선과 악이 혼재된 세상에서 다양한 사람들이 모인 곳이라면 선과 악은 분리하기 어렵게 뒤섞여 있을 수 있다. 사별 후 개인의 판단력이 흐려질 수 있고, 외롭고 약해진 마음을 악용하는 사람도 더러 있으니 동병상련을 가진 사람들과의 만남이라도 신중해야하며 개인적인 교제보다는 단체 속에서 천천히 친분을 쌓아 가길 권한다.

인간은 사회적 동물이다. 이 말의 의미는 여러 가지가 있겠지만 그중 하나는 인간은 귀속 본능이 있어 다양한 형태의 공동체에 소속되고 싶어 하며 그 속에서 안정감을 느낀다는 것이다. 그런데 사별을 하게 되면 가장 소중하고 사랑했던 가정이라는 공동체부터 큰 타격을 받게 된다. 그리고 배우자의 부재로 인해 기존에 소속되어 있던 부부 중심의 친구 모임, 각종 동호회 모임에도 금이 가게 된다. 사람에 따라 다르겠지만 이런 경우 대부분 사별자들은 상대적 박탈감으로 인해 이전에 속해 있던 공동체에서 즐겁고 편안한 느낌을 갖기가 힘들어진다. 기존의 공동체에서 소속감과 안정감을 갖기 힘들어지면 사회적으로 고립되어 가는 기분이 들고 소외감과 외로움은 자꾸 커지게 된다. 그래서 비슷한 마음을 가진 사별자들과의 만남과 모임이 도움이 된다. 마음이 통하는 사별자들과 소통하면서 새로운 모임에 소속감을 갖게 되면 외롭고 불안했던 마음이 상당 부분 해소될 수 있다.

다른 사별자들을 만나 보라. 당신은 분명 따뜻한 위로를 얻게 될 것이다.

독서를 통한 위로와 치유

독서가 사별의 아픔과 슬픔을 치유하는 데 도움을 줄 수 있을까? 2019년 통계청 자료에 의하면 만 13세 이상 우리나라 독서 인구의 비중은 2011년 61.8%에서 2019년 50.6%까지 매년 꾸준히 감소하고 있다. 어린이들을 제외하면 대략 인구의 절반 정도가 전혀 독서를 하고 있지 않은 상황이니 이 질문에 대한 사별자들의 답변은 부정적인 경우가 더 많을 것 같다. 하지만 독서에 관한 많은 격언들은 이 질문에 대한 답변이 당연히 "예"가 되어야 한다고 말해 주고 있다. 노벨문학상 수상자인 헤밍웨이는 책만큼 충실한 친구는 아무도 없다고 단언했고, 21세기 미국을 대표하는 작가인 스티븐 킹은 책은 휴대가 가능한 마법이라고 말했다. 또 저명한 사상가이자 시인이었던 랄프 왈도 에머슨은 "독서의 기쁨을 아는 자는 재난에 맞설 방편을 얻은 것이다."라고 주장했으며, 영국의 작가 헬렌 엑슬리라는 "책은 위험할 수 있다. 좋은 책에는 '이것은 당신의 삶을 바꿔버릴 수 있다'라는 라벨을 붙여야 한다"라고 말했다.

독서를 통해 사람들의 뒤틀린 생각과 감정을 바꾸고 삶의 난관을 극복하도록 도와주는 치료법을 서양에서는 비블리오테라피[bibliotherapy]라고 부른다. 단어 그대로 독서를 통한 심리치료를 의미하는 이 치료 방법은 공식적으로 1차 세계 대전 때부터 시작되었다고 한다. 일부 선각자들이 전쟁 시기에 다친 군인들에게 심리치료의 방법으로 책을 제공하기 시작했고, 마음의 치료를 통한 몸의 치료 효과까지 확인함으로써 각종 심리치료의 방법으로 독서가 폭넓게 사용되기 시작했다. 현재 이 독서치료 방법은 각종 중독자 치료와 트라우마 치료 등에도 폭넓게 활용되고 있다.

하지만 우리나라의 독서치료는 아직 초보 수준인 듯하다. 독서치료 프로그램은 대부분 사회복지관이나 도서관에서 주로 청소년들을 대상으로 행해지고 있고 성인을 대상으로 하는 프로그램은 쉽게 찾을 수 없는 실정이다. 국내에도 사별자를 위한 독서치료 프로그램이 있다면 매우 좋겠지만 아직은 이런 프로그램이 체계적으로 만들어져서 운용되고 있는 것 같지는 않아 안타깝다. 하지만 전문가의 도움을 받을 수 없다 해도 좋은 책을 선택한다면 혼자서도 독서를 통한 치유와 회복은 충분히 경험할 수 있을 것이다.

"사별 초기에 가람 씨는 가슴이 답답하고 막막한 기분이었다. 지금까지 경험해 보지 못했던 슬픔과 복잡한 심리 상태는 이해하기도 힘들었고 누구에게 물어보기도 곤란했다. 어떻게 이 어려움을 극복해 나갈 수 있는가에 대한 대답을 찾기 위해 그가 의지하게 된 것은 책이었다. 그는 다양한 책을 읽으면서 사별에 몰입되어 있던 생각을 전환시킬 수 있었고 필요한 조언을 얻을 수 있었다. 처음에는 사별 또는 애도와 관련된 책을 주로 읽었지만 차츰 심리나 종교 등 다른 주제와 소설에 이르기까지 다양한 책을 많이 읽게 되었다. 가람 씨는 더 폭넓은 독서를 위해 독서토론 모임까지 가입했는데, 삶에 대한 사람들의 다양한 생각과 관점을 알아보는 것이 좋았다고 한다. 가람 씨에게 책은 낯선 곳을 여행할 때 필요한 베테랑 가이드와 같은 존재였다."

책은 좋은 조언자이자 위로자이다. 독서는 당신이 자기 자신을 이해하고 자신이 가진 문제점을 올바르게 파악할 수 있도록 도와줄 수 있다. 독서를 통해 우리는 다양한 사람들이 살아온 삶을 들여다보며 삶을 바라보는 시야가 넓어지게 된다. 또 독서는 새로운 관점에

나는 사별하였다

서 현상을 바라보고 문제를 해결할 수 있는 방법을 찾을 수 있도록 이끌어 주기도 한다. 특히 나와 비슷한 상황에 부닥친 책 속의 주인 공을 만나게 되면 그 주인공의 삶을 통해 자신을 객관적으로 바라보 고 문제의 해결책을 발견하게 될지도 모른다. 책은 또한 당신의 삶 의 가이드 역할을 해 줄 수도 있다. 책을 읽으면서 알게 된 시기적절 한 좋은 문구 하나가 당신의 삶에 지속적으로 큰 위로와 용기를 줄 수도 있다. 좋은 책은 그 책을 읽을 당시뿐만 아니라 이후에도 지속 적으로 좋은 영향력을 미쳐 우리가 올바른 방향으로 나아가도록 도 와준다.

자신이 선호하는 장르에 상관없이 책은 다양한 모습으로 당신에 게 도움을 줄 수 있지만, 좀 더 직접적이고 구체적인 도움을 당장 받 고 싶다면 사별을 주제로 한 책을 읽어 보라고 권하고 싶다. 사별 초 기 많은 이들은 한동안 복잡한 감정과 달라진 현실로 인해 불안정한 심리 상태를 경험한다. 사별자들은 자신의 이런 상태에 문제가 있는 것은 아닌지 확인하고 싶고, 또 어떻게 이 시기를 보내야 할지 다른 사람들의 조언을 구하고 싶지만, 주변에서 마땅한 조언자를 찾기는 쉽지 않다. 하지만 책으로 눈을 돌린다면 생각보다 쉽게 필요한 위 로와 조언을 얻게 될지 모른다. 특히 사별자들이 쓴 책을 읽다 보면 나만 이렇게 고통스러운 것이 아니라는 안도감과 나와 비슷한 사람 들이 생각보다 많다는 연대감을 통해 새 힘을 얻게 된다. 좋은 사별

책들은 어떻게 애도의 시간을 보내야 하는지 자세히 조언하고 있으며 사별 후 품게 되는 수많은 질문에 대해 다양한 사람들의 경험과 답변을 제시하고 있다. 이러한 책들은 사별을 경험한 당신에게 가장 직접적이고 도움이 될 수 있는 조언을 줄 뿐만 아니라 그 아픔을 이겨 나가는 좋은 방편이 될 것이다.

"책은 가장 조용하고 변함없는 벗이다. 책은 가장 쉽게 다가갈 수 있는 가장 현명한 상담자이자 가장 인내심 있는 교사이다."Charles W. Eliot

글로 감정을 표현해 보라

"하늘 씨는 아직도 먼저 떠난 아내에게 가끔 편지를 쓴다. 하고 싶은 말이 많았는데, 작별 인사 한마디도 제대로 해 주지 못했기 때문에 그는 항상 마음이 아팠다. 그래서 그는 어느 날 갑자기 노트를 한 권 골라 아내가 읽어 주기를 바라는 편지를 쓰기 시작했다. 비록 일방적인 대화인 셈이지만, 아내에게 보내는 편지는 억눌렸던 감정을 표현하고 아내와 소통하는 좋은 수단이 되었다. 그는 글쓰기를 통해 뒤틀렸던 격한 감정이 누그러지고 정리되는 느낌을 받았다. 특히 감정이 요동칠 때면 글을 쓰는 것이 마음을 가라앉히는 데 많은 도움이 되었다. 또 아내에게 글을 쓰면 아내와 자신의 관계가 완전히 단절된 것이 아니라 계속 이어지고 있다는 생각이 들어서 좋았다. 비록 대화를 나눌 수는 없지만 그는 글을 통해 아내를 만난다고 생각했다."

글쓰기에는 치유의 능력이 있다. 본인의 감정을 글로 표현하는 것은 감정적·정신적으로 더 건강한 삶을 살게 도와준다는 의학적 증거도 이미 많이 나와 있다. 상처받은 사건에 대해 글을 쓰게 되면 생각이 더 건강해지고 기분이 전환된다. 글을 쓰면 자신의 감정과 생각을 좀 더 객관적으로 바라보게 되면서 심리적으로 안정이 되는 효과가 있기 때문이다. 사실 슬픔과 상실에 대해 글을 쓰면 감정이 더 격해질 수도 있다. 하지만 글을 다 마무리하고 나면 훨씬 마음이 편안해진 것을 느낄 수 있을 것이다. 글쓰기는 상실의 슬픔에 빠져 있는 당신에게 하나의 탈출구가 될 수 있다.

글 쓰는 재주가 없기 때문에 글을 쓰면서 사별의 아픔을 치유하는 것은 나에게는 적합하지 않다고 생각하는 사람도 있을 것이다. 하지만 나와 나의 배우자만 (하늘에서) 읽을 글을 쓴다고 생각하면 내가 글재주가 있는지 없는지는 중요하지 않다. 누군가에게 보여 줄 글이 아니기 때문에 굳이 재미있게 글이 전개되어야 할 필요도 없고, 문법이나 문장구조 따위에 얽매일 필요도 없다. 그냥 현재의 내 생각과 감정이 떠오르는 대로 편하게 글을 쓰면 된다. 특히 자기감정을 남에게 털어놓는 것이 어려운 사람들이라면 이러한 나만의 글쓰기가 좋은 대안이 될 수 있다.

이와 달리, 글쓰기가 힘들지 않은 사별자라면 글을 통해 다른 사람들을 만나고 마음속 이야기를 나눠 보라고 권하고 싶다. SNS(특히 사별 카페)는 나의 글을 통해 사람들과 소통할 수 있는 좋은 장소이다. 개인적인 일상에 관한 글이어도 좋고, 먼저 떠난 이에게 보내는 편지 형식의 글이어도 좋다. 실제로 사별 카페에는 이러한 글들과 더불어 사진 중심의 짧은 글이나 음악 링크 글 같은 다양한 형태의 글들이 올라온다. 글을 통한 대화는 직접적인 대화보다 더 편안한 분위기를 만들어 줄 수 있기 때문에 더 쉽게 자신의 마음을 터놓게 될 수 있다.

사별자들은 외로움을 많이 느끼고 다른 누군가와 공감하고 싶다는 욕구가 강하다. 그래서 사람들이 나의 글을 읽고 "나는 당신의 상황을 알고 당신의 기분을 이해한다"라고만 말해 주어도 좋은 위로가 되고 용기를 얻게 된다. 잘 모르는 사람이라 할지라도 누군가 나에게 공감해 주고 나를 지지해 준다는 느낌은 사별의 아픔을 이겨나가는 데 큰 도움이 된다.

글을 쓰는 것보다는 사람들을 직접 만나서 소통하고 위로를 받는 것이 훨씬 나은 방법이라고 생각할 수도 있지만 글쓰기는 그 나름의 큰 장점이 있다. 대화는 주고받으면서 진행되기 때문에 상대방이 누구나에 따라서, 또 상대방의 상황에 따라서 내가 하고 싶은 말을 다 토해내기가 쉽지 않다. 상대에 의해 나의 말이 중간에 중단될 수도 있고, 상대방의 말도 들어 주어야 하므로 이야기의 주제가 엉뚱한 방향으로 나가게 될지도 모른다.

하지만 글을 쓸 때는 글을 마무리하기 전까지 계속 고쳐 쓸 수 있기 때문에 불필요한 말을 줄이고 핵심에 집중할 수가 있다. 그리고 방해받지 않고 내가 하고 싶은 모든 말을 온전히 다 할 수가 있다. 글쓰기는 타인의 도움 없이 나의 감정을 내가 원하는 때에 나의 마음대로 표출할 수 있게 해 준다.

사별로 인한 슬픔과 분노가 마음속 깊이 자리 잡고 있지만, 그것을 밖으로 표현하지 못하고 꽁꽁 감싸고 살고 있다면 글쓰기를 통해 치유를 경험해 보기를 바란다. 글쓰기는 부정적인 감정을 해소하고 답답한 마음을 풀어 버릴 수 있는 아주 좋은 방법이다.

몸을 움직이는 활동에 참여하라

적당한 수준의 육체 활동은 신체적인 건강에도 도움이 되지만 정신적으로도 안정감을 준다. 몸과 마음은 분리되어 있지 않다. 마음의 상태는 몸으로 드러나고 몸의 상태는 마음의 상태에 영향을 준다. 사별 초기에는 마음속에 가득 찬 슬픔과 원망으로 인해 육체적인 활동을 멀리하기 쉽지만 몸을 움직이지 않으면 부정적인 감정에서 벗어나기가 더 어려워진다. 주변의 사별자들을 보면 한 가지 패턴이 발견되는데, 그것은 외부 활동을 많이 하는 사람이 사별의 아픔을 더 잘 극복해 나간다는 것이다.

극심한 슬픔은 육체적인 에너지도 고갈시켜 버린다. 그런데 육체적으로 무기력한 삶을 살게 되면 정신적으로도 힘이 나지 않고 우울해지기 쉽다. 우울증이 심해지면 육체적인 활동을 더 싫어하게 되고 우울의 악순환이 반복되면서 증폭된다. 하지만 적절한 육체 활동을 하게 되면 정신적 스트레스는 줄어들고 행복감은 증진된다. 서울대 심리학과 최인철 교수에 따르면, 사람들은 재미와 의미를 동시에 줄 수 있는 산책이나 운동 같은 육체 활동에서 상당한 행복감을 느낀다고 한다(최인철,《굿 라이프》). 즉, 몸을 움직이는 활동이 우리의 행복에 큰 영향을 미칠 수 있다는 것이다. 특히 규칙적인 운동은 불안과 걱정을 줄여 주고 우울감을 감소시켜 우울증 치료제와 동일한 효과를 낸다고 한다. 단지 한 주에 한 시간만 하는 운동이라도 운동을 전혀 안 하는 것보다는 훨씬 도움이 된다.

물론 마음이 심란한 상태에서 육체 활동을 열심히 하는 것은 쉬운 일이 아니다. 특히 몸도 마음도 준비가 안 된 상황에서 육체적으로 너무 힘든 운동을 하는 것은 오히려 역효과를 불러올 수도 있다. 하지만 간단한 걷기 정도는 누구에게나 무난하리라 생각한다. 처음에는 주변의 조용한 공원이나 활기찬 시장 같은 곳을 30분 정도 걷는 것에서 시작하는 것도 좋을 것이다. 이게 무슨 운동 효과가 있겠냐고 반문할 수도 있지만, 일단 육체 활동이 주는 긍정적인 피드백을 경험하고 운동하는 습관을 형성하는 것이 중요하다. 평소에 운동을 좋아했다면, 승패를 가르는 격렬한 운동 경기에 참여해 보라고 권하고 싶다. 이러한 운동은 상당한 집중력을 요하고 다른 생각은 할 수 없을 정도로 정신을 한곳에 몰입하게 해 준다. 승부욕이 발동하면 흥미와 재미도 상당하기 때문에 쉽게 집중해서 즐길 수가 있다. 그리고 적어도 운동을 하는 동안은 슬픔에 빠져들 겨를이 없기 때문에 몸은 힘들어도 마음은 쉼을 가질 수 있다. 운동 경기를 즐길 수 있게 된다면 몸과 마음이 모두 더 건강해질 것이다. 많은 사람들과 부딪히기 싫거나 자연을 좋아하는 사람이라면 등산이나 가벼운 둘레길 트레킹을 하는 것도 좋다. 숲속을 걷는 것은 몸과 마음을 건강하게 만드는 데 도움이 될 뿐 아니라, 계절마다 달라지는 자연의 아름다움에 슬픔 가운데서도 행복감을 느끼게 할 수 있다.

사별 초기에는 우울하고 부정적인 감정들이 끊임없이 밀려든다. 기분을 전환해서 행복한 감정을 만들고 싶지만 쉽지가 않다. 감정은 내 생각만으로 쉽게 바꿀 수 있는 것이 아니다. 부정적인 감정에서 벗어나고 싶다면 일단 자리에서 일어나 밖으로 나가 보라. 걷거나 뛰는 것만으로도 기분이 전환될 수 있다. 감정을 갑자기 바꾸는 것보다는 행동을 바꾸는 것이 훨씬 쉽고 행동이 바뀌면 감정도 바뀐다.

부정적인 생각과 감정들로 인해 마음이 괴롭다면 막연히 기분이 바뀔 때까지 기다리지 말고 육체적인 활동을 늘려 보라. 조금씩 당신의 마음도 밝아짐을 느끼게 될 것이다.

전문가의 도움을 구하라

전문가(정신과의사/심리치료사)의 도움을 받는 상담치료는 호불호가 많이 나뉘는 것 같다. 어려운 시기에 많은 도움을 받았다는 사람도 있고, 실상 별 도움이 되지 못했다는 사람도 있다.

주변에 나를 이해하고 도와주려는 사람들이 있고 나의 심리적, 육체적 상태에 큰 문제가 없다면 사별했다고 무조건 전문가의 상담을 받을 필요는 없다. 나의 가족, 친구들만으로도 내가 심리적으로 안정될 수 있고 그들과 슬픔을 나누며 필요한 도움을 받을 수 있다면, 그들이 바로 나의 상담사이고 치료사이다.

하지만 주변 사람들로부터 이러한 도움을 받을 수 없다거나 심리적으로 매우 불안정하고 육체적으로도 심각한 문제가 발생한다면 의사나 심리치료사의 도움을 받을 필요가 있다. 특히 심한 우울증 또는 불면증이 생기거나 공황장애 증상이 있다면 필히 전문가와 상담을 하고 치료를 받는 것이 좋다. 이러한 문제는 가족이나 친구들의 도움만으로 해결하기는 매우 힘들다.

의사나 카운슬러와의 상담이 좋은 점은 적절한 조언과 치료를 받을 수 있고 비밀이 확실히 보장된다는 것이다. 이 때문에 가족이나 친구들에게는 말하기 힘든 내용도 터놓고 이야기를 할 수 있다. 또 좋은 상담사라면 상대방이 이야기를 편하게 할 수 있도록 대화를 이끌어 가는 능력이 뛰어나기 때문에 어렵지 않게 나의 속마음을 드러내고 도움을 받을 수가 있다.

자칭 심리기획자인 이명수 씨는 《내 마음이 지옥일 때》라는 책에서 이런 말을 해준다.

"내 이야기를 무조건적으로 수용하고 받아들여 주고 응원해 줄 수 있는 사람이 있다면, 그 사람의 '네가 굉장히 힘들겠다, 얼마나 힘드니?'라는 말 한마디가 굉장한 위로가 된다. 공감 받는 것이 정말 중요하다. 공감의 힘은 그 안에서 용수철처럼 튀어 오를 수 있는 힘 같은 걸 준다."

사별자에게 섣부른 위로나 충고는 오히려 아픔이 되기도 하지만 공감 받는다는 느낌은 언제나 큰 힘이 된다. 전문가와의 상담은 이러한 공감의 힘을 바탕으로 사별의 괴로움에서 벗어나는 하나의 돌파구가 될 수 있다.

전문가의 도움을 받고자 한다면 사별 치유에 경험이 많고 신뢰 관계가 잘 형성될 수 있는 분을 만나게 되기를 바란다. 심리치료는 상담사에 따라 효과가 크게 좌우될 수 있기 때문에 누구를 만나느냐가 아주 중요하다. 나를 이해할 수 있고 내 이야기를 잘 들어 줄 수 있는 사람이 한 명이라도 있다면 슬픔과 분노, 외로움과 좌절을 극복해 나가는 데 큰 도움이 될 것이다.

아이들의 경우는 성인과 달리 좀 더 세밀한 보살핌이 필요할 수 있다. 어린아이들은 자기의 감정을 제대로 표현하지 못하거나 일부러 하지 않는 경우가 있다. 겉으로 보기에는 부/모의 사별에 큰 슬픔이나 괴로움을 느끼지 않는 것처럼 보일지 몰라도 실제로는 그렇지 않을 수가 있다. 이런 경우 억눌렸던 슬픔과 분노가 어느 날 갑자기 사소한 일에 폭발할 수도 있고, 안 좋은 방향으로 성격이 변해 갈 수도 있다. 성인의 경우와는 달리 어린 자녀의 경우에는 전문가의 상담이 필요한 것 같지 않아 보여도 일단 상담치료를 진행해 보는 것이 바람직해 보인다.

전문가와의 상담이 긍정적인 면이 많기는 하지만 문제는 경제적 부담이다. 정신과 의사와의 상담은 1회 비용이 10만 원을 넘는 경우가 많고 어린 자녀들을 위한 심리상담치료도 적지 않은 비용이 지불된다. 다행히 정부에서는 현재 정신건강토탈케어서비스라는 이름으로 정신적으로 어려움을 겪고 있는 사람들에게 도움을 주는 서비스를 제공하고 있다. 소득 수준 정도에 따라서 지원 여부가 결정되는 아쉬움이 있기는 하지만 주민센터나 구청을 통해서 도움을 받을 수

나는 사별하였다

있다.

예전에는 많은 사람이 정신적인 문제가 있어도 정신과 치료를 받는 것을 무척 꺼려했다. 정신과 진료를 받은 것이 남에게 알려지면 사회적으로 큰 불이익을 당할지도 모른다는 두려움이 있었기 때문이다. 하지만 이제는 시대가 바뀌었다. 단순 우울증으로도 많은 사람들이 치료를 받고 있고 정신과 치료에 대한 사회적인 편견도 많이 사라진 상태이다.

전문가와의 상담치료는 내가 원할 때 언제든지 시작할 수도 있고, (도움이 되지 않는다고 판단되면) 언제든지 그만 둘 수도 있기 때문에 지금 심리적으로 또는 육체적으로 매우 힘들다면 일단은 시작해 보라고 권하고 싶다.

충분히 애도하고 시간의 위로를 기대하라

사랑하는 이를 잃은 사람에게 이제는 그만 슬퍼할 때가 되지 않았냐는 말은 사별자들이 가장 듣기 싫어하는 말 중의 하나이다. 그런 말을 들을 때면 당신이 사별자가 되었을 때 그 말을 들으면 기분이 어떨 것 같냐고 묻고 싶어진다. 슬픔은 때가 되면 서서히 옅어질 것이다. 인위적으로 슬픔을 멈추게 하기 위해 노력하는 것은 불필요할 뿐만 아니라 바람직하지도 않다.

슬픔과 고통을 무시하고 괜찮은 척하는 것은 사실 문제를 더 악화시킬 수 있다. 치유를 원한다면 슬픔을 회피하기보다는 충분한 애도의 시간을 갖는 것이 좋다. 슬프고 화가 나고 서러운 감정이 드는 것은 사별자가 겪는 자연스러운 반응이다. 애도의 시간은 사람마다 다르기 때문에 당신의 슬픔이 좀 더 오래 지속된다고 해서 문제가 있는 것은 아니다. 배우자를 잃는 스트레스는 당신이 겪어 온 어떤 괴로움보다 더 크고 오래 지속된다.

감정을 솔직하게 드러내는 것은 회복에 많은 도움이 된다. 눈물이 쏟아지면 그냥 우는 것이 좋다. 눈물을 쉽게 흘리면 심약한 사람으로 간주될 수도 있지만 타인의 시선 때문에 충분한 애도의 시간을 가지지 못한다면 당신의 괴로움은 더 길어질 것이다.

애도는 고통스럽지만 상실에 대한 정상적이고 건강한 반응이다. 사별자의 감정은 롤러코스터를 타는 것과 같아서 그럭저럭 잘 지내는 것 같다가도 갑자기 어떤 계기로 감정이 격동해서 슬픔에 빠져들게 되는 경우가 있다. 이제 좋아지고 있다고 생각했는데 느닷없이 이런 경우를 만나게 되면 바보가 된 것 같기도 하고 모든 것이 무너져 내리는 기분이 든다. 하지만 괜찮다. 이런 것 또한 사별자가 겪게 되는 아주 자연스러운 현상일 뿐이다. 시간이 지나면서 슬픔의 강도가 줄어들 듯이 격동하는 감정도 잔잔해질 날이 올 것이다.

"시간이 약이다"라는 말이 있다. 모든 경우에 다 적용할 수 있는

나는 사별하였다

격언은 아니겠지만 적어도 사별자에게는 도움이 되는 말이다. 사별한 지 몇 년 되지 않은 분들 중에는 이 말을 받아들이지 못하는 사람도 있지만 오래된 분들은 대부분 이 말에 동의한다. 사별의 아픔이 완전히 사라지지는 않지만 아픔은 시간이 지나면서 점차 약해진다. 시간이 주는 위로는 분명히 있다. 아픔의 시간을 잘 견뎌 내면 도저히 견딜 수 없을 것 같던 슬픔이 이제는 견딜 만한 슬픔으로 바뀌게 되는 시간이 온다.

환경이 바뀌면 새로운 것에 적응하는 시간이 필요하듯이 사별이라는 큰 충격과 변화가 생기면 거기에 적응하는 데 많은 시간이 필요하다. 그러니 너무 조급하게 생각하지 말고 떠난 사람을 그리워하고 헤어짐을 슬퍼하는 충분한 시간을 가져라. 시간이 많이 지나면 마치 늘 그래 왔던 것처럼 그 사람 없이 살아가는 것도 이상하지 않게 느껴질 때가 올 것이다.

"큰 슬픔이 거센 강물처럼 네 삶에 밀려와 마음의 평화를 산산조각내고 가장 소중한 것들을 네 눈에서 영원히 앗아갈 때면 네 가슴에 대고 말하라. 이 또한 지나가리라."Lanta Wilson Smith

죄책감에서 벗어나 자신을 용서하라

사랑하는 사람을 잃고 난 후 사별자들이 느끼는 죄책감은 아마도 그들을 가장 괴롭히는 감정일 것이다. 사별자가 느끼는 죄책감은 두 가지 측면에서 특별하다. 하나는 용서를 해 줄 수 있는 대상이 존재하지 않기 때문에 용서를 받는다는 것이 불가능하다는 것이고, 다른 하나는 특별히 잘못한 일이 없는데도 엄청난 죄의식을 느낀다는 것이다.

사별자들을 만나 보면 자신의 배우자를 지키지 못했다는 죄책감 때문에 자기 자신을 비난하는 사람들이 많다. 하지만 객관적인 시각에서 보면 그 죄책감과 비난은 대부분 터무니없는 생각이다. 인간은 어느 누구도 타인의 죽음을 막을 수 있는 능력이 없다. 또한 미래를 미리 알 수도 없기 때문에 자신의 어떤 언행이 미래에 어떤 결과를 불러올지 알 수 없다. 그러므로 자신이 만든 억지 죄의식에 얽매이는 것은 합리적이지 않다.

특히 배우자가 자살로 생을 마감한 경우는 다른 경우보다 심한 죄책감에 시달릴 수 있다. 내가 조금만 더 잘해 주었더라면 자살을 막을 수 있었을 터라는 생각이 계속 떠오른다. 하지만 얼마만큼 잘해 주어야 자살을 막을 수 있었을까? 어린아이처럼 모든 것을 다 대신해 주고 신경 써주면 가능했을까? 그렇게 할 수도 없을뿐더러 많은 것을 배려하고 신경 써 준다고 자살을 100% 막을 수 있는 것도 아니다. 내가 좀 더 잘 대해 주지 못한 것은 자살의 원인이 아니다. 그리고 아무리 잘해 주더라도 좀 더 잘할 수 있는 여지는 항상 있으므

　　　　　　　　　　　　　나는 사별하였다

로 이런 식으로 생각하면 죄책감에서 벗어날 길이 없다.

질병으로 배우자를 잃은 경우도 마찬가지다. 나의 행동과 판단은 배우자의 죽음과 별개의 사건으로 보는 것이 맞다. 병원을 옮겼으면 살 수 있었을지도 모른다고 생각하지만 결과가 좋지 않으면 어떤 병원에서 치료를 받았든지 후회가 남게 된다. 미리 병을 발견하지 못한 것에 대한 미안한 마음과 치료방법에 대한 후회로 죄책감에 시달리기도 하겠지만 당신은 그 당시로서는 최선을 다했다는 점을 기억해야 한다. 미래의 결과를 알지 못한 채 과거로 다시 돌아간다면 당신은 똑같은 행동을 할 가능성이 매우 높다. 어떤 상황에서도 항상 최선의 결정을 내릴 수 있는 능력을 가진 사람은 아무도 없다는 것을 받아들여야 한다.

《옵션B》의 저자인 셰릴 샌드버그는 사별 후 겪게 되는 죄책감에 대해 이렇게 말한다. "'배우자가 죽었는데 어떻게 즐거운 감정을 느낄 수 있지?'라는 생각은 하지 말아야 한다. 죽은 사람은 당신이 행복하게 살기를 바란다. 우리는 삶을 즐기는 문제에서 자신에게 관대해야 한다." 그녀는 남편을 잃고 난 후 친구들과의 모임에서 춤을 추다 갑자기 울음을 터트렸다고 한다. 그런데 그 눈물은 남편에 대한 그리움 때문이 아니라 죄책감 때문이었다. 어렸을 때 들었던 음악에 맞춰 춤을 추다 보니 갑자기 너무 행복한 마음이 들었다는 것이다. 사별한 지 1년 반도 되지 않았는데, 남편 없이도 행복감을 느끼는 것에 큰 죄책감이 든 것이다. 저자는 이러한 죄책감은 타당하지 않으며 누구에게도 유익하지 않다는 점을 알아차리면서 죄책감을 극복해 나간다.

이 글을 쓰고 있는 나도 죄책감 문제에서는 자유롭지 못했다. 그래서 처음에는 이 주제를 회피하고 싶었다. 하지만 다른 사람들은 어떻게 죄책감의 문제를 극복했는지 몹시 궁금했고 자료를 찾고 글을 쓰면서 이 문제에 대한 해답을 찾고 싶었다. 다행히 나는 이 과정을 통해 점차 죄책감 문제를 극복해 나가고 있는 것 같다. 특히 이 문제에 대해 다른 사별자들과 나눈 이야기가 많은 도움이 되었다.

나의 아내는 암 투병 7개월 만에 하늘나라로 떠났다. 나의 후회와 죄책감은 아내의 죽음 자체가 아니라 아내의 죽음이 평안하지 못했다는 것에 있었다. 죽음은 그녀의 운명이라고 받아들일 수 있었지만 임종을 지키지 못한 것과 죽음이 임박한 아내에게 아무런 위로도 해 주지 못한 것에 대해 심한 죄책감을 느꼈다. 돌이켜 생각해 보면 내가 왜 그렇게 행동했는지 정말 이해하기 힘들었다. 나는 "만약에 ~ 했었다면"이라는 생각을 반복하면서 괴로워했다.

하지만 관련된 책과 글을 찾아보면서 생각을 정리하다 보니 나는 엉뚱하게도 죄책감 속에서 오히려 마음의 평안을 구하려한다는 생각이 들었다. 와이프가 괴롭게 죽음을 맞이했으니 나도 괴롭게 사는 것이 내 마음을 더 편하게 해 준다고 생각한 듯하다. 하지만 내가 아

나는 사별하였다

무리 심하게 죄책감을 느껴도 상황을 되돌릴 수는 없고 나의 마음도 편해지지 않는다. 나의 죄책감은 죽은 아내에게 어떠한 유익도 끼칠 수가 없는 것이 분명하다. 그리고 아내는 내가 죄책감 속에서 괴롭게 사는 것을 바라지 않을 것이다. 그러므로 이제 나는 죄책감을 조금씩 떠나보내려 한다.

사실 죄책감은 사별자가 겪는 자연스러운 반응이라 할 수 있다. 배우자와의 영원한 이별을 한 후에 후회가 없는 사람은 많지 않을 것이다. 따라서 이를 무조건 잘못된 감정으로 정죄할 필요는 없다. 그리고 죄책감이 무조건 나쁜 것만은 아니다. 잘못이라 생각하는 것에 대해 반성하는 것은 비슷한 잘못을 반복하지 않도록 막아 줄 것이므로 내가 더 나은 사람이 되는 데 도움이 될 수도 있다. 하지만 자신의 잘못을 과장하고 돌이킬 수 없는 과거에 과도하게 집착하는 것은 내 삶을 피폐하게 만들 뿐이다. 이런 상태에서는 사별의 슬픔에서 벗어나 행복을 추구하는 것이 어렵다.

인간은 누구나 실수를 하고 잘못을 범한다. 본인만 예외이기를 바라는 것은 신이 되고 싶어 하는 욕심이나 다름없다. 오늘도 죄책감에 시달리고 있다면 죽은 배우자의 관점에서 자신을 바라보라고 말하고 싶다. 분명 그 사람은 행복에서 멀어지는 당신의 방황을 원하지 않는다. 이제 그만 죄책감에서 벗어나 자신을 용서하라.

새로운 삶을 결심하라

사별 이후의 삶은 지금까지의 삶과는 크게 다를 수밖에 없다. 특별한 경우가 아니라면 대부분의 사별자는 삶이 부정적인 방향으로 달라질 것이라고 생각하는 경우가 많다. 지금까지는 너무나 평범했던 일들이 전혀 평범하지 않게 된 상황은 당황스럽고 불안하게까지 느껴진다. 실상 사랑하는 사람을 잃은 슬픔보다는 이러한 막연한 미래에 대한 두려움과 불안이 당신을 더 힘들게 만들지도 모른다.

배우자와 사별하게 되면 삶의 많은 것들이 갑자기 바뀌게 된다. 우선 삶의 많은 부분을 공유하며 가장 크게 의지했던 배우자를 잃은 후 심리적으로 위축되고 정서적으로 불안정해질 수 있다. 그리고 사회적 인간관계에서는 기존의 관계가 불편해지거나 소원해질 수도 있다. 직장생활을 하지 않았던 사별자인 경우는 경제적 상황에서도 심한 타격과 변화를 겪게 된다. 많은 사별자들이 사별 후 이러한 새로운 상황에 어떻게 대처해야 할지 난감해하고 미래에 대한 걱정과 근심으로 괴로워한다. 그리고 일부는 현실을 부정하고 도피하려고 하는 모습을 보이기도 한다.

사별 초기에 느끼게 되는 이런 감정은 보편적인 것이라 할 수도 있지만, 되도록 불안과 두려움에 오래 머물러 있지 않기를 바란다. 행동하지 않으면 두려움은 자라고 삶은 더 불안해진다. 두려움을 극복하고 싶다면 가만히 앉아 걱정만 하지 말고, 달라진 삶을 받아들이길 결심하고 밖으로 나가서 행동하기를 권한다. 한 번도 해본 적 없는 일, 어렵고 두렵게 느껴지는 일, 하고 싶지 않은 일들 중 당신이 시도해 볼 수 있는 것부터 시작해 보자. 막상 해 보면 별게 아니다 싶고 어쩌면 그 일을 아주 잘 해내는 당신의 모습을 발견할 수도 있다. 당신은 실패와 실수를 거듭할지도 모른다. 그럴지라도 행동해야 한다. 실패와 실수를 거듭하면서 자신의 가능성을 알아가는 것이 두려움에 떨면서 불안한 삶을 살아가는 것보다 나은 방법이다. 사람은 마음먹기에 따라 실패와 실수에서도 배워지는 것이 있으니 당신이 행동하면 할수록 두려움은 점점 작아지고 자신감은 커지기 시작할 것이다.

사별 후 사회적 인간관계에 어쩔 수 없는 변화가 생길 수 있고, 상대적 박탈감에 의한 자발적 대인기피증이 생길 수도 있다. 이것은 상실로 인한 또 다른 상실을 야기하고 사회적 고립감과 외로움을 악화시켜 당신을 더 힘든 상황으로 몰고 갈 수도 있다. 만약 당신이 사별 후 조금만 더 용기를 내고 마음을 열어 새로운 인간관계를 만들어 내고 받아들일 수 있다면 사별로 인한 상실감과 외로움을 견디는 데 긍정적 도움이 될 것이다. 새로운 사회적 관계를 만들어 가는 데는 다양한 형태가 있겠지만 사별 후 감정을 공유할 수 있거나, 좋아하는 취미나 봉사활동을 같이 하며 여가시간을 보낼 수 있는 관계라면 더 좋을 것이다. "사람을 잃어 생긴 상처는 사람이 약이 된다"는 말이 있듯이 새로운 관계는 관계의 상실로 인한 아픔을 치유하는 아주 좋은 방법 중 하나이다. 새로운 만남이 새로운 삶의 시발점이 될 수도 있다.

사별자에게 가장 필요한 마음가짐은 긍정적인 사고방식이 아닐까 싶다. "생각이 말을 만들고, 말이 행동을 만들고, 행동이 습관을 만들고, 습관이 운명을 만든다"라는 말이 있다. 이 말은 곧 당신의 마음가짐이 당신의 운명을 만든다는 말이다. 사별자는 쉽게 부정적인 생각과 감정에 함몰될 수 있다. 슬픔과 울분에 사로잡혀서 모든 것을 부정적으로만 바라본다면 오래지 않아 이는 습관으로 굳어버릴 수 있고 부정적 습관은 당신의 미래를 부정적으로 만들어 버릴 것이다. 나의 상황이 좋지 않다고 모든 것을 부정적으로 바라볼 이유가 무엇인가? 사별로 인한 아픔도 삶의 일부분으로 받아들일 수 있다면 우리는 그 고통 속에서 많은 것을 배우고 성숙해질 수 있다. 하지만 사별을 단순히 내가 억울하게 겪게 되는 아픔으로만 생각한다면 사별은 나에게 아무런 유익도 되지 않는 고난이 될 뿐이다.

배우자가 없는 새로운 삶을 너무 불안해하지 말자. 가보지 않은 길이라 마음이 불편한 것은 당연하겠지만 그 삶이 꼭 불행할 것이라고 단정할 필요는 없다. 시기는 다르겠지만 사별은 대부분 사람들이 반드시 통과할 수밖에 없는 삶의 한 과정이다. 사별했기 때문에

나는 사별하였다

행복하게 살 수 없다면, 이 세상 모든 사람이 다 시간의 차이만 있을 뿐 불행하다는 결론에 이르게 된다. 하지만 과연 그러한가? 사별자의 삶은 불행한 삶이 아니라 새로운 삶일 뿐이다.

4장
부모와 사별한 자녀 돕기

아이에게 죽음을 감추는 것은 옳지 않다. 오히려 아이에게 죽음을 자연스럽게 접하게 하고 아이가 이해할 수 있도록 설명해 주는 것이 가까운 사람의 죽음을 마주했을 때 아이가 받을 충격을 완화시킬 수 있다. 진실을 말하는 것이 어려워도 우리는 아이에게 진실을 말해야 하고 죽음에 대해 정직하고 따뜻한 대화를 나누어야 한다. 아이가 어른들과 적절한 대화를 통해 죽음을 받아들이는 것이 혼자 상상의 나래를 펼치며 죽음을 이해하는 것보다 낫다. 적어도 아이와 대화를 나누다 보면 아이의 생각과 감정을 이해할 수 있고, 아이를 적절하게 도와줄 수도 있다.

아이에게 죽음에 대해 사실대로 말해야 할까?

아이에게 죽음을 설명하는 것에 대해서 어떤 부모는 이렇게 말하기도 한다.

"죽음을 설명하고 이해시키기에 우리 아이는 너무 어려요. 자라면서 자연스레 알게 될 일을 왜 벌써 어린아이에게 사실대로 말해야 하죠? 저희 아이에게 슬프고 어두운 죽음에 대해서 말하고 싶지 않아요."

죽음을 부정적으로 생각하는 부모라면 당연히 이렇게 말할 수 있다. 하지만 부모가 자녀에게 죽음에 관해 설명하지 않는다고 해서 아이들이 죽음과 부딪히지 않는 것은 아니다. 절대 그럴 수 없다. 죽음과 생명은 공존하고 인간은 생명을 호흡하는 순간부터 죽음을 마주한다. 아이들 역시 무심결에 수많은 죽음을 경험한다. 겨울이 되면 자연 생태계의 많은 것이 죽고 우리는 그것을 자연스럽게 받아들인다. 아이들은 키우던 애완동물이나 화초가 죽는 것을 볼 수 있고, 길을 걷다가 죽은 곤충을 볼 수도 있다. 할아버지나 할머니 또는 가족 중 누군가의 장례식에 갈 수도 있고, 뉴스나 영화 등 미디어를 통해 죽음을 보기도 한다. 수많은 어린이 동화책에도 죽음은 자주 언급된다. 생명처럼 죽음도 아이들이 자주 경험하는 삶의 일부다. 그러므로 아이를 죽음과 격리시키는 것은 불가능하다.

'아동이 죽음을 어떻게 받아들이고 인지하는가'에 대해 연구했던 심리학자 마리아 나지Maria Nagy는 가까운 이의 죽음을 접한 어린아이들이 다음 세 가지의 질문을 되풀이한다는 것을 발견했다.

1. 죽음이란 무엇인가?
2. 사람은 왜 죽는 것일까?
3. 죽은 사람에게는 무슨 일이 일어나며 그들은 어디로 가는가?

어린 자녀에게 죽음에 관해 설명하고 싶다면, 적어도 우리는 이 세 가지 질문에 대한 답변은 꼭 준비해 두어야 할 것이다. 우리의 대답은 자녀의 나이와 기질, 죽음에 대한 감정과 이해력 등을 고려하여 최대한 쉽고 명확하며 부드러워야 한다.

죽음은 모든 생명에서 일어나는 불가피한 일이다. 예측할 수 없고, 돌이킬 수 없으며 모든 것이 중단되고 사라진다. 이것이 죽음에 대한 팩트이다. 하지만 죽음 이후 내세에 대해서는 각자의 믿음에 따라 다른 설명을 덧붙일 수 있다. 죽은 후 육체가 사라져도 영혼은 천국에서 영원히 산다고 말하거나 아니면 다른 몸으로 새롭게 태어난다고 말하기도 한다. 하지만 죽어 보지 않은 우리가 죽음 이후에 대해서 정확히 알 수는 없는 노릇이다. 만약 모호한 대답이 싫다면 우리는 이렇게 말할 수도 있다.

"사람마다 죽음과 그 이후에 대해서 다른 방식으로 생각할 수 있단다. 하지만 어느 누구도 죽어 보지 않았으니 정확한 답을 가지고 있진 않아. 나 또한 죽음에 대해 모르는 것이 많단다. 그러니 우리가 함께 죽음에 대해 솔직히 이야기하면서 서로 도와주면 좋겠구나. 너는 어떻게 생각하는지 말해 줄래?"

우리는 아이와 죽음에 대한 다양한 대화를 나누면서 아이가 죽음을 자연스럽게 받아들이고 이해할 수 있도록 설명하는 지혜를 모색해야 한다. 때로 우리는 아이들에게 도움을 받거나 도전을 받을지도 모른다. 그리고 이런 과정을 통해 우리 스스로 죽음에 대한 이해가 깊어질 수도 있다. 하지만 인생은 정답이 없는 문제들이 수두룩하니 우리가 아이의 질문에 적절한 답을 해 주지 못해도 실망할 필요는

　　　　　나는 사별하였다

없다. 우리가 질문에 대답하지 못한다고 하여 아이들이 우리를 무시하거나 불신하게 되진 않을 것이다. 도리어 우리가 아이들에게 무언가를 숨기고 거짓말을 한다면 아이들은 우리를 의심하기 시작할 것이다.

아이들은 끊임없이 죽음을 직간접적으로 학습하며 성장한다. 하지만 실제 아이들이 가까운 가족과 사별을 경험하게 되면 아이를 그 슬픔과 충격으로부터 보호해야 한다는 명분으로 장례 의식에서 배제하거나 죽음에 대해 아이에게 거짓말을 하기도 한다. (이 글을 쓰고 있는 나도 어린 시절 아버지의 장례 의식에서 배제되었으며, 아무도 아버지의 죽음에 대해서 나에게 사실을 설명하지 않았다.) 하지만 대부분의 아동심리 전문가들은 이것은 바람직하지 않다고 조언하며 경험자인 나 또한 옳지 않다고 생각한다.

부모가 죽었을 때 아이에게 죽음을 사실대로 알리지 않고 거짓말을 하는 것은 아이에게 부모의 죽음을 애도하고 위로받을 수 있는 기회를 빼앗은 것이며, 장기적으로 볼 때 오히려 해로울 수 있다고 전문가들은 말한다. '아빠가 여행을 떠났다'고 들은 아이는 아빠가 돌아오시길 기다리다가 돌아오지 않는 아빠의 사랑을 의심하고 원망할지도 모른다. 이루어질 수 없는 기다림은 상처가 될 뿐이다. 거짓말로 순간을 모면했다 해도 언제가 죽음에 대한 진실을 말해야 하니 더 깊은 상처가 되고 오히려 훗날 더 큰 숙제가 될 수도 있다.

아이가 죽음을 받아들이는 방식은 어른과 다를 수 있지만, 확실한 것은 아이도 달라진 현실을 인식하고 죽음을 이해하기 위해 나름의 노력을 한다는 것이다. 따라서 아이에게 죽음을 감추는 것은 옳지 않다. 오히려 아이에게 죽음을 자연스럽게 접하게 하고 아이가 이해할 수 있도록 설명해 주는 것이 가까운 사람의 죽음을 마주했을 때 아이가 받을 충격을 완화시킬 수 있다. 진실을 말하는 것이 어려워도 우리는 아이에게 진실을 말해야 하고 죽음에 대해 정직하고 따뜻한 대화를 나누어야 한다. 아이가 어른들과 적절한 대화를 통해 죽음을 받아들이는 것이 혼자 상상의 나래를 펼치며 죽음을 이해하는 것보다 낫다. 적어도 아이와 대화를 나누다 보면 아이의 생각과 감정을 이해할 수 있고, 아이를 적절하게 도와줄 수도 있다.

죽음에 대한 아이들의 이해와 반응

아동이 죽음을 어떻게 이해하고 받아들이는지에 대한 체계적인 연구는 헝가리 심리학자 마리아 나지에 의해서 처음 이루어졌다. 아동 사별 연구의 선구자인 나지는 죽음에 대한 아이들의 인지도를 대략 세 단계의 연령층으로 구분하였다. 아이들은 나이와 기질, 발달 정도에 따라 죽음에 대한 이해와 반응이 다르다.

6세 이하 아동의 경우 대부분 아직 죽음에 대한 이해가 불완전하다. "아빠가 죽었다"라고 말해 주어도 며칠 후 "근데 아빠는 언제 집에 돌아와?"라고 물을 수 있다. 이 시기 아이들은 만화 영화의 주인공이 차에 깔려도 다시 살아나는 것처럼 죽음이 단지 일시적인 현상이며, 회복 가능하다고 생각할 수도 있다. 만약 그렇다면 "죽음은 회복될 수 없는 것이며 다시는 고인을 볼 수 없다"라고 분명히 말해 주어야 한다. 어쩌면 고인의 죽음과 이별을 받아들여야 하는 아이는 살아 있는 부모마저 죽게 되어 혼자 남겨질지도 모른다는 불안과 두려움에 사로잡힐 수도 있다. 그래서 살아 있는 부모에 대한 과도한 집착과 분리 불안이 생길 수 있고, 간혹 성장 과정의 퇴행이나 불안증세를 보이기도 한다. 그럴 경우 아이가 불안과 두려움을 벗어날 수 있도록 계속 설명해 주어야 한다. 또 더 많은 스킨십을 통해 아이에 대한 충분한 사랑과 애정을 보여 주는 것도 중요하다.

초등학교(7세~10세)에 들어가게 되면 죽음에 대한 이해가 훨씬 실제적이다. 죽음은 육신의 종말을 의미하며 죽은 사람은 다시는 돌아올 수 없다는 사실을 인지한다. 질병과 사고 등 다양한 원인으로 누구든 죽을 수 있음을 이해하게 되면서 간혹 죽음과 사별에 대한 두려움이 커지기도 한다. 또 학령기의 아동은 어른과 같이 슬퍼하기도 하지만 혼자 남은 부모를 슬프고 힘들게 만들까 봐 자신의 감정을 숨기기도 한다. 아동은 일반적으로 죽음에 대해 직접적으로 반응을 보이거나 자신의 감정을 표현하지 않는다. 오히려 슬픔을 잊기 위해 게임을 하거나 TV를 보는 등 자신이 익숙한 놀이와 활동에 몰두하기도 한다. 고인을 애도하지 않는 듯한 아이의 이런 모습이 어른들에게는 죽음에 대한 이해나 감정이 부족한 것처럼 느껴질 수도 있다. 하지만 아동의 슬픔에 대한 반응은 어른과는 달리 더 간헐적이면서 더 장기화될 수도 있다. 이 시기의 아동 중 상당수는 부모가 사망 후 몇 달에서 1년 또는 2년이 지나서야 사별 후 힘든 감정을 보인다는 연구 결과도 있다. 이 시기의 아이들은 무심하고 괜찮은 척 보이지만 죽음에 대해 다양한 질문을 품고 있다. 아이들은 간단하고, 정직하며 정확한 답변을 더 쉽게 이해하고 받아들인다. 그러므로 이 연령층의 자녀를 두었다면 장기간 주의 깊게 아이를 살펴보고, 진솔하고 따뜻한 대화를 자주 나누길 권한다.

만 10세 이상에서 사춘기가 되면 죽음에 대해 완전한 이해가 가능하고 감정이 세분화되어 죽음과 사별에 대한 반응은 어른들이 느끼는 감정과 비슷할 수 있다. 사랑하는 부모가 죽었을 때, 이 시기의 자녀들은 집중력 부족이나 학업의 어려움을 느낄 수 있으며 자주 우울하거나 화를 내기도 한다. 불평불만이 많아지고, 의욕 상실 및 다소 무기력해 보일 수 있고, 가족 및 친구들과 잦은 갈등을 빚기도 한다. 대부분은 가족 구성원이나 가까운 친구와 슬픔을 나누고 위로를 주고받는 과정을 통해 상실의 슬픔에서 조금씩 벗어날 수 있다. 또 부모와의 사별을 경험한 비슷한 또래의 친구나 선배를 만나 교제할 기회가 주어진다면 상실의 슬픔을 극복하는 데 큰 도움이 될 것이다. 살아 있는 부모는 자신의 경험과 생각을 이 시기의 자녀에게 강요하기보다는 자녀의 말을 주로 들어 주는 대화 파트너가 되어 주는 것이 좋다.

어떻게 자녀에게 부모의 죽음을 전해야 할까?

대부분 어른들은 부모의 죽음을 어린 자녀에게 어떻게 전해야 할지 고민하게 된다. 사실대로 말을 해 주어야 하나? 아이가 어느 정도 클 때까지 비밀에 부쳐야 하나? 과연 어린아이가 죽음을 이해하고 받아들일 수는 있을까? 그로 인한 충격과 슬픔을 견딜 수 있을까? 등 여러 가지 걱정에 마음이 복잡해진다.

죽음에 대한 이해가 모자란 어린 자녀들에게 죽음을 전해야 한다면 슬픈 소식을 직접적으로 단순하게 전하는 것이 좋다. 그리고 다른 가족들과 함께 고인을 추모하고 애도하기에 늦지 않도록 되도록 빨리 전하는 것이 좋다.

아이들마다 성장과 이해력의 차이가 있으니 구체적인 나이를 제시할 수는 없지만, 자녀가 죽음에 대해서 좀 더 이해할 수 있는 나이라고 판단된다면 되도록 부모의 죽음에 대해 구체적으로 말해 주는 것이 좋다. 다수의 전문가들은 자살이나 타살이라 할지라도 죽음의 원인을 솔직하게 말해 주는 것이 장기적으로 볼 때 아이에게 도움이 된다고 말하고 있다. 미국 자살방지재단^AFSP은 "고통스러운 나쁜 소식으로부터 아이들을 보호하고 싶은 어른들의 마음을 이해할 수 있으나, 자녀에게 진실을 가리는 것은 서로의 신뢰를 해칠 수 있으며, 대대로 지속될 수 있는 수치심과 비밀을 만들어 낼 수 있다. 당신은 아이들의 질문에 정직하게 대답하고, 그들을 안심시키는 언행과 적절한 위로를 통해 아이들을 가장 잘 보호할 수 있다."라고 조언한다.

가령 10세의 아동에게 부모의 자살이나 타살에 대해서 사실을 말하지 않았다고 가정해 보자. 대부분의 자녀는 부모의 갑작스러운 죽음과 달라진 상황에 민감해져 있기 때문에 사람들의 작은 속삭임에도 귀를 기울이게 된다. 당신이 자녀를 보호하기 위해 말해 주지 않은 것들을 자녀가 다른 사람들을 통해서 우연히 알게 되거나, 경솔한 사람들의 말이 섞인 소문을 듣고 사실과 다르게 오해하게 된다면 그들이 어떤 마음을 품게 되고 어떤 행동을 취할지 생각해 보라. 우리가 정직하지 않다면 그들 또한 우리에게 자신의 마음과 생각을 정직하게 표현하기 어려울 것이다.

부모의 죽음을 들은 아이들은 침묵할 수도 있고 많은 질문을 던질 수도 있다. 우리는 그들이 던지는 질문에 최선을 다해 정직하고 따뜻하게 대답해 줘야 한다. 만약 남아 있는 엄마나 아빠도 죽는 거냐고 묻는다면 영원히 살 거라는 거짓 약속은 하지 않는 게 좋다. 단

나는 사별하였다

젊은 나이에 죽는 것은 아주 드문 일이라고 설명해 줘야 한다. 그리고 아이들이 불안해하지 않도록 '아이들의 삶이 조금 달라질 순 있지만 남은 가족들이 그들을 지켜 줄 것이니 크게 흔들리진 않을 것이며 우리는 괜찮을 것이다'라고 확인시켜 주어야 한다. 여전히 아이를 사랑하는 다른 가족들이 있다는 것을 알려 주고, 이 위기를 가족과 함께 헤쳐 나갈 수 있다고 반복해서 말해 주는 것이 필요하다.

사랑하는 부모를 잃게 된 자녀들은 나이가 많든 적든 고인에 대해 후회와 죄책감을 느낄 수 있다. 우리는 고인의 죽음이 자녀의 잘못이 아니며, 자녀들이 고인에게 얼마나 큰 기쁨을 주었는지 설명해 주어야 한다. 그것만 깨달아도 자녀는 고인에 대한 후회와 죄책감을 내려놓고, 상실의 슬픔을 극복하는 위로를 얻을 수 있을 것이다.

21살의 예은 양의 어머니는 4년간 암으로 투병하셨다. 어머니가 사망하신 뒤 예은 양은 최선을 다해 엄마를 돌봐 드리지 못한 것을 후회하고 자책하며 우울증을 앓았다. 상담치료를 받으면서 사별 후 처음으로 아버지와 예은 양은 서로의 속마음을 나누게 되었고 아버지는 예은 양에게 이런 말을 해 주셨다.

"엄마가 죽은 후 나도 너와 같은 마음으로 괴로웠단다. 하지만 예은아, 너는 누구보다 엄마를 사랑했고 네가 최선을 다했다는 것을 아빠가 알고 있어. 엄마의 죽음은 네 탓이 아니며 너는 엄마의 가장 큰 기쁨이었어."

그날 아버지의 말은 예은 양이 사별 후 들었던 어떤 말보다 위로가 되었다고 한다.

어떻게 자녀의 애도를 도와야 할까?

고인을 추모하고 애도하는 것도 적절한 시기를 놓치면 충분히 애도하기가 어렵게 된다. 모든 것이 좋은 때가 있는 것처럼 애도의 시간도 때가 있다. 그러므로 모두가 같이 고인을 추모하고 애도할 때 자녀들도 함께 애도할 수 있도록 돕는 것이 좋다. 그렇다면 구체적으로 자녀의 애도를 어떻게 도와주는 것이 좋을까?

첫째, 고인과 죽음에 대한 이야기를 자녀와 자유롭게 이야기할 수 있어야 한다. 죽음은 교육하고 배우는 시간이 따로 정해져 있지 않다. 사람이 죽음을 배우고 이해하는 것은 아주 어린 시절부터 노인이 될 때까지 지속되는 일이다. 따라서 가장 가까운 사람의 죽음을 마주했다면 그 순간이 죽음에 대해 나누고 생각해야 할 시간이다. 또한 우리 곁을 떠난 고인을 영영 다시 만날 수 없어 슬프고 아쉽지만, 고인과의 추억을 통해 그를 기억하는 것이 중요하다고 말해 주어야 한다. 고인의 사진을 정리하거나 유품을 간직하는 것, 혹은 고인을 잘 알고 있는 사람들과 그에 대해 이야기하는 시간을 갖는 것도 좋다. 이런 시간을 통해 고인의 삶을 회고하면서 그가 가족 모두

나는 사별하였다

에게 품었을 소망을 나누고, 그것을 마음에 새기는 것도 건강한 애도의 방법이다.

둘째, 자녀가 자신의 감정을 표현할 수 있도록 돕고 허락해야 한다. 자녀에게 사별 후 격한 슬픔을 느끼는 것은 당연한 것이며, 그리움, 분노, 당황스러움, 박탈감, 후회와 죄책감 등의 다양한 감정도 자연스럽고 당연한 애도의 과정임을 설명해 주어야 한다. 아직 글이나 말로 자신의 감정을 표현할 수 없다면 노래나 그림 또는 행동이나 울음으로라도 아이가 감정을 표현할 수 있도록 도와줘야 한다. 아이에게 가장 해가 되는 것은 과도한 감정표현이 아니라, 감정이 억압되어 표출되지 못하는 것이다. 청소년기나 청년기의 자녀들은 자신의 슬프고 힘든 마음을 표현할 경우 남아 있는 부모를 더 힘들게 만들까 봐 감정을 숨기는 경우가 많다. 하지만 그들 또한 부모의 죽음을 처음 경험한 것이며 이럴 때 어떻게 해야 하는지 배운 적이 없다. 또한 이 시기에 부모의 죽음은 흔한 일이 아니기에 사별 후 복잡한 마음을 공감하고 이해하고 도와줄 친구도 찾기 어렵다. 그들이 아무 말도 하지 않고 감정을 표현하지 않는다고 해서 괜찮은 것은 아니다. 그들도 특별한 사람을 잃은 슬픔을 표현하고 위로 받을 수 있도록 도와줘야 한다는 것을 간과하지 않았으면 한다. (이 글을 쓰고 있는 나는 20살에 다시 엄마를 잃었지만, 사별 후 누구에게도 그 슬픔을 표현할 수 없었기에 어디에서도 적절한 위로를 받지 못했다. 그로 인해 나는 오랫동안 외롭고 힘든 시간을 보내야 했다.)

셋째, 아이들이 건강한 애도 과정을 거쳐 상실의 슬픔을 극복하게 하려면, 우리가 먼저 자신의 슬픔과 감정을 표현하며 애도하는 모습을 보여 주어야 한다. 아이들은 가까운 어른을 보며 고인을 추모하고 애도하는 방법을 배우게 될 것이다. 사별 후 대다수 아이들은 남은 부모의 눈치를 보며 그들의 감정을 예민하게 살핀다. 만약 우리가 감정을 억누른다면 자녀들 또한 자신의 감정을 표현하는 것을 주저할 것이다. 어른들이 슬픔을 표현할 때 자녀들은 비로소 자신의 슬픔을 표현해도 된다는 허락을 받는다. 이때 주의할 점은 어른이 자신의 슬픔을 지나치게 표현함으로써 어린 자녀에게 심리적 부담을 주어서는 안 된다는 것이다.

때로는 자녀의 마음을 돌아볼 여력조차 없을 만큼 당신의 슬픔과 고통이 클 수도 있다. 아무리 이성적인 사람일지라도 사별로 인한 슬픔과 스트레스가 심할 때는 자기 자신은커녕 누군가를 돌볼 여력조차 없다. 자신의 몸과 마음을 추스를 수 있어야 자녀를 돌볼 힘도 생겨난다. 만약 당신과 자녀가 겪고 있는 슬픔과 위기를 도저히 혼자서 해결하기 어렵다면 가족이나 친구, 또는 자녀의 선생님 등 당신과 자녀를 도울 수 있는 지인들에게 도움을 요청해야 한다. 때로는 가까운 지인들의 도움만으로는 문제가 해결되지 않을 수도 있다. 그럴 경우 전문기관이나 아동상담치료 전문가에게 도움을 청한다고

나는 사별하였다

해서 당신이 약하고 무능한 부모는 아니다. 자신의 한계를 인정하고 자녀를 위한 적절한 대안을 찾는 것이야말로 지혜로운 사랑법이다.

넷째, 우리는 자녀들에게 지금은 많이 슬프지만, 시간이 지나면 슬픔은 약해지고 다시 즐겁고 행복하게 지낼 수 있게 될 거라고 말해 주어야 한다. 우리가 웃고 즐겁게 지낸다고 해서 고인을 배신하거나 잊는 것이 아니며, 또 사랑하는 누군가를 잃었다고 해서 모든 것을 잃은 것도 아니고 반드시 불행하게 사는 것은 아니라고 알려 줘야 한다. 그리고 자녀가 더는 고인의 사랑을 느낄 수는 없겠지만, 남아 있는 우리가 더 많이 그들을 사랑하고 지지할 것임을 반복해서 말해 줘야 한다. 사람은 누구나 자신이 큰 사랑을 받고 있다고 확신할 때 슬픔으로부터 더 빨리 회복되고 당당해질 수 있다. 그러니 자녀를 향한 우리의 지속적인 사랑과 관심이야말로 자녀의 상처를 치료하는 최고의 약이 될 수 있다. 더 꽉 안아 주고 사랑한다고 말하고 더 자주 귀를 기울여 그들이 말하는 것을 들어 주면 된다. 애도의 시간을 보내는 아이는 자신의 감정을 솔직하게 마음껏 표현하는 것이 좋으므로 많은 말을 해 주는 어른보다 자신의 말을 기꺼이 들어줄 어른이 필요하다.

다섯째, 부모와 사별한 자녀에게 세상 사람들이 우습게 보지 않도록 전보다 더 모범적으로 잘 살아야 한다고 말해선 안 된다. 부모의 죽음은 절대 아이들이 원하거나 기대했던 일이 아니었다. 사랑하는 부모 중 하나를 잃었고, 그 큰 사랑을 다시 느껴 볼 수 없다는 것만으로도 아이들은 어린 나이에 감당하기 힘든 상실의 아픔과 박탈감을 경험하게 된다. 이것만으로도 아이들은 충분히 억울하고 화가 날 것인데, 거기에 세상의 편견까지 의식하며 그 편견이 잘못된 것임을 증명해 보이자고 요구하는 것은 절대 옳은 일이 아니다. 또한 혼자 남은 부모를 위해서라도 열심히 살라고 굳이 말해 줄 필요는 없다. 무심히 할 수 있는 말이지만 사별한 자녀들에게는 부담과 상처가 될 수 있는 말이다. 누구보다 혼자 남은 부모를 사랑하고 그들의 안위를 걱정하는 사람은 그들의 자녀들이다.

다행히도 부모와 사별을 경험한 많은 아이들이 시간이 지나면 다시 슬픔을 추스르고 건강하게 살아가지만, 때로는 오랫동안 슬픔과 두려움에서 벗어나지 못하고 힘들어하는 자녀도 있다. 사별 후 몇 달이 지나도 여전히 불안해하거나 예민한 반응을 보이고 지나친 슬픔, 불면증, 잦은 악몽, 손톱 물어뜯기, 심각한 집중력 저하와 학업능력 저하, 심한 퇴행, 틱장애 같은 행동을 보인다면 지체 없이 전문적인 상담과 치료를 받아 보길 권한다.

나는 사별하였다

아빠는 기다리지 않았다

황호찬

사람은 누구나 한 번쯤은 사랑하는 사람의 죽음을 생각하게 된다. 나는 내가 사랑하는 사람이 죽는다면 바로 눈물이 나오리라 생각했다. 하지만 막상 아빠가 사망했다는 엄마의 말을 들었을 땐 말문이 막혔다. 믿기지 않았을뿐더러 상황파악도 잘되지 않았던 나는 한동안 그 자리에 주저앉아 있었다. 무슨 일이냐는 친구들의 질문에 아무 말도 할 수가 없었다. 기숙사로 돌아가는 내내 아무 말도 하지 못했다.

침묵 속에서 나는 토요일 그 이른 아침에 아빠가 왜 사고가 나셨는지, 무슨 일이 벌어진 건지 생각했다. 생각할수록 화가 치밀어 올랐다. 누구에게 화가 난 건지 대상이 명확하지 않았지만 나는 화가 났다. 주위에 있는 무엇이든 주먹으로 치고 싶었다. 기숙사에 도착해 한국으로 바로 떠나야 한다고 사람들에게 설명하기 위해 "나의 아버지가 돌아가셨어"라는 말을 입 밖으로 내뱉기가 너무나 고통스러웠다. 그렇게 대충 학교에 설명을 마치고 공항에 도착했다. 비행기를 기다리는 동안 몇 통의 전화가 왔지만 아무 말도 하기 싫었기 때문에 받지 않았다. 그때까지도 아빠의 죽음이 믿기질 않았다. 그냥 참을 수 없이 화가 났다. 그렇게 비행기를 타고 나니 눈물이 나기 시작했다. 아빠 사진을 보니 눈물이 났다. 아빠를 다신 못 볼 생각을 하니까 눈물이 멈추지 않았다. 그렇게 더 나올 눈물이 없을 거라고 생각하면서 환승할 비행기를 기다렸다. 아직도 아빠의 죽음이 완전히 믿기지 않았다. 그래서 인터넷을 검색하기 시작했다. 아빠의 사망일에 일어난 사고, 사망자를 검색하던 중 우리 가족이 다니는 교회의 성도 사망자 정보 페이지를 찾게 되었다. 거기 아빠의 이름과 장례 관련 소식이 있었고 그걸 보고 난 후 난 아빠의 죽음을 실감했다. 또다시 울었다.

아빠의 부고를 들은 지 30시간이 지나서야 나는 인천공항에 도착했다. 보통 유학 중인 내가 한국에 돌아오면 언제나 아빠가 공항으로 마중을 나오셨는데 그날은 아빠의 친구인 유 집사님이 공항에서 나를 기다리고 계셨다. 장례식장에 도착하니 엄마가 나를 껴안고 통곡하셨지만 예상했던 것과는 다르게 나는 울지 않았다. 슬퍼하는 엄마와 누나를 보니 마음이 찢어지고 아빠와 이런 상황에 또다시 화가

나는 사별하였다

났다. 난 사실 울고 싶었다. 아빠가 웃고 있는 사진 앞에서 울고 싶었지만 그게 마음대로 되지 않았고 눈물은 나오지 않았다.

조문객이 거의 다녀가신 늦은 밤이 되어 한산해졌을 때, 엄마가 나에게 와서 얘기하자 그제야 엄마 품에 안겨 울었다. 많은 사람들이 와서 위로의 말을 전하고 갔지만 아무런 말도 위로가 되지 않았다. 이 상황이 너무 억울했다. 남의 일인 줄만 알았던 일이 우리 가족에게 일어났다는 것이 너무 원망스러웠다. 이런 어이없는 상황에서 나는 어떻게 행동해야 할지 배운 적이 없다. 엄마와 누나를 위로하고 싶었지만, 갈팡질팡하는 내 마음조차 챙기는 방법을 몰랐다. 그런 내가 바보 같았다.

아빠가 돌아가신 그해 여름, 나는 처음으로 아파트 공사 현장에서 비지땀을 흘리며 스스로 돈을 벌었다. 그 월급은 시간이 좀 지나서 가을 학기가 시작하고 입금되었는데, 그 돈으로 결혼기념일에 부모님께 멋진 가을옷을 사드린다고 하자 아빠는 너무 좋아하셨다. 아빠에게 받은 많은 사랑을 조금이라도 갚고 싶었지만, 아빠는 결혼기념일을 불과 일주일 앞두고 내가 옷 한 벌을 사 드리기도 전에 돌아가셨다. 아빠와 최근에 주고받은 문자를 확인했는데, 아빠한테 마지막으로 연락한 지 꽤 시간이 지나 있었다. 미치도록 후회가 되었다. 그렇게 쉽게 할 수 있는 전화조차 자주 드리지 못한 내가 너무 원망스러웠다. 아빠는 나에게 너무나 많은 것을 주셨는데 나는 아무것도 돌려드린 게 없었다. 나는 아빠에게 많은 것을 해 주겠다고 약속했는데 아빠는 기다리지 않았다.

그렇게 장례식이 끝나고 집에 왔다. 아빠의 차가운 주검을 내 손으로 만지고 아빠의 유골함을 내 손에 들고 산을 올랐지만 아직도 아빠의 죽음은 실감이 나지 않았다. 집에 오면 아빠가 반겨 줄 것 같았다. 아빠가 없는 집에 들어가는 허전함이 너무 커서 집이 낯설게 느껴졌다. 아빠가 없이 살아가기엔 내가 너무 부족하다고 생각됐다. 아직 아빠에게 배우지 못한 것들이 너무 많았고, 나는 아직 아빠의 도움이 필요한데 그 빈자리가 너무 크게 느껴졌다. 이런 아빠에 대한 생각을 나는 그냥 내 안에만 묵혀 두었다. 남들에게 아빠에 관해 얘기하고 싶지 않았다. 아빠를 생각하는 것만으로도 너무 아팠고 마음이 불편했다. 남들이 나를 불쌍히 여기는 것도 싫어서 나는 아빠의 죽음과 그와 관련된 내 감정을 언급하거나 솔직히 드러내기 싫었다.

시간이 지나고 내 마음이 진정되어 가자 엄마가 걱정되기 시작했다. 아빠가 돌아가셨지만 나는 엄마를 바라보며 버틸 수 있었다. 하지만 아빠와 모든 것을 함께 하던 엄마는 누나와 나마저 떠나면 어떻게 살지 걱정이 되었다. 엄마가 너무 힘들어하면 나도 너무 힘들 것 같았다. 장례가 끝나고 다시 학교로 돌아가서도 한동안 돌아가신 아빠와 혼자 남겨진 엄마 생각에 많이 울었다. 엄마 곁에 머물며 엄

나는 사별하였다

마를 위로해 주지 못해서 너무 미안했지만, 우리는 각자 자신의 삶으로 돌아가야 했고 나도 어딘가로 정신을 돌리지 않는다면 미칠 것 같았다. 아빠가 가고 나서 내게 남은 엄마의 존재는 더욱 커졌고 소중해졌다. 일단 엄마가 행복해졌으면 했다. 아빠의 죽음에 대한 슬픔보다, 엄마에 대한 걱정이 더 컸다. 아빠의 죽음 이후 엄마에게 더욱 잘해 주려고 노력했는데, 본의 아니게 엄마를 걱정시키고 마음에 상처를 준 적도 많은 것 같다. 꼭 상처를 주고 나서야 '내가 왜 그랬지'라는 생각이 들어 후회했다. 내 이런 걱정에도 불구하고, 엄마는 새로운 사람들을 만나고 새로운 것을 배웠으며 전보다 더 바쁘게 지내며 꿋꿋이 살아 줬다. 만약 엄마가 그렇게 단단하지 않았다면, 나와 누나를 비롯한 가족들 모두 많이 힘들었을 것이다. 씩씩하게 살아 주고 여전히 밝게 웃어 주는 엄마에게 한없이 고맙고 나는 그런 엄마를 한없이 사랑한다.

아빠가 죽고 나서 나는 혼자서 많이 울었다. 공부하면서도 생각나면 울고, 아빠 사진을 보고 울고, 아빠가 생각나면 울었다. 아빠는 완벽함과는 거리가 있는 사람이었지만, 나에게는 참 다정하고 좋은 아빠였다. 그렇게 좋은 아빠였기에 더 슬펐다. 우리를 두고 그렇게 빨리 가버린 게 원망스럽지만, 그동안 함께 많은 시간을 보내며 잊을 수 없는 아름다운 추억들을 많이 만들어 줘서, 우리를 더없이 많이 사랑해줘서 아빠한테 고맙다.

나는 아빠의 죽음을 겪었지만, 아직은 가족의 죽음을 겪은 다른 사람들을 어떻게 위로해야 할지 잘 모르겠다. 내가 아빠의 죽음과 상실의 감정을 겪었을 때, 많은 사람들이 내게 위로의 말을 건넸지만 어떤 말도 위로가 되지 않았다. 한 가지 기억에 남는 말은, "네가 이렇게 잘 자라준 것만으로도 너는 아빠한테 정말 자랑스러운 아들이야. 너는 이미 아빠에게 큰 기쁨이고 자랑이었어. 그러니 네가 아빠에게 아무것도 해준 것이 없다고 자책하지 마"라는 말이었다.

　　　　　　　　　　　　　　　　　　　　나는 사별하였다

아버지의 대답을 미리 듣다

김예찬

2013년 8월 14일 저녁 아버지께서 오랜 투병생활 끝에 돌아가셨다.

하루하루 병상에서 야위어가는 아버지의 힘겨운 모습을 뒤로한 채 병원에서 집으로 돌아가는 길은 막막하기만 했고, 불길한 기분이 사라졌던 적이 없었다. "내일 다시 올게요" 하고 말하면 "잘 자고 내일 보자!" 하며 보내 주셨던 아버지. 힘든 내색을 하지 않으시려 억지로 웃음을 띠며, 보내 주려 하는 모습을 '차라리 알아채지 못했다면 마음이라도 편했었을까…' 하고 지금도 생각한다.

가장 처음으로 거슬러 올라가 그때의 기억이 다시금 떠오른다. "여보, 나 오늘 건강 검진 받는 날이야, 아무 일 없게 기도해 줘." 아침에 출근하시며 말씀하시던 것이 아직도 기억에 남는다. 왠지 모르게 머릿속을 스쳐가는 불안한 느낌에 괜스레 자꾸만 나쁜 생각이 들었다. '설마 무슨 일 있겠어, 괜히 하는 걱정이겠지' 하는 생각으로 집을 나섰다. 그날 오후 학교 수업이 끝날 무렵 전화가 걸려왔다.

평소라면 아무 생각 없이 받았을 전화기에 떠 있는 발신자의 이름은 '엄마' 괜스레 다시 한 번 불안한 감이 좀처럼 지워지지를 않았다. 떨리는 손으로 전화를 받으니, 엄마의 목소리는 분명 맞는데 무언가 흐느끼는 소리가 났다. '별일 아니겠지' 하며 조심스레 말을 들어 보는데 '슬픈 예감은 틀린 적이 없다'는 그 노랫말이 왜 그렇게 원망스러웠는지…. 엄마는 아버지가 간암 판정을 받았고, 살 수 있는 날이 얼마 안 남은 상태라고 하셨다.

도대체 우리에게 왜 이런 일이 생겼고, 아버지는 지금 어떤 기분일까? 가정을 위해 헌신하시고, 매일 대중교통으로 먼 거리를 출퇴근하시느라 피곤하셨을 아버지. 삶에 대한 아버지의 성실한 노력들이 다 물거품이 되어 버린 듯 간암 판정은 너무나도 허무한 박탈감이었다.

부모님 밑에서 "공부하기 싫다"고 응석을 부리고, 밤이 깊은 줄도 모른 채 게임에 빠지기도 하는 17살 고1에 나는 아버지의 시한부 판정소식을 들었다. 처음에는 이런 현실을 받아들일 수 없어 많이 괴로웠다. 이런 저런 생각에 잠겨 있는 나를 보며 주변에서는 "어디 아프니?", "안색이 안 좋아 보이는구나"라며 걱정을 하셨지만, 나는

나는 사별하였다

그저 "괜찮습니다"라는 말밖에는 할 말이 없었다.

그렇게 며칠이 지난 후에 겨우 정신을 가다듬고 나니 '나보다 아버지가 더 힘들겠구나'라는 생각이 들었다. 너무나도 당연한 얘기지만 정작 본인은 어떤 기분이었을까 하는 생각에 나는 생각을 바꾸기로 했다. 오히려 아무렇지 않은 척 하는 아버지를 보면서 나도 그에 맞게 행동해야겠다는 생각이 들었다. 나는 아버지 앞에서 더 밝게 웃으며 자연스럽게 행동했고, 평소처럼 대화했다.

시간이 지난 지금에서야 느끼는 거지만 아버지는 분명 알고 있었을 것이다. 죽음을 앞둔 아버지를 바라보는 것이 고등학교 1학년이 감당하기에는 너무나도 큰일이라는 것과 내가 애써 아무렇지 않은 척 한다는 것을 아버지는 아셨을 것이다. 아버지는 자신의 죽음에 대한 두려움보다 본인이 죽은 후 힘들어질 가정의 미래와 아이들이 아버지 없이 헤쳐 나갈 인생이 걱정되셨을 것이다.

본인이 겪었던 어린 시절처럼 자신의 자녀들이 힘들게 자라지 않았으면 하는 마음에 아침부터 저녁 늦게까지 일하셨던 아버지. 주말마다 공부하기 싫어하는 아들놈들을 붙잡고 공부를 가르치시던 아버지. 열심히 공부해서 우리가 하고 싶은 일을 하며 살기를 바라셨고, 아버지 자신도 그렇게 자라 왔기에 두 아들들 공부를 직접 가르치신 것이 아닌가 싶다. 그런 아버지는 아들들에게 자신의 아픈 모습을 보여 주기 싫으셔서 괜찮으니까 자주 오지 말라고 말하셨던 것 같다.

하지만 시간이 지날수록 다리는 퉁퉁 붓고 얼굴에 생기가 사라지는 아버지의 모습을 하루하루 지켜보면서 내 마음은 초조해져만 갔다. 결국 아버지의 상태는 매우 악화되었고 어느 순간이 되자 말 한마디도 제대로 하지 못하시는 아버지의 모습을 아직도 잊을 수 없다.

어렸을 적부터 등산 가자고, 학교운동장에 공 차러 가자고 하실 때마다 귀찮다고 따라나서지 않았던 날도 있었는데, 그때마다 쓸쓸히 혼자 다녀오셨을 아버지…. 그런 아버지의 모습을 다시는 볼 수 없다는 생각에 결국 그날은 하루 종일 얼마나 울었는지 모른다.

나는 아직도 궁금하다. 아버지가 말을 못하고 누워 계실 때 과연 듣는 것은 제대로 할 수 있었을까? 내가 혼자 남아 아버지에게 얘기하던 그런 시간들이 헛된 것은 아니었을까? 나는 "잘 살 수 있어요. 걱정하지 말고 빨리 일어나야죠. 거짓말처럼 훌훌 털어 내고 일어나실 거예요"라고 말했지만 나는 사실 아버지가 회복되지 못하리라는 것을 알고 있었다.

나는 아버지께 묻고 싶은 것들이 많았다. 엄마랑 어떻게 만나 결혼했고, 내가 어릴 때는 어떻게 지냈는지, 내가 모르던 아버지의 과거를 알고 싶었다. 더 묻고 싶은 것이 많았지만, 아버지와 함께 나이를 먹어 가면서 천천히 알아 가고 싶었다.

나는 사별하였다

하지만 이별의 시간은 너무나도 빨리 찾아왔다. 아버지와 같이 가고 싶은 곳도, 하고 싶은 것도 많았다. 아직 효도 한번 제대로 하지 못해 이제야 조금 할 수 있게 되었는데, 아버지는 너무나도 빨리 떠나셨다. 왜 부모는 기다려 주지 않는 걸까? 이제야 겨우 약간의 준비가 되었는데….

어렸을 적 내 기억 속의 부모님은 가끔 다투시는 적이 있었다. 애주가이셨던 아버지는 마음 맞는 친구들 또는 직장 동료 분들과 함께 이야기도 하고 다른 사람들의 힘든 사정을 들어 주시느라 가끔 술을 드셨는데, 어머니는 아버지가 건강상 술을 자제하기를 바라셨기 때문에 술이 다툼의 주 원인이 되었다. 아버지가 주사가 있는 것도 아니고 술 드시면 조용히 주무시기만 하셨는데, 어머니는 아버지가 늦게 들어오시면 기다리시다가 우리가 듣지 못하게 방에서 화난 목소리를 높이셨던 것 같다.

나는 가끔 그럴 때마다 이런 생각이 들었다. '왜 아버지는 어머니가 걱정하는 부분에 대해 배려를 안 해 주실까? 왜 어머니는 술 드시고 실수하신 적 없는 아버지의 사회생활을 이해하지 못하시나?' 지금 와서 생각해 보면 누가 옳은 것인지 사실 잘 모르겠다. 물론 건강상의 문제로 엄마는 금주를 이야기한 것이었고, 아버지는 직장에서 받는 스트레스를 동료들과 술 한잔하면서 풀어 버리시려고 한 것 같다. 사람들은 자신이 옳다고 판단한 일을 주장하기 때문에, 나는 누구의 생각이 맞는지는 모르겠다. 결과적으로 보면 어머니의 우려대로 건강상의 문제가 발생했고, 우리 가족은 소중한 아버지를 잃었다.

나는 군복무를 마치고 부사관으로 근무 중이며 복학까지 10달간의 직장생활이 예정되어 있다. 그리고 몇 달 되지 않았지만 일을 하며 느끼게 된 바로는 직장에서 받는 스트레스가 생각보다 크다는 것이다. 그럼에도 불구하고 아버지는 집에 와서 아이들과 놀아 주셨고, 매일 먼 거리의 출퇴근을 하셨으며, 아이들을 손수 가르치려고 하셨다. 그것은 결코 누구나 할 수 있는 쉬운 일이 아니었다.

직장 근무 후 집에서의 생활도 어쩌면 아버지 자신을 위한 시간이 별로 없어 많이 지치시진 않으셨을지 모르겠다. 지친 일상에서 술 한잔하며 사람들과 어울리는 그 시간이 아버지에게 작은 위로가 아니었을까?

나는 술이 매우 싫다. 마음에 드는 점이 하나도 없다. 주사가 있는 친구들을 볼 때도, 밤새 술을 마시고 술꾼들이 길거리에 남긴 지저분한 흔적을 볼 때도, 무엇보다 사랑하는 아버지를 병들게 만들었다는 것에서도 말이다. 하지만 아버지에게 있어 과연 술의 의미는 무엇이었을까? 나는 이제야 아버지와 속내를 털어놓고 아버지의 삶을 이해하며 얘기할 수 있는 나이가 되었는데 아버지는 없고, 남겨진 나와 우리 가족은 허망함에 잠겨 있었다.

나는 보았다. 아버지를 잃고 나서 남은 가족의 슬픔을, 그것은 '비참함'이라는 단어보다 '허무한 박탈감'이라는 단어가 오히려 더 어울릴 것 같다. 누군가의 죽음은 남겨진 사람들에게 막대한 영향을 끼친다. 나는 이 허망함 속에서 사춘기를 보냈으며, 성인이 된 지금은 누군가를 만나고 사랑하는 것에 두려움을 느낀다. 내가 사라지고 나면 남겨진 사람들이 슬퍼할 것이고, 또 반대로 내가 사랑하는 누군가가 사라지게 되면 내가 다시 느낄 이 슬픔이 너무나도 두렵다. 한 번 입은 깊은 상처와 흉터는 쉽게 사라지지 않는다.

　사실 나에게는 아버지라는 말보다 아빠라는 말이 더 익숙하다. 무서울 때는 좀 무섭기도 했지만 아버지는 친구처럼 친근한 분이었다. '할 때는 하고, 놀 때는 놀자'라는 나의 철학은 아버지의 영향을 많이 받았다는 생각이 든다. 어렸을 적 늘 내 편을 들어주셨던 아빠, 내가 어떤 성격이고 무엇을 원하는지 잘 아는 아빠는 아마도 나를 보며 내가 아빠와 비슷하다고 느꼈을 것이다.

　7년이 지난 지금도 바쁜 일상 속에서 가끔 아빠 생각이 나면 여전히 마음 한 구석이 시려 온다. 지금 아빠가 우리와 함께 살아 계시다면, 어떻게 지내고 있을까? 나는 어떤 일을 하며 어떤 미래를 계획하고 있을까? 이렇게 자란 아들들을 보며 아빠는 무슨 생각을 하실까?

　지금 나는 잘하고 있는 건지 모르겠다. 실은 울고 싶은 적이 많다. 마음껏 소리도 지르고, 원치 않는 어떤 상황들은 팽개치고 싶기도 하다. 어디에도 쓸모없는 폐품 같은 감정들이 내 안에 있는 것 같다. 하지만 약해지면 안 된다는 생각이 내 어깨에 무게를 더하고, 또래보다 조금 더 묵직하게 살아가도록 이끄는 것 같아 나는 내 자신이 안쓰럽다. 아버지라면 이런 나에게 어떤 조언을 해 주실까?

언젠가 내가 죽고, 아버지를 다시 만나게 된다면 그때 한 번 물어보고 싶다. 아버지 없이도 나는 잘 살아 냈냐고, 나는 실수하지 않았냐고, 이 정도면 꽤 성공한 삶이었냐고 묻고 싶다. 그리고 마지막으로 돌아가시기 직전 귓가에 사랑한다고, 그동안 키워 주셔서 고맙다고 말한 것을 들으셨는지, 그때 아버지의 뺨을 타고 흐르던 눈물이 아들의 말을 들었다는 것을 말해 주신 것인지 확인하고 싶다.

마지막으로 꽉 잡았던 아버지의 손에 들어 있던 힘은, 죽어 가는 사람이 낼 수 있는 힘이 아니었다. 하지만 그 꽉 잡은 손에서 나는 여러 말을 하시고자 했던 것을 알 수 있었다. "앞으로 힘든 일이 많겠지만 잘 견뎌 내고 이겨 내야 한다"라는 의미였을 것이다. 그때 아버지가 꽉 잡아 주셨던 손이 지금 나의 물음에 미리 답을 주셨던 건 아닌가 하고 생각해 본다.

나는 사별하였다

5장
사별 선배의 조언/인터뷰

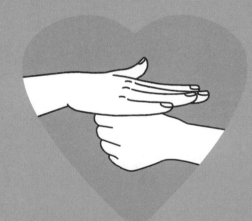

사별 후 가장 힘들게 하는 무엇이고, 그것을 어떻게 이겨 낼 수 있을까?

사별의 슬픔을 극복하는 데 가장 도움(위로)이 된 것은 무엇인가?

사별 이후 삶을 살면서 가장 후회가 되는 것은 무엇이었을까?

사별로 인해 죄책감에 시달린다면? 그 죄의식 문제를 어떻게 극복하였을까?

사별 후 특별히 상처가 되었던 말은 무엇이었을까?

부모와 사별한 후 아이들의 상태(반응)는 어떠했는가?

상실의 슬픔과 문제를 겪게 되는 자녀들을 어떻게 돌보고 도와줄 수 있을까?

자녀가 어린 경우, 어떤 방식으로 죽음에 대해 설명해 줄 수 있을까?

사별한 부모의 빈자리를 채워 주기 위해 어떤 일을 해야 할까?

사별 후 재혼에 가장 큰 장애는 무엇일까?

재혼을 고민하는 사별자들에게 해 주고 싶은 조언은?

사별의 아픔을 겪고 있는 분들에게 가장 좋은 조언을 해 줄 수 있
는 사람은 먼저 사별을 경험한 분들일 것이라 생각합니다. 그래서
우리는 사별의 아픔을 겪은 분들 중 사별의 슬픔과 난관에 대해 자
신의 진솔한 경험을 이야기해 줄 수 있는 다양한 연령층의 사별자
들(총 18명)을 인터뷰했습니다. 이 장에는 그분들의 경험과 조언 중에
서 사별자에게 도움이 될 만한 내용을 추려서 (중복되는 것은 배제하고)
Q&A 형식으로 정리했습니다.

   본인의 개인정보보호를 위해 이름은 모두 가명으로 처리하였고
나이 등은 1년 정도 차이가 있을 수 있습니다. 사별자의 나이는 인터
뷰 당시의 나이이며 사별한 지 얼마나 되었는지는 사별연차로 표시
하였고 자녀의 나이는 사별 당시의 나이입니다. 인터뷰는 2020년 7

월~9월 사이에 이루어졌습니다.

(강수진) 여 58세, 사별 5년 차, 자녀: 여 18세

(박채원) 여 49세, 사별 13년 차, 자녀: 남 7세, 여 4세

(이민준) 남 43살, 사별 5년 차, 자녀: 남 11세, 여 8세

(김현우) 남 42세, 사별 3년 차, 자녀: 남 10세, 여 6세

(조서연) 여 42세, 사별 6년 차, 자녀: 없음

(황지수) 여 49세, 사별 7년 차, 자녀: 여 12세, 남 11세

(윤지은) 여 39세, 사별 4년 차, 자녀: 아들 6세

(문현진) 여 53세, 사별 7년 차, 자녀: 남 13세, 여 8세

(한지현) 여 49세, 사별 10년 차, 자녀: 여 7세

(전유진) 여 40세, 사별 4년 차, 자녀: 딸 8세, 5세

(하지영) 여 46세, 사별 5년 차, 자녀: 없음

(배정훈) 남 61세, 사별 4년 차, 자녀: 여 21살, 23세

(신도현) 남 50세, 사별 8년 차, 자녀: 없음

(정서윤) 여 50세, 사별 8년 차, 자녀: 남 16세, 남 13세

(유상호) 남 76세, 사별 31년 차, 자녀: 여 15세, 여 13세, 남 9세

(홍지우) 여 49세, 사별 8년 차, 자녀: 여 14세, 남 11세

(임영호) 남 59세, 사별 3년 차, 자녀: 여 23세, 여 20세

(송은주) 여 61세, 사별 5년 차, 자녀: 여 32세

사별자를 위한 조언

Q1) 사별 후 당신을 가장 힘들게 한 것은 무엇이었고, 그것을 어떻게 이겨 내셨습니까?

하지영 처음 겪은 일이었고 주변에 사별 경험자가 없어서 그때 내 감정이나 생각, 판단들이 정상인지 아닌지 물어볼 곳이 없어서 힘들었다. 또 내가 아무리 힘들다 해도 가장 가까운 가족(부모님)이라도 직접 경험해 보지 않은 일이라 이해해 주시지 못함이 많이 서운했다. 사별자 온라인카페에서 사별을 겪으신 분들의 경험을 읽으며 그 당시 내 감정과 모습에 대해 이해할 수 있게 되었고, 다양한 자기계발서를 통해 자존감을 높이려고 노력한 것이 도움이 되었다.

황지수 사별 이전 나는 전업주부로 살았고 남편의 그늘이 컸다. 남편이 사고로 죽자 하늘이 무너진 것 같았고, 남편 없이 살아야 하는 인생의 불안감과 혼자 아이들을 바르게 키워 나갈 수 있을까 하는 부담과 걱정 때문에 힘들었다. 사별 후 나는 어떤 일이든 사별을 극복하는 데 도움이 될 것 같고, 내가 할 수 있는 것은 일단 하고 봤다. 이사를 했고, 무작정 외국으로 도피도 했었다. 집안을 정리한다며 물건들을 왕창 버리기도 했고, 소송을 치르고 심리치료도 받았으며 집도 매매했다.

나는 사별하였다

한지현 사랑하는 남편과 함께할 미래가 사라져 버린 것이 너무 슬펐고 이 슬픔에서 헤어 나오기가 정말 힘들었다. 주변 사람들의 지속적인 도움으로 겨우 슬픔에서 벗어날 수 있었다. 새롭게 직장생활을 하는 것도 도움이 되었고 다른 사별자들과의 만남도 큰 힘이 되었다.

박채원 아이들이 아빠라는 존재를 잃었다는 상실감과 남편을 잃은 나 자신의 외로움, 그리고 가장으로서 경제적인 부담감이 제일 힘들었다. 사별 후 내적치유에 관한 독서모임과 성경말씀을 묵상하는 큐티모임에 참여하게 되었다. 지인들과의 이 모임을 통해 내 마음을 무겁게 짓누르던 고민에 대해서 함께 이야기하고 기도하면서 나와 아이들에 관한 염려에서 벗어나 서서히 안정을 찾아갔다.

이민준 삶의 의미를 상실하게 되었고, 심한 우울증을 겪었으며 자살 충동을 자주 느꼈다. 우울증은 신경정신과 진료와 약을 먹는 것이 도움이 되었고 시간이 지나면서 조금씩 좋아졌다. 슬픔에도 시간이 약이 된다.

유상호 중요한 일도 혼자 생각하여 결정해야 하니 부담되고 힘들었다. 사춘기에 접어든 엄마 잃은 딸들을 어떻게 해야 할지도 너무 난감했다. 이겨 냈다기보다는 주어진 하루하루를 묵묵히 살아가는 데 최선을 다했고 그렇게 살다 보니 세월이 가고 아이들이 자랐다. 혼자 살게 되니 내 이웃들이 나와 내 아이들을 어떻게 생각하게 될

지 신경 쓰지 않을 수 없었다. 좋지 않은 말을 듣지 않기 위해 행동 거지를 매우 조심하면서 살아야 했다. 주변 말에 신경 쓰지 않고 나 자신이 나를 지킬 수 있는 마음을 간직하며 살아가는 것이 중요하다 고 생각했지만, 그것이 매우 어렵고 힘들었다.

Q2) 사별의 슬픔을 극복하는 데 가장 도움(위로)이 된 것은 무엇입니까?

송은주 사별자 모임이 가장 크게 도움이 되었다. 나 혼자만이 사별 한 것이 아니라는 사실 자체가 위로가 되었고 다른 사별자들과 서로 공감대를 형성할 수 있어서 좋았다. 그리고 사별자 모임에서 나보다 훨씬 나이 어린 젊은 엄마들도 많다는 사실에 '나의 사별 슬픔은 아 무것도 아니구나'라는 생각이 들었다.

박채원 신앙과 이성 친구이다. 나와 아이들을 사랑하고 돌보시는 절대자에 대한 믿음과 신뢰가 쌓일수록 싱글맘으로서 감당해야 할 책임의 중압감으로부터 벗어날 수 있었고 나와 아이들의 삶에 대한 소망과 기쁨이 회복되었다. 그리고 남편을 먼저 보냈지만, 이성 친 구를 통해 인생에서 내 사랑이 그것으로 끝나지 않았고 여전히 나는 사랑하고 사랑 받을 수 있는 존재임을 깨달았다. 자칫 무미건조할 수 있었던 삶에 진실한 대화상대가 있다는 것이 큰 도움이 되었다.

배정훈 일(직업)이었던 것 같다. 장례식을 치르자마자 출근해서 누구보다 많이 늦게까지 일하고 헬스, 사우나로 가능한 한 귀가 시간을 늦추고 혼자 있는 시간을 줄였던 게 빠른 회복에 도움이 되었다.

전유진 여행과 지인들과의 만남이 가장 도움이 되었다. 아이들과 1년에 두 번(한 번은 국내, 한 번은 해외) 여행을 가려고 노력했고, 해외여행은 자유여행보다는 일부러 패키지로 여러 사람들과 함께 움직이는 여행을 했다. 문득 외롭고 힘이 들 때면 언제든지 전화 한 통으로도 10분 안에 달려와 줄 수 있는 사람들과 자주 만나서 저녁도 같이 먹고, 공동육아도 하고, 맥주도 한 잔씩 하는 시간들이 위로가 되었다. 사람들과의 대화와 만남이 나에겐 가장 도움이 되는 치유의 방법이었던 것 같다.

하지영 사별을 겪은 사람들을 만나 신랑에 대한 이야기를 자유롭게 마음껏 할 수 있었던 것이 많은 위로가 되었다. (나는 사별 초나 지금까지도 되도록 남편에 대한 이야기를 가족들과 하지 않는다. 아직은 남편과의 추억이 많은 사람들과는 죽은 남편에 대한 이야기를 편하게 말하기 어렵다.)

신도현 사별의 슬픔을 극복하는 데 가장 도움이나 위로가 된 것은 아픔을 같이 하고 이해해 주는 사람들과의 대화와 그들의 글이었던 것 같다. 그리고 기억을 정리하는 것도 도움이 되었다.

유상호 어린 시절부터 믿어 온 신앙과 믿음이 힘든 시절 나를 지탱해 주는 힘이 되었다. 입으로 떠드는 신앙보다 삶으로 말씀을 실천하는 신앙과 믿음이 중요하다고 생각한다. 그것이 외롭고 힘든 시절

앞날이 깜깜할 때 나를 잡아 주고 견디게 하는 힘이 되었다.

홍지우 사람을 만나는 것이 가장 큰 도움이 되었다. 그리고 운동과 산행에 많은 시간을 보냈는데, 몸이 건강해지면서 마음도 건강해진 것 같다. 하루 4~5시간 헬스장에서 운동을 했고 주말이면 나를 잘 모르는 사람들과 어울려서 등산을 했다. 나를 잘 모르는 사람들과 함께 하는 것이 마음이 편했다.

Q3) 사별 이후 삶을 살면서 가장 후회가 되는 것은 무엇인가요? (사별자에게 이런 것은 절대 하지 말라고 말해 주고 싶은 것이 있습니까?)

강수진 나는 지나간 일을 후회하면서 괴로워하지는 않는다. 나의 과거는 나의 성향과 성품이 만들어 낸 것이고 내가 내린 중요한 결정은 그렇게 될 수밖에 없어서 그리된 것이라 생각한다. 따라서 과거의 나의 판단과 행동을 후회하면서 집착하는 것은 어리석은 짓이다.

이민준 후회는 없다. 자살충동을 이기고 지금도 살아 있기에, 지금 살아 있는 것에 감사하며 살고 있다. 절대로 삶을 포기하지 맙시다!

윤지은 가족들 앞에서 너무 씩씩한 척한 것을 후회한다. 가끔은 힘든 티를 냈어야 했는데 혼자 너무 씩씩했더니 안 힘든 줄 안다.

전유진 지금도 후회하면서 잘 못하는 것이 있는데, 아빠에 대한 이야기를 아이들과 자연스럽게 하지 못한다. 아빠에 대해서 그리고 아빠가 없는 것에 대해서 아이들과 진지한 대화를 못했던 것이 후회된다. 아이들에게 충분한 애도의 시간을 주지 못한 것도 아쉽고 아빠의 빈자리를 억지로 채워 주려는 노력을 한 것도 후회가 된다.

박채원 너무 섣부르게 서두른 연애나 투자 활동은 낭패가 되기 쉽다. 사별 후 적어도 1년은 지나야 평상심을 조금이나마 되찾으니 중요한 것은 그 이후에 해도 늦지 않다고 생각한다.

하지영 많은 분들이 사별 1년 동안은 판단력이 흐려지니 아무것도 하지 말고 참으라고 이야기하지만, 나는 사람마다 개인차가 있다고 생각한다. 물론 그 말이 가장 객관적인 조언이기는 하나 그로 인해 중요한 것들을 놓칠 수 있으니 개인이 선택한 일에 책임을 질 수 있다고 생각되면 무엇이든 도전해 보는 것도 나쁘지 않다고 본다. 무언가에 열정과 성의를 다하다 보면 시간도 빨리 흘러가고 성취감도 생길 수 있으니 사별의 슬픔을 더 잘 극복할 수 있다.

배정훈 사별 초기 너무 깊은 자기 연민과 불안, 슬픔으로 자녀들의 감정을 외면하였던 것이 가장 큰 후회가 된다. 시간이 지난 후 자녀들의 감정불안, 슬픔이 나 못지않았다는 것을 알게 되었을 때 아이들에게 많이 미안했다.

정서윤 같은 처지에 있는 사별자라고 무조건 믿어서는 안 된다. 사별의 경험만 같을 뿐이고, 사람의 타고난 성격은 일반 사람들과 마찬가지로 개인 인격이다.

송은주 옛사람에 대한 미련을 두지 마라. 함께해 온 일상들은 감사하지만 이젠 없어진 사람에게 미련을 두지 말고, 현재의 나의 삶에 충실해라. 먼저 떠난 그분은 다시 돌아오지 못하는 사람이다. 남아 있는 사람들은 남은 인생을 더 행복하게 살아가길 바란다. 먼저 가신 분의 몫까지 더 행복하도록 나 자신을 위해 살았으면 좋겠다.

Q4) 사별로 인해 죄책감에 시달린 적이 있으십니까? 있었다면 그 죄의식 문제를 어떻게 극복하셨습니까?

전유진 남편은 백혈병이었다. 주변에서 어쩔 수 없다고 했지만 그가 암에 걸린 것이 내 잘못 같았다. 집안일 시키며 스트레스 준 일, 말다툼했던 일, 평소 영양제를 챙겨 주지 못한 것 등 모든 것이 후회가 되었다. 백혈병은 원인을 모른다지만 내가 스트레스를 주고 잘 돌봐 주지 못해 남편을 그런 병으로 죽게 만든 것 같아서 그의 죽음이 내 탓이라고 생각했다. 우연한 기회에 생명존중 및 자살예방 사이버 연수를 들으면서 가족과 사별한 다른 사람들도 나와 같은 생각을 하고 있다는 것을 알고 위안을 받았다. 시간이 지나면서 죄책감도 조금씩 무뎌졌지만 솔직히 말하면 아직 완전히 극복하지는 못했다.

박채원 남편이 암으로 투병하는 동안 그의 건강 상태를 잘 살피지 못했고 제대로 내조하지 못한 듯해서 죄책감이 들었다. 하지만 생명은 절대자의 주권에 있다는 것을 깨닫고 자유를 얻게 되었다.

홍지우 남편에게 좀 더 잘해 주지 못한 것이 후회되었다. '~했더라면 좋았을 걸'이라는 생각을 많이 했다. 초기에는 잠도 자기 쉽지 않았고 눈물만 나왔지만 아이들에게 집중하면서 죄책감을 지워 나갔던 것 같다. 나도 애들을 잘 돌봐 주기 위해 집중했고 애들이 건강하게 잘 자라 주어서 사별의 슬픔을 잘 이겨 나간 것 같다.

하지영 사별초기에는 신랑에 대한 나의 병간호와 정성이 부족하여 하늘나라로 보낸 것 같은 죄책감이 많이 들었다. 사소한 일에도 후회가 물밀듯이 밀려온 적이 있었다. 그래서 전에는 가지 않았던 사주를 봐주는 집이나 점치는 집도 돌아다녔는데, 가는 곳마다 신랑의 운명이었으며 당신은 최선을 다했으니 후회하지 말라는 말을 해 주었다. 그렇게 말해 주는 낯선 이들의 한마디, 한마디가 큰 위로가 되었던 적이 있었다. 또 책을 읽으면서 자존감을 높이려고 노력한 것도 도움이 되었다. 사별초기에는 책이 눈에 잘 들어오지 않아서 나를 사랑하도록 도와주는 아주 쉬운 책부터 읽었다. 그리고 나는 사별자 모임에 자주 나갔는데, 거기서 듣게 된 나보다 경험이 많으신 분들의 조언도 죄책감 문제 해결에 도움이 되었다.

배정훈 나는 아내에게 제대로 된 치료를 제공하지 못했다는 죄책감 때문에 많이 힘들었다. 아직도 완전히 극복되지는 않았으나 자녀들이 아빠는 최선을 다했다고 말해 주었을 때 가장 큰 위로를 받았다.

임영호 꼭 낫게 해 주고 싶었는데 병의 치료방법 선택을 잘못해서 아내를 떠나보내게 된 것 같아 그 부분이 너무나 힘들고 죄스러웠다. 처가 식구들을 봐도 내가 잘못해서 아내를 보낸 것 같은 마음이 들어서 많이 괴로웠다. 죄책감 문제를 극복하는 데 가장 큰 도움이 된 것은 특별한 활동이 아니라 시간이었다. 내겐 시간이 약이었다.

Q5) 사별 후 당신에게 특별히 상처가 되었던 말이 있습니까? (사별자에게 주의해야 할 언행이 있다면?)

김현우 죽음에 대해서 너무 쉽게 이야기하는 것에 상처를 받았다. 하지만 모르고 하는 말이려니 하고 그냥 넘겼다.

황지수 나와 아이들을 바라보는 불쌍한 눈빛이 내 마음을 힘들게 했다. 그리고 친구가 울면서 "네가 죽고 싶어도 애들 때문에 어찌 죽겠냐?"고 했던 말과 문상을 오신 분이 자기 직장에도 젊어서 혼자된 분이 계시는데 자식들 다 잘 키웠다고 나도 할 수 있다며 조언이라고 해 준 말도 상처가 되었다.

윤지은 "대단하다. 너니까 이렇게 잘 견디는 거다"라는 말이 상처

나는 사별하였다

였고 듣기 힘들었다. 아픔을 이겨 내려 애쓰고 있는데 칭찬도 욕도 아닌 이런 말은 전혀 위로가 되지 않는다.

이민준 애들 봐서 살아야 한다는 말이 상처가 되었다. 삶의 의미를 상실한 상태에서는 애들도 삶의 목적이 되지 않는다.

하지영 다른 사별자로부터 "~해서 좋겠다"라는 말에 참 마음이 많이 아팠다. 아이가 없다 보니 "아이가 없어서 좋겠다, 혼자 살아서 좋겠다"라는 말을 처음 듣고 큰 충격을 받았다. 세상 모든 일은 상대적인 건데 아이가 없음을 경험해 보지 않고 어찌 부럽다고 쉽게 말하는 건지…. 또 "아파서 죽었으니 마지막 인사라도 해서 좋겠다"라는 말에는 진짜 어이가 없었다. 사랑하는 사람이 아파서 고통으로 몸부림치는 모습을 보지 않고 어떻게 저렇게 말할 수 있는지 이해하기 힘들었다. 세상의 모든 일은 양면성이 있다고 생각한다. 좋아 보이는 이면에 또 다른 아픔이 있을 수 있으니 같은 사별자라도 서로의 아픔과 현실을 비교하는 말은 삼가고, 서로의 처지에서 생각해 보면서 서로를 위로해 주면 좋겠다.

홍지우 "너는 혼자서도 잘 살 수 있을 거야." 같은 위로를 해 준다고 한 말이 오히려 상처가 되는 경우가 있었다. 이런 말은 전혀 위로나 용기가 되는 말이 아니었다.

임영호 "재혼해야지." 하는 말이었다. 모두 나를 위로한다는 심정으로 하신 말이겠지만, 사별 후 얼마 되지 않아서 많은 분들이 "아

직도 앞길이 창창한데, 아직 젊은데, 남자는 혼자서는 못 살아" 등의
이야기를 많이 해 주었는데 그 말이 상처가 되었다.

송은주 죽은 사람은 잊고 잘 살라고 했던 말이다. (시어머님과 딸, 그리
고 남편과 가장 가까웠던 친족에게서 들었는데 이 말이 큰 상처가 되었다.)

전유진 진짜 걱정해서 하는 말이 아닌 가십처럼 궁금한 것을 툭 내
뱉는 말이 듣기 싫었다.

**Q6) 사별자임을 항상 밝히는 것이 좋다고 생각하십니까? 아니면 꼭 필요한
경우가 아니라면 밝히지 않는 것이 좋다고 생각하십니까?**

황지수 처한 상황에 따라 다르다. 굳이 감출 필요는 없지만 필요 없
는 곳에서 굳이 밝힐 필요도 없다고 생각한다. (이렇게 답변하신 분들이
가장 많았습니다.)

강수진 굳이 밝힐 필요는 없다. 사별하지 않은 척 거짓말을 해도 상
관없다. 사실 거짓말이라기보다는 상대방에 대한 배려라고 생각하
는 것이 바람직하다. 그냥 오가며 만나는 가벼운 인연들은 가볍게
대해 주어야 한다. 자신의 진심을 아무에게나 내어 보이는 것은 어
리석은 행동이다. 내가 사별자가 아니라고 말해도 피해받는 사람은
아무도 없다. 단 재혼을 하고 싶다면 자신이 사별자임을 널리 알리
는 것이 좋을 것 같다.

나는 사별하였다

문현진 꼭 필요한 경우가 아니면 밝히지 않아도 된다고 생각한다. 나는 자녀 학부모 상담 시에는 꼭 밝혔고, 직장과 이웃에게는 말해도 된다는 확신이 있는 분에게만 이야기하였다.

유상호 꼭 밝힐 필요도 없고 그렇다고 거짓말을 할 필요도 없다. 사람들은 생각보다 타인에 대해 깊은 관심이 없다. 배우자에 대해 말해야 할 때 적당히 상황을 넘어가거나 가볍고 다소 코믹하게 돌려 말하는 자기만의 방법을 찾아보는 것도 좋다. 나는 36년째 배우자는 어디 두고 혼자 다니냐는 말을 듣고 사는데 구렁이 담 넘듯 대충 넘기곤 한다. 그러면 다들 대충 알아듣는다.

임영호 말을 해야 하는 상황이 되면 편하게 밝히는 것이 좋다고 생각한다. 그래야 상대방도 그에 따라 대처를 할 수 있다. 굳이 밝히지 않는다는 것 자체가 남들에게 불편을 주는 것이라 생각한다.

송은주 밝히지 않는 것이 좋다. 사별자임을 밝히는 순간 타인이 나를 불쌍하게 보는 시선들이 있다. 난 남편이 없을 뿐 불쌍한 사람은 아닌데 측은지심으로 바라보는 시선들이 싫다.

하지영 자격지심일 수도 있겠지만 대한민국 사회는 지금도 그러하지만 앞으로도 편파적이고 편협한 사고를 하는 사람들이 많을 거라고 생각한다. 따라서 필요에 의해서 나의 상황을 꼭 밝혀야 하는 경우에는 밝히고 직접적인 연결고리가 없는 경우에는 밝히지 않는 것이 좋다.

Q7) 사별자에게 권하고 싶은 취미 활동이 있으신가요?

송은주 등산, 운동, 헬스 등의 몸을 사용하는 운동이나 사별 전에 가졌던 취미가 있다면 그 취미생활을 계속하며 일상을 유지하는 것이 좋다. 그래야 일상으로 돌아가기가 쉽다. 사별 전 취미가 없었다면 새로 시작하시기를 바란다. 집에만 있지 말고 밖으로 나가라. 무작정 걷기도 좋다. 걸으면서 울기도 하고, 생각을 정리할 수 있다. 몸이 피곤하면 잠도 잘 오니 운동은 꼭 하라고 권하고 싶다. (운동과 등산은 거의 모든 답변자가 추천한 취미 활동입니다.)

박채원 여러 사람과 함께 할 수 있는 운동이나 독서모임이 좋을 것 같다. 사별자가 깊이 느끼는 고통과 외로움을 다른 사람들과 함께 얘기할 수 있는 건강한 모임이 감정전환에 큰 도움이 된다. 등산이나 걷기 모임처럼 운동과 대화를 함께 할 수 있다면 몸과 마음이 동시에 건강해질 수 있는 좋은 취미가 될 것이다.

김현우 자기가 좋아하는 것을 하는 것이 좋다. 무조건 무엇이든 시작하라. 절대 집에 있지 말고 사람들과 소통의 관계를 가져야 한다.

한지현 혼자 하는 취미 활동은 지양하는 것이 좋다고 생각한다. 무엇이든 사람들과 함께 하는 취미 활동을 하라고 권하고 싶다.

하지영 나는 사별 후에 걷기(등산)를 시작했다. 조용히 걷다 보면 어느 순간 하늘과 구름과 바람과 햇님 등 자연과 이야기를 하고 있는 나를 발견하게 된다. 그리고 산 정상에 올라가려는 노력을 통해 목표 의식이나 성취욕도 발생한다. 딱히 다른 취미가 없고 여건이 된다면 걷기(등산)를 진심으로 추천한다.

배정훈 땀을 흘릴 수 있는 모든 운동을 추천한다. 불면과 슬픔의 시간을 줄일 수 있고, 자신감 회복에 도움이 된다. 내가 무기력증에서 빠르게 회복이 되었던 것도 운동 덕분이라 생각한다.

유상호 음악을 듣거나 악기를 배우는 것, 그리고 운동을 하거나 등산 및 걷기를 추천하고 싶다. 조용한 시간에 혼자 있으면 슬픈 추억이 많이 떠오르니 혼자 할 수 있는 무언가를 자꾸 찾아서 해라. 나는 이제 나이도 많고 혼자 살고 있지만 지금도 자주 걷는다.

홍지우 등산을 가장 추천하고 싶다. 몸도 건강해지고 좋은 경치를 바라보면 마음도 상쾌해진다. 나는 다른 사별자들과 소규모로 함께 등산할 때가 가장 좋았다. 소규모라 서로 친해지기도 쉬웠고 마음을 터놓고 이야기 할 수도 있어서 좋았다.

임영호 피폐해진 몸과 마음을 추스르는 데 운동보다 좋은 것은 없다. 운동을 할 수 있으면 하고 그렇지 않으면 명상을 해 보라. 명상은 내게 아무 생각이 들지 않을 때까지 깊이 있게 하는 것을 권한다.

조서연 다른 사람들과 어울리기가 싫다면 혼자 성취감을 느낄 수 있는 등산, 운동, 여행, 악기연주, 자격증 공부 등을 적극적으로 추천한다.

Q8) 사별 초기인 분들에게 꼭 해 주고 싶은 조언이 있으신가요?

강수진 본인 자신에 대해, 인간에 대해 공부를 해 보라고 권하고 싶다. 여기서 깨달음을 얻을 수 있다면 삶이 더 평안해질 수 있다. 타인에게 의존하거나 뭔가를 기대하지 않았으면 한다. 내가 불쌍한 사람이라는 것을 내세워서 무엇을 얻을 수 있을 것 같은가? 궁극적으로 나에게 도움이 되지 않는다. 타인의 배려와 보살핌에 기댈 생각은 하지 않는 것이 좋다.

한지현 지금까지 맺고 있던 인간관계를 끊지 말라고 말하고 싶다. 쓸데없는 자존심 또는 자격지심에 사로잡혀 기존의 인간관계를 멀리하는 사람들이 있다. 하지만 이는 나에게 아무런 도움이 안 된다. 주위 사람들에게 섭섭함을 느낄 수도 있겠지만 그 사람들도 어떻게 도와주어야 할지를 몰라서 머뭇거리고 있다. 기존의 관계를 멀리하지 말고 오히려 그들의 도움을 적극적으로 요청하고 받아들여라.

전유진 지금 너무 힘들겠지만 시간은 간다. 혼자 울지만 말고 누군가에게 전화를 하든, 같은 아픔을 가진 사람들이 모인 모임에 가입하든, 일단 어떤 방법으로든 다른 사람들과 나누고 소통해야 한다. 혼자서 아픔을 되새기지 말고 당신의 아픔을 꼭 세상과 나누길 바란다.

김현우 나도 사별한 지 그렇게 오래되지는 않았지만, 사별은 당신

나는 사별하였다

탓이 아니라는 말을 꼭 해 주고 싶다. 사별은 죄가 아니다. 당당히 본인의 삶을 살아라. 그리고 반드시 다른 사람들과 많이 교류하며 살아가길 바란다.

황지수 시간이 지나면 슬픔과 아픔이 조금씩 옅어지고 언젠가 좋아진다. 아이들은 어른보다 유연하고 더 큰 힘을 가지고 있어서 당신의 자녀는 지금 당신이 염려하는 것보다 더 잘 자랄 것이다. 사별 초기에는 모든 것이 절망스럽지만 다 살아갈 방법이 있다. 혼자 된 삶이 힘들긴 하지만 또 다른 계획으로 주어진 인생을 적극적으로 살아가면 된다.

박채원 너무 많은 문제를 미리 걱정하지 말고 하루에 한 가지씩 해결하면 좋겠다. 그리고 큰 사랑을 잃었지만 여전히 자신이 사랑 받는 사람임을 일깨워 주는 가족이나 친구들과의 교제, 영적인 탐구, 좋아하는 취미활동 등 자신을 토닥여 주는 시간을 꼭 가졌으면 한다. 사랑하는 사람의 죽음이라는 낯선 상황에서 혼자 살아남은 자로 남은 생을 대할 때, 희망과 새 힘을 끊임없이 공급 받는 것이 중요하다. 나는 신앙인으로서 당신이 하나님을 찾아가는 여정을 시작하면 좋겠다. 특히 아이들을 가진 사별자라면 한 부모를 잃은 자녀에게 그들을 영원히 사랑하고 도와줄 절대자를 알게 하는 것이 아이들이 자라가며 안정감과 행복감을 느끼는 데 중요하다고 생각한다.

윤지은 나만 이런 거 아니냐고 자책하거나 슬퍼하지 않았으면 좋겠다. 당신은 사랑 받기 위해 태어난 소중한 사람이다.

하지영 '왜 나에게만'이란 생각을 빨리 지워야 한다. 사별을 겪으신 분에게 '나에게만 왜 이런 일이 벌어졌을까?'라는 생각 자체를 하지 말라고 말씀드릴 수 없을 것 같다. 나도 그랬고 누구나 그런 일을 겪으면 할 수 있는 생각이다. 그런데 또 다르게 생각하면 시기만 다를 뿐 누구나 겪을 일이다. 사별은 내가 겪지 않았다면 나의 배우자가 겪었을 일이다. 자신의 신세를 한탄만 하다 보면 현재나 미래가 아니라 자꾸 과거로 돌아가고 있는 자신을 발견하게 되고 과거의 나는 행복했는데 지금의 나와 미래의 나는 불행하다는 결론을 내리게 된다. 우리는 과거도 미래도 아닌 현재를 살아야 한다. 오늘을 살아야 내일도 어제도 의미가 있다.

송은주 사별이 슬프긴 하지만 조금만 슬퍼하고 자신을 위해 살도록 애써야 한다. 나 자신의 행복을 찾고 좋은 사람을 만나서 이전보다 더 행복하게 사시길 바란다. 먼저 떠난 배우자를 잊을 수는 없지만 돌아오지 못하는 사람을 오래 붙잡고 있다는 것은 나 자신만 힘들게 할 뿐이다. 이후의 삶은 나를 위해, 나만의 행복을 위해 살아라.

유상호 지나간 시간은 자꾸 회상하지 말고 가슴에서 내려놓고 떠나보내야 한다. 슬프고 무거운 마음을 비우고 새로운 각오로 살아가라. 현재가 제일 중요하니 현재를 즐겁게 살아라. 그리고 매 순간 진실하게 살아라. 그것이 후회를 적게 하는 삶이다. 신은 특별한 방법으로 우리에게 필요한 것들을 넘치지도 모자라지도 않게 채워 주신다. 그러니 물질이 없다고 너무 걱정하고 두려워하지 말았으면 좋겠다.

홍지우 없는 것은 없는 것으로 인정하고 현실을 그대로 받아들여라. 그리고 너무 빨리 잘하려고 하지 마라. 익숙해지려면 시간이 필요하고 경제적인 문제도 하루아침에 해결할 방법은 없다.

사별 자녀를 위한 조언

Q9) 부모와 사별한 후 아이들의 상태(반응)는 어떠했습니까?

이민준 하늘로 보낸 엄마보다 혼자 남은 아빠를 더 걱정했다. 어느 날 갑자기 엄마가 사라졌으니 슬프고 당황했을 텐데도, 자신들(11살, 8살)의 감정을 잘 표현하지 않았고 아빠의 상태를 살피며 내 눈치를 봤다.

황지수 처음에는 아무렇지도 않은 듯 보였지만, 아이들이 아빠를 찾지도 언급도 하지 않는 것이 이상했다. 사실 괜찮지 않았지만 아이들도 아빠 얘기를 하는 게 마음 아팠고 엄마가 걱정되었기 때문에 아무렇지도 않은 것처럼 행동했던 것 같다. 둘째는 한동안 내가 외출해서 집에 돌아오지 않으면 길에 나와서 기다렸다. 표현하지 않을 뿐 마음의 불안은 아이들도 나와 비슷했던 것 같다. 3개월쯤 지나 12살이던 둘째가 "엄마, 그래도 엄마한테 남편 하나쯤은 있어야 되지 않아?"라는 얘기를 했다. 아직 어리지만 엄마가 인생을 사는 데 너무 큰 상처와 피해를 입었다고 생각한 것 같고 자신의 슬픔을 표현하기보다는 엄마 걱정을 많이 했다.

윤지은 6살이라 사별 바로 직후는 장례식장에서 밥 많이 먹고 반찬까지 리필해 먹던 순수한 아이였고, 2-3개월쯤 지나자 아빠가 보고 싶다고 말하며 아빠를 찾거나 울거나 하는 행동들을 보였다.

문현진 13살이던 아들은 사별 후 방에 혼자 있는 시간이 많았고, 핸드폰을 자주 보았으며 표정도 어둡고 불안해 보였다. 8살 딸은 전에 없던 아토피 피부염이 발생했는데, 아마도 사별 후 심리적 스트레스가 신체로 표현된 것이 아닐까 싶다.

정서윤 홀로 남은 엄마의 표정과 마음을 살피려고 많이 애쓰는 눈치였고, 아이들(16살, 13살) 본인의 슬픔은 나에게 표현하지 않았다. 언제부터인가 아빠라는 단어가 금기어처럼 아이들의 일상에서 사라졌다.

홍지우 슬픔을 참고 있는 것 같았다. 내가 감정을 잘 표현하지 않아서 그런지 아이들(14살, 11살)도 자신의 감정을 잘 표현하지 않았다. 둘째는 불안장애가 조금 보였고, 엄마마저 없어질까 봐 걱정하는 것 같았다.

나는 사별하였다

배정훈 사별초기에는 내 마음을 추스르는 것도 힘들어서 아이들(21살, 23살) 상태를 살필 여유가 없었다. 나중에 자녀들의 심리적 불안과 우울증세가 심해져서야, 엄마를 잃은 후 아이들이 느끼는 상실감과 슬픔을 돌아보게 되었다.

Q10) 상실의 슬픔과 문제를 겪게 되는 자녀들을 어떻게 돌보고 도와주셨습니까? (기관의 도움이나 상담치료를 받은 적이 있습니까?)

박채원 전문상담기관의 도움을 받은 적은 없지만, 대가족처럼 친밀하고 건강한 교회에서 여러 사람들과 함께 어울리며 아이들(7살, 4살)은 밝게 자랄 수 있었다. 사춘기가 된 아들이 아빠와 함께 농구하는 친구들을 부러워하기에 농구교실을 알아본 후 남자 코치에게 집중적으로 배울 수 있도록 해 주었다. 아빠의 빈자리를 약간이라도 채워줄 수 있으며, 고민을 상의하고 멘토로 삼을 만한 남자 어른을 만날 수 있는 환경을 의식적으로 만들어 주었다.

윤지은 유치원 담임선생님의 소개로 심리치료를 아이와 함께 받았다. 심리치료 중 기억에 남는 것은 아이(6살)와 함께 아빠 이야기를 하며 울어도 된다고 하셨다. 사별 후 아빠에 대한 이야기를 금기시하고 있었는데 죽음과 아빠에 대해서 아이와 자연스럽게 이야기하는 것이 좋다고 조언해 주셔서 내가 어떻게 행동해야 할지를 정하는 데 큰 도움이 됐다. 그리고 조부모님의 관심과 사랑이 정서적으로 아이의 성장에 긍정적인 도움이 되었다고 생각한다. 지난 4년 동안 아빠는 없었지만 난 우리 아이가 가족들의 넘치는 사랑을 받으며 건강하게 잘 자라고 있다고 생각한다.

전유진 '아프다. 힘들다'고 표현하지 않아서 전문상담이나 치료를 받진 않았지만, 심리상담과 관련된 일을 하는 지인들에게 물어보거나 아동사별에 관한 책을 찾아 읽었다. 점차 부모를 잃은 상실의 아픔에 집중하기보다는 그 또래 아이들의 성장심리에 중점을 두어 자료를 찾아보고 아이들의 성장시기에 따라 달라지는 심리를 이해하려고 노력하고 있다.

황지수 장례 후 아빠의 죽음을 다 알고 있는 학교와 동네를 벗어나게 해 주려고 몇 달간 아이들(12살, 11살)을 데리고 필리핀으로 가서 그곳 어학원을 보냈다. 돌아와서 이사와 전학을 해서 환경을 바꿔 주었고, 미술심리치료를 1년간 받게 했다. 미술심리치료를 받은 지 3개월쯤 지나 엄마에게 하지 않던 사별 후 감정을 미술심리치료 선생님께 털어놓기 시작했다. 나는 아이들에게 내가 해줄 수 있는 것은 다 해 주려고 노력했다.

홍지우 상담치료를 받은 적은 없지만 아이들(14살, 11살)은 내가 우려한 것보다 잘 자라 주었다. 나는 아이들에게 안정감을 주려고 노력했고, 아이들은 나를 걱정시키지 않으려고 노력했다. 지난 8년 동안 나는 가족 간의 유대감을 높이고 아이들에게 열심히 노력하며 살아가는 모습을 보여 주려고 했다. 아이들은 그런 엄마를 보고 따라와 주었다.

배정훈 사별초기에는 아이들(21살, 23살)의 마음을 살피지 못했고 시간이 좀 지난 후에 아이의 상실감이 크다는 것을 인지하게 되었다. 그래서 개인적으로 심리 상담사와 1년 정도 상담치료를 받게 했지만 아이들은 그리 큰 도움이 된 것 같지는 않았다고 한다. 오히려 아빠인 나와 자주 대화하고 사별 후 서로의 감정과 생각을 허심탄회하게 나눈 이후에 남은 가족 간에 사별 후 복잡한 감정의 공감대가 형성되면서 서서히 회복되어 가는 것을 옆에서 느낄 수가 있었다.

Q11) 자녀가 어린 경우, 먼저 떠난 부모의 죽음에 대해 언제 알려주는 것이 좋다고 생각하십니까?

박채원 아이가 죽음에 대해서 어느 정도 이해할 수 있거나 아이가 궁금해하고 언급할 때 거짓말보다는 사실대로 부모의 죽음을 설명해 주고 안심시켜 주면 좋을 것 같다.

이민준 인지능력이 생기기 시작하면 나이에 맞게 죽음에 대해 설명하면서 가급적 최대한 빨리 알려 주고 받아들일 수 있도록 돕는 것이 좋을 것 같다.

황지수 아이가 몰랐다면 급하게 알릴 필요는 없다고 생각한다. 상황을 지켜보며 아이가 충격을 최소한으로 받을 수 있도록 어떻게 말해야 할지를 준비하고 적당한 시기를 기다리는 것이 좋을 수도 있다. 우리는 급작스러운 사고로 새벽에 전화를 받게 되어 아이들과 내가 동시에 알게 되었다.

한지현 바로 말해 주는 것이 좋다. 만나고 헤어지는 것은 살면서 당연히 겪게 되는 일이다. 부모의 죽음을 어린 나이에 경험한다고 해서 꼭 나쁜 것은 아니다. 사별 당시부터 같이 애도하고 자연스럽게 받아들이게 하는 것이 더 좋다고 생각한다.

정서윤 진실을 알려 주는 것은 빠를수록 좋다고 생각한다. 시간이 지나면 더 설명하기가 어려워진다. 사별자 자신도 아이와 함께 슬퍼하고 서로를 위로하며 고인을 충분히 애도하는 시간이 필요하다.

Q12) 자녀가 어린 경우, 어떤 방식으로 죽음에 대해 설명해 주셨나요?

이민준 똑같이 태어나 똑같이 죽는 것이 아니라는 것을 여러 상황의 예를 들어가며 설명해 주었고, 엄마가 먼저 하늘나라로 돌아가게 되었다고 말해 주었다.

황지수 너무 빨리 갑작스러운 이별이지만 사람은 누구나 한 번은 죽는 것이니, 우리가 말할 수 없이 슬퍼도 받아들이자고 말했다. 아

나는 사별하였다

빠와 같이 살 수는 없지만 아빠가 살아 있을 때처럼 우리를 늘 지켜 줄 거고 보고 계실 거라고, 우리가 평소처럼 잘 사는 모습을 아빠가 보셔야 아빠도 행복하실 것 같다고 말해 주었다.

전유진 나와 아이들은 기독교인이라 '아빠가 천국에 갔다고, 하나님 곁에 있다'고 설명했다. 만약 종교가 없다면 '볼 수도 만질 수도 만날 수도 없지만 공기처럼 우리 곁에 있는 것'이라고 설명해 줄 것 같다.

정서윤 나의 자녀들(16살, 13살)은 아주 어리진 않았지만, 만약 더 어렸다면, 아이가 죽음을 두렵게 인식하지 않도록 설명해 주고 싶다. '누구나 한 번은 죽음을 맞이한다. 지금 우리와 같이 생활하지 못하고 우리 눈에 보이지도 않지만, 우리 마음과 기억 속에 아빠가 있으니 네가 아빠를 기억하는 한 살아 계시는 거야'라고 설명해 줄 듯하다.

Q13) 사별한 부모의 빈자리를 채워 주기 위해 어떤 노력을 하고 계시나요?

박채원 나부터도 남편의 부재를 의식하지 않는 편이고, 아이들에게 필요한 멘토링과 돌봄을 받을 수 있는 교회와 학교를 선택해 보냈다. 아이들이 용납할 수 없는 모습을 보일 때는 엄하게 체벌했고 많은 대화를 나누며 아빠가 있는 아이들이 받았을 법한 훈육과 기회

317

를 제공해 주기 위해 노력했다.

황지수 아이들이 어려서는 많은 것을 경험하고 느낄 수 있게 해 주려고 노력했다. 고등학생이 된 후엔 성인이 되어서 경제적인 도움을 줄 수 있도록 준비하고 있다. 그리고 타인이 나를 측은하게 바라보는 시선이 싫어서 아이들은 그런 시선을 받지 않게 하려고 노력했다. 주변 사람들에게도 아이들에게 아빠가 없다고 부담을 주거나 측은히 여기는 언행을 삼가해 달라고 직접 말했다. 언젠가 친척 어르신이 아이들에게 엄마 생각해서 공부 잘하고, 엄마 말 잘 듣고, 어쩌고 하시는데 "애들한테 그런 말 하지 마시라"고 내가 대놓고 말했다.

윤지은 특별히 아빠의 빈자리를 채워 주겠다는 생각은 없었고, 평소처럼 되도록 많은 시간을 아이와 함께 보내며 사소한 일상을 같이 하고 있다. "많이 사랑한다. 네가 최고다." 등 많이 칭찬해 주고 안아주며 스킨십을 많이 해 주는데 그게 나에게도 힘과 위로를 준다.

문현진 아이들에게 신앙을 유산으로 물려주기 위해 종교생활을 열심히 했다. 또 가장으로서 생활비, 학원비 등 자녀들과 부족하지 않게 살기 위해 최선을 다해 직장생활을 하고 있다. 사별 후 4년 동안 1년에 1회 이상 친정 식구들과 가족여행을 함께 다녔고, 아들이 고2 때부터는 학업 때문에 여행 대신 전체 가족들과 외식을 한 것 같다. 아빠의 기일과 명절에는 여행하듯 즐겁게 음악을 들으며, 아빠를 만난다는 생각으로 납골당을 찾아갔고 아빠를 만난 후에는 항상 맛있는 음식을 먹었다.

한지현 친인척들과 자주 만나게 하였다. 사실 아이는 싫어했지만 친인척 어른들을 통해 많은 것을 배우게 하고 싶었다. 또 아이가 하고 싶어 하는 것은 최선을 다해 해 주려고 했지만, 할 수 없는 것은 과감히 포기했다. 아이가 원하는 대로 다 해 주려고 생각하면 나에게 너무 스트레스가 되기 때문에 안 되는 것은 일찍 포기하고 해 줄 수 없다고 말했다.

홍지우 아이들에게 이야기를 많이 해 주었다. 중요한 문제에 대한 의사결정은 내가 대담하게 내렸지만 그 의사결정을 내린 이유에 대해서는 자세히 말해 주었다. 내가 아이들을 믿고 신뢰한다는 것을 항상 주지시켜 주었고, 아이들도 내 믿음에 어긋나게 살지 않았다. 그리고 아이들에게 성실하고 부지런한 모범이 되는 엄마의 모습을 보여 주려고 노력했다.

김현우 지금은 내가 재혼을 해서 엄마의 빈자리를 채워 줄 수 있지만, 처음에는 어차피 내가 채워 줄 수 없음을 인정하고, 그냥 아이들이 엄마의 부재를 인정하고 받아들이게 하려고 했다.

사별 후 이성교제와 재혼에 관한 조언

Q14) 교제하는 사람이 생겼을 때 아이들의 반응은 어떠했나요?

황지수 의외로 자연스러웠고 거부감은 없었지만, 같이 사는 것은 싫다고 했다.

신도현 교제하는 사람이 생겼을 때 아이들의 반응은 물어보지 않았다. 아이들은 친구를 사귀는 데 부모님의 반응을 물어보지 않는다.

정서윤 특별히 표현하지는 않았지만, 서로 내색하지도 않았던 것 같다.

배정훈 자녀들이 20대 성인이어서 올 게 왔다는 반응과 격렬한 반대가 있었다.

송은주 딸이 무척 좋아했다. 아마도 홀로 된 엄마에 대한 미안함과 외동이라서 혼자된 엄마에 대한 책임감과 부담감이 있었던 것 같다.

Q15) 사별 후 재혼에 가장 큰 장애는 무엇이라고 생각하나요?

김현우 재혼은 서로의 아이를 자녀로 품어야 하고 자녀도 상대방을 부모로 받아들여야 하니 재혼을 결심할 때 자녀가 있는 것이 가장 큰 고민이자 장애인 것 같다.

나는 사별하였다

조서연 상대방의 아이들이 나를 엄마로 잘 받아들일지, 내가 아이들을 잘 키울 수 있을지가 제일 큰 걱정이었다.

황지수 재혼을 할 경우 혹시 내 자녀가 받을 수도 있는 불이익이나 상처에 대한 염려와 상대편 자녀를 내 자녀와 같은 마음으로 돌볼 자신이 없었다. 그리고 재혼하면 내가 감수해야 할 손해와 어려움에 대한 염려가 있었다.

신도현 사별 후 재혼에 가장 큰 장애는 자녀들에게 허락을 받는 일이라고 생각한다.

정서윤 아이들이 될 수도 있고, 본인의 부모님이 될 수도 있고, 경제적 문제(산재보상을 받거나, 유족연금을 받고 있다면 재혼과 동시에 그 보상을 받을 수 없음)가 될 수도 있다.

송은주 자녀가 성인인 경우는 서류상 복잡해지는 관계도 장애가 될 수 있다.

Q16) 자주 발생하는 갈등은 어떤 것이 있고 그 문제는 어떻게 해결하십니까?

김현우 아이들 교육이다. 되도록 아내의 의견을 최대한 존중하고 서로 의견을 충분히 나누려고 한다. 앞으로도 살면서 여러 가지 문제를 겪게 되고 그때마다 서로 맞춰 가며 함께 극복해야 할 것들이 많이 있겠지만 서로를 사랑하고 존중하면 잘 극복할 수 있을 것이라고 생각한다.

조서연 아이들을 양육하면서 힘든 부분들이 있을 때마다 모든 것을 배우자와 상의하고 늘 대화를 많이 하려고 한다. 솔직히 자녀가 없는 내가 재혼을 통해 처음 엄마가 된 것이라 엄마로서 경험도 부족하고 힘든 점도 많다. 사회적 편견인 '계모'라는 인식도 무시할 수 없다. 또한 사소한 갈등이 생길 때, 올바른 기준을 가지고 양육해야 하는 부분과 가족 모든 구성원의 깊은 이해와 대화로 끝까지 지치지 않고 포기하지 않는 꾸준한 사랑의 힘이 필요하다 생각하며 갈등을 해결하려고 노력한다.

배정훈 자녀문제로 인한 갈등, 오랜 시간 굳어진 각자의 생활습관, 가치관, 성격 차이로 인한 갈등 기타 등등 다양하고 많은 문제가 있는 것 같다. 사랑과 배려를 바탕으로 한 인내와 설득, 양보, 대화로 해결해 나가야 할 것 같다.

신도현 잘은 모르겠지만 갈등의 시작은 본인이 기대하고 있는 것이나 지금까지 익숙한 것에 대해 상대의 반응이 기대에 미치지 못해서 발생하는 것 같다. 서로에게 더 익숙해지도록 더 알아 가려고 노력하는 것이 필요할 것이다.

정서윤 대화와 양보, 적절한 갈등의 타협점을 찾고 배려하고 무엇보다 마음에 담아 두지 말고 많은 대화를 해야 한다고 생각한다. 두번째 다시 주어진 삶이라고 생각하면 한 번의 상실이 더 큰 인내를

나는 사별하였다

만들어 줄 것이다.

송은주 우리 커플은 동반자 같은 친구 사이로 서로를 위로하며 살아가기는 하지만 아직 재혼을 하여 합가를 하지는 않았다. 한 공간에서 살지 않으니 일상을 도란도란 대면하고 주고받으며 바로바로 위로해 주고 격려해 주는 피드백을 받을 수 없는 점이 있는데 그런 것이 많이 아쉽다.

Q17) 재혼을 고민하는 사별자들에게 해 주고 싶은 조언이 있으신가요?

김현우 두 사람의 사랑이 가장 중요하다. 그리고 서로 너무 구속하지 않았으면 한다. 서로가 사랑으로 임한다면, 어떠한 장애물도 헤쳐 나갈 수 있을 것이다. 지인 중에 두 사별 가정이 합쳐서 아이가 넷이 된 가정이 있는데, 말 못 할 어려움도 있겠지만 알콩달콩 잘 살고 있다.

조서연 아이들이 어느 정도 성장한 후에 재혼하는 것이 나을 것 같다는 생각이 든다. 하지만 그 또한 장단점은 있을 것이다.

황지수 재혼을 꼭 원하고 가정을 꾸리고 싶다면 모든 것을 다 따지지 말고, 자신이 가장 중요하게 생각하는 몇 가지가 충족된다면 용기를 내보길 권한다. 100% 만족스러운 만남은 없고, 사별 후 재혼은 특히 더 어렵다.

신도현 아직 재혼을 하지 않아서 잘 모르겠지만 재혼은 우선 서로의 개인적 아픔을 이해해 줄 수 있는 사람이어야 하지 않을까 싶다. 자녀에게는 돌아가신 친부모가 따로 있었기 때문에 재혼해서 상대방의 자녀들이 부모로 받아들이지 못한다 해도 (재혼 후 엄마나 아빠로 불러주지 않을지라도) 서운해하지 말아야 한다고 생각한다.

정서윤 재혼을 고민하는 이유가 해결 가능한 것인지 냉철하게 생각해 봐야 한다. 해결 가능하다면 서로 노력해 보고, 해결이 불가능하다면 대체 방안을 모색하거나, 자신의 행복을 위해 무엇이 중심이며 가장 중요한 것이 무엇인지 생각해 본 뒤 그에 맞는 결정을 하는 게 좋다. 자신의 행복한 인생을 위해 스스로 최선을 다하길 바란다.

송은주 나이가 60대에 들어서고 보니 인생이 참 짧다는 생각을 하게 된다. 시간을 그냥 흘려보내지 말고 행복한 미래를 위해 적극적으로 살아가길 바란다. 길지 않은 인생이다.

나는 사별하였다

6장
사별자들이 자주 하는 질문과 답변

상속에 관해 기본적으로 알고 있어야 할 것들

　상속이란 피상속인이 사망함에 따라 법률로 규정된 상속인 또는 유언에 따라 그와 같은 지위에 있게 된 자에게 피상속인의 채권, 채무가 포괄적으로 승계되는 것을 말합니다. 상속은 고인이 사망한 때부터 개시되는 것으로 간주되며 이를 안 날로부터 3개월 이내에 유산상속에 관한 결정을 내려야 합니다.

　상속의 1순위는 배우자와 고인의 자녀, 2순위는 배우자와 고인의 부모입니다. 고인의 배우자는 1순위와 2순위의 상속인이 있는 경우 공동상속인이 되고, 다른 공동상속인보다 50% 더 많은 유산을 받게 됩니다. 예를 들어, 자녀가 2명이 있는 상황에서 남편이 사망한 경우, 남편의 재산은 배우자가 1.5, 자녀 2명이 각각 1의 비율로 나눠 가지게 됩니다. (1순위자가 있는 경우 2순위자인 고인의 부모는 상속권한이 전혀 없습니다.) 자녀 없이 남편이 사망한 경우는 상속 1순위자가 없기 때문에 2순위인 남편의 부모와 재산을 나눠 가지게 되며 그 비율은 역시 배우자 1.5, 부모는 각각 1이 됩니다. 이 경우 만약 7억 원의 아파트를 부부 공동소유로 가지고 있었다면 사망한 고인의 지분 50%인 3.5억 원을 1.5:1:1의 비율로 나눠 가져야 하므로 배우자가 1.5억 원, 고인의 부모가 통합 2억 원을 가져가게 됩니다. 배우자의 단독상속은 다른 1순위와 2순위 공동상속인이 모두 없는 경우(고인의 부모가 모두 사망하고 자녀는 없음)에만 가능합니다.

미성년 자녀와 공동상속인 경우, 상속재산을 법정지분 그대로 상속하고자 한다면 아무런 문제가 없지만, 그렇지 않고 미성년 자녀에게 불리하게 지분을 변경한다면 특별대리인 선임청구를 해야 합니다. 예를 들어 집이나 자동차 등의 상속은 본인 단독명의로 하는 것을 선호하겠지만, 이는 미성년 자녀의 재산권 침해에 해당될 수 있으므로 특별대리인 선임청구를 하고 진행해야 합니다. 일반적으로 아버지가 신청하는 특별대리인은 이해관계가 없는 어머니 쪽 친족으로, 어머니가 신청하는 특별대리인은 이해관계가 없는 아버지의 친족으로 선임하고 있습니다. 특별대리인선임청구는 가정법원에 하면 되는데, 가정법원은 특별대리인이 선임되어야 하는 상황인지 그리고 특별대리인이 적합한지를 심사합니다.

만약 고인으로부터 상속 받을 수 있는 재산보다 빚이 더 많다고 생각되면 상속포기를 고려할 수 있겠지만, 보통의 경우는 상속 포기보다 한정승인을 선택하여야 향후 복잡한 문제를 피할 수 있습니다. (미성년자는 상속포기나 한정승인을 하는 경우에 특별대리인을 선임하여 청구하여야 합니다.) 피상속인의 순 채무가 더 많은 상태에서 상속포기를 하는 것은 단순히 상속을 받지 않겠다는 의미보다는 이 상속권을 후순위자에게 넘기겠다는 의미가 됩니다. 이렇게 되면 연쇄적으로 모든 후순위자(4촌 이내의 방계 혈족까지)가 다 상속포기를 해야만 빚을 상속 받는 문제가 해결될 수 있습니다.

반면 한정승인은 상속 받은 재산 한도 내에서 고인의 빚을 갚는 것을 의미하는데, 이렇게 하면 후순위자는 고인의 빚과 아무런 상관이 없게 됩니다. (하지만 각자가 처한 상황이 다르고, 사안에 따라서는 상속자 중 일부는 상속포기, 일부는 한정승인을 받는 것이 가장 유리할 수도 있으므로 자세한 것은 법무사와 상담해 보는 것이 좋습니다.) 한정상속을 받으려면 우선 법원에 여러 가지 관련 서류와 신청서를 제출하여 법원의 한정승인 판결을 받아야 합니다. 이후 신문공고를 통해 채권자들에게 고인의 채무를 변제하겠다는 의사를 밝히고 채권자를 확정하고 남은 재산을 청산해야 합니다.

나는 사별하였다

상속신고

상속세 납부의무가 있는 상속인은 고인의 사망일이 속하는 달의 말일로부터 6개월 이내 상속세 신고를 하여야 합니다. 상속세 면제 한도는 일반적인 경우 일괄공제 5억, 배우자 공제 5억으로 총 상속 자산이 10억을 초과하지 않으면 사실상 세금을 내지 않습니다. 하지만 주택 같은 경우는 상속세가 없는 경우에도 취득세가 발생하기 때문에 세금이 전혀 없는 것은 아닙니다. 상속액이 10억을 넘지 않아 납부할 상속세가 없는 경우라면 신고를 하지 않아도 특별한 불이익은 없습니다. 하지만 사전증여재산도 상속세 부과 시 포함되고 주택 같은 경우 차후 양도세 문제가 발생할 수 있으므로 납부할 세금이 없어도 상속세 신고는 하는 것이 더 좋습니다. 신고처는 주소지 관할 세무서이며 준비서류는 가족관계증명서, 주민등록증, 사망진단서, 상속재산분할협의서 등이 있습니다. 국세청 홈페이지(nts.go.kr) [성실신고지원메뉴 ⇨ 상속세] 서비스로 들어가면 자세한 설명이 나와 있습니다.

사망신고와 금융자산조회 방법

사망신고

　사망신고는 사망 사실을 안 날로부터 1개월 이내 이루어져야 하며 신고가 늦어지면 5만 원 이하의 과태료가 부과됩니다. 신고처는 사망자 주소지 주민자치센터, 또는 구청입니다. (구청은 지역에 상관없이 사망신고가 가능합니다.) 준비서류는 사망진단서 또는 시체검안서, 신분증(신고인/고인), 사망자와의 가족관계증명서, 사망신고서(주민자치센터/구청에 비치)입니다.

사망자의 상속 재산조회 방법

　(1) 안심상속 원스톱서비스

　안심상속 원스톱서비스는 상속의 권한이 있는 자가 사망자의 재산조회를 통합 신청할 수 있게 하여 고인의 자산과, 채무, 세금 등을 쉽게 확인할 수 있도록 해 주는 서비스입니다. (고인의 사망신고 시 같이 신청하는 것이 편리하며 고인이 사망한 달의 말일을 기준으로 6개월 이내에만 신청이 가능합니다.)

　신청은 (사망신고 후) 온라인으로 정부24 홈페이지(www.gov.kr)에서 할 수도 있고 가까운 주민자치센터를 직접 방문하여 할 수도 있습니다. 이 서비스를 신청하면 접수증과 접수번호를 받게 되는데 이 접

수번호를 이용하여 금융감독원(www.fss.or.kr) 상속인금융거래조회서
비스를 이용할 수 있습니다. 접수 후 조회까지는 해당 사안과 기관
에 따라 약 7일~20일 정도가 소요됩니다.

이 서비스를 통해 확인할 수 있는 재산조회 종류는 지방세정보(체
납액 고지세액 환급액), 자동차정보(소유내역), 토지정보(소유내역), 국세정
보(체납액 고지세액 환급액), 금융거래정보(은행, 보험 등), 국민연금정보(가
입 및 대여금 채무 유무), 공무원연금정보(가입 및 대여금 채무 유무), 사학연
금정보(가입 및 대여금 채무 유무), 군인연금 가입 유무, 건설근로자 퇴직
공제금정보, 건축물정보(소유내역) 등입니다.

(2) 금융감독원 상속인 금융거래 조회 서비스

상속인 금융거래 조회 서비스는 상속인이 고인의 금융재산 및 채
무를 확인하기 위해 여러 금융회사를 일일이 방문해야 하는 번거로
움을 줄여 주기 위해 금융감독원(www.fss.or.kr)이 제공해 주는 일괄
조회 서비스입니다.

이 서비스는 안심상속 원스톱서비스를 신청하였다면 이미 신청된
것이므로 따로 신청할 필요가 없습니다. 하지만 별도로 신청을 해야
하는 경우라면, 사망자 기본증명서와 사망진단서 등 관련 서류를 구
비해 금융감독원이나 시중은행, 일부 보험사에 직접 내방해 신청하
면 됩니다.

결과는 금융감독원 홈페이지(민원·신고 ⇨ 상속인 조회)를 통해 일괄 조회할 수 있는데, 은행에 저축된 돈은 은행별로 구체적인 금액을 확인할 수 있지만 보험 등은 가입 여부만 확인이 됩니다. (이 조회 결과를 보고 해당 은행이나 보험사 등에 관련 서류를 직접 제출하고 고인의 금융자산을 찾을 수 있습니다.)

유족연금(국민연금 & 공무원연금)

모든 연금은 가입자가 연금을 다 받지 못한 상태로 사망한 경우 상속이 됩니다. 개인연금을 포함하여, 국민연금, 공무원연금 등 모든 일반적인 연금 상품은 금감원(fss.or.kr)의 '상속인 금융거래 조회 서비스'를 통해 가입 여부를 확인할 수 있으니 꼭 확인해 보시기 바랍니다. 사기업의 개인연금은 상품 약관에 따라 연금수령 조건이 각기 다를 수 있기 때문에 따로 설명하지 않겠습니다. 이에 관한 절차나 방법 등은 해당 기업에 직접 문의하는 것이 가장 정확합니다.

국민연금

국민연금의 유족연금은 상속인의 나이와 소득, 자녀 유무에 따라 다르게 지급됩니다. 관련 규정에 의하면 상속 순위는 배우자가 1순위, 자녀 2순위, 부모 3순위로, 최우선 순위자가 연금을 단독으로 받

나는 사별하였다

게 됩니다. 따라서 자녀의 유무와 상관없이 유족연금은 모두 배우자가 받게 됩니다.

배우자가 유족연금을 받을 경우, 가입자 사망 후 3년 동안은 무조건 받을 수 있지만 이후에는 조건에 따라 달라집니다. 유족연금을 계속 받을 수 있는 조건은 상속 받는 배우자의 소득이 기준 금액보다 적거나, 자녀가 25세 미만이거나, 또는 자녀가 장애등급 2급 이상인 경우 등입니다. 3년 후 해당 조건이 하나도 없다면 유족연금은 정해진 나이가 될 때까지 지급 정지됩니다. (이 연령은 출생연도에 따라 달라지며 1969년생 이후인 경우 60세까지 지급 정지됩니다.)

연금수준은 고인의 국민연금 가입 기간에 따라 기본 연금액의 40~60%에 부양가족 연금액을 더해서 결정됩니다. 따라서 자녀가 많으면 연금액도 비례해서 조금 더 늘어나게 됩니다. 상속권자인 배우자가 재혼을 하게 되는 경우에는 유족연금이 영구 중단되며 사망을 하게 되면 다음 순위자(25세 미만 또는 장애등급 2등급 이상 자녀)에게 승계됩니다. 더 자세한 내용은 국민연금관리공단 홈페이지(nps.or.kr) 또는 국민연금콜센터(1355)를 통해 확인해 보시기 바랍니다.

공무원연금

공무원연금의 유족연금 제도는 국민연금과는 많이 다릅니다. 공무원연금에서 유족연금을 받을 유족의 순위는 민법상 상속 순위와 같기 때문에 1순위는 자녀, 2순위는 고인의 부모이며 배우자는 공동상속인이 됩니다. (자녀는 만 19세 미만인 경우, 또는 19세 이상이자만 1~7급의 장애가 있는 경우에만 유족연금이 지급됩니다.) 따라서 배우자는 그 자녀가 19세 미만이거나 장애가 있으면 자녀와 공동상속인이 되고, 자녀가 없거나 19세 이상인 경우는 2순위자인 고인의 부모와 공동상속을 하게 됩니다. (공무원 유족연금은 공동상속인이 동일한 비율로 1/n 등분해서 받게 됩니다.)

공무원 유족연금은 10년 이상 재직한 공무원이 재직 중에 사망하거나 퇴직연금을 수급하다가 사망한 경우에 받을 수 있으며, 그 유족은 고인이 받아야 할 연금의 60%를 받게 됩니다. 고인이 재직 중 사망한 경우에는 유족연금을 일시불로 받을 수도 있고 소득과 상관없이 매달 죽을 때까지 연금으로 받을 수도 있습니다. 하지만 고인이 퇴직연금 수령 중에 사망한 경우는 연금으로만 받을 수 있습니다. (고인이 순직 공무원인 경우에는 별도의 규정이 있으니 따로 확인해 보시기 바랍니다.) 재혼을 하게 되면 유족연금을 받을 수 없게 되므로 재혼할 생각이 있고 일시불 수령이 가능한 경우에는 일시불 수령을 선택하는 것이 좋습니다. 더 자세한 사항은 공무원연금관리공단 홈페이지(geps.or.kr)를 참조하거나 공무원연금콜센터(1588-4321)로 문의하시기 바랍니다.

자동차 상속이전

자동차등록령 제26조에 의하면 자동차 소유자가 사망하면 상속인은 반드시 상속이전 또는 상속포기 등의 절차를 이행해야 합니다. 상속이전 등록은 차량소유자가 사망한 달 말일로부터 6개월 이내에 해야 하며, 상속 폐차인 경우는 사망한 날로부터 3개월 이내에 신고해야 합니다. 상속이전 등록을 지연할 경우 10일 이내는 10만원, 11일째부터 하루에 1만원씩 추가되어 최고 50만원의 범칙금이 부과됩니다.

자동차 상속이전에 관한 업무는 관할 시, 군, 구청의 교통(행정)과 또는 차량등록사업소에서 담당하고 있습니다. 아래와 같은 필요 서류를 해당 기관에 제출하면 신청 당일 바로 처리되며 수입인지, 공채, 취득세 등의 비용이 발생합니다. (구체적 비용은 시, 군, 구청에서 확인 바랍니다)

필요한 서류

- 사망자 기본증명서 (상세)
- 사망자 가족관계증명서 (상세)
- (공동 상속인 경우) 자동차 상속포기서 (다른 상속인 및 본인 도장 필요)
- 다른 상속인의 신분증(주민등록증, 운전면허증, 또는 여권) 사본

- 상속자 명의의 자동차 책임보험 가입증명서 (본인 명의로 미리 자동차 보험을 가입하고 상속 이전 신청을 해야 합니다)
- 자동차 이전등록신청서 (양수인과 양도인 인적사항, 자동차등록번호, 주행거리를 기재해야 합니다)

이 서류는 시, 군, 구청 홈페이지에서 다운받을 수 있습니다.

상속인이 여러 명이지만 상속인 중 1인이 대표 상속을 할 경우는 다른 상속인의 상속포기서(상속협의서)와 신분증(주민등록증, 운전면허증, 또는 여권) 사본이 필요합니다. 상속포기자가 미성년자인 경우는 상속자와의 관계를 증명할 수 있는 가족관계증명서 및 기본증명서를 첨부합니다. (원칙적으로 미성년자인 아이들은 각각 특별대리인을 선임하고 명의변경을 추진해야 하지만 특별대리인 없이 처리해 주는 곳도 있다고 하니 사전에 전화로 미리 확인해 보시기 바랍니다.)

차량번호는 변경을 해서 이전을 할 수도 있고, 사용하던 번호를 그대로 사용할 수도 있습니다. 그리고 만약 납부하지 않은 세금, 과태료 등이 남아 있으면 차량등록이 불가능할 수 있습니다.

나는 사별하였다

한부모가정에 대한 국가지원

우리나라는 저소득 한부모가정을 돕기 위한 양육지원, 법률지원, 자립지원, 자녀교육비지원, 주거지원 등 다양한 형태의 지원 제도를 운용하고 있습니다. 도움이 필요하신 분은 거주지역 주민센터를 방문하시거나 복지로 온라인 신청(online.bokjiro.go.kr) 사이트를 이용하여 한부모가족지원 복지서비스를 신청할 수 있습니다. (지원 자격에 대한 구체적인 정보는 홈페이지에서 확인할 수 있습니다. http://online.bokjiro.go.kr/apl/info/aplOpfView.do)

-한부모 상담 전화(여성가족부): ☎ 1644-6621

보건복지부에서 운영하는 복지로(www.bokjiro.go.kr) 사이트는 정부 중앙부처에서 제공하는 모든 복지 서비스를 한곳에서 편리하게 찾아볼 수 있는 곳입니다. 홈페이지에서 [복지서비스 ⇨ 한눈에 보는 복지정보 ⇨ 한부모]를 선택하면 저소득층 한부모가정에 지원되는 모든 종류의 복지 서비스를 확인할 수 있고 온라인으로 바로 신청도 가능합니다.

(복지로 한눈에 보는 복지정보:www.bokjiro.go.kr/welInfo/retrieveWelInfoBoxList.do)

시, 군, 구 단위에서도 별도로 한부모가정을 위한 소규모 지원을 하고 있는데, 이 서비스는 여성가족부 홈페이지 한부모가족 (www.

mogef.go.kr/singleparent/main.do) 섹션에서 확인할 수 있습니다. (지역별추가지원 메뉴에 들어가서 시, 군, 구 단위에서 지원되는 사업을 참조하시기 바랍니다.)

이외에도 한부모가정을 위한 서비스는 아니지만 돌봄이 필요한 초등학생 아동(만6세~12세)이 있다면 소득 수준과 무관하게 다함께 돌봄 서비스를 신청할 수 있습니다. 돌봄 서비스는 센터별로 이용 대상, 운영 시간 등이 다양하므로 자세한 사항은 인근 센터로 문의하셔야 합니다.

–다함께 돌봄서비스(https://dadol.or.kr) 홈페이지 참조

또한 소득이 적어 생활이 어려운 자영업자나 근로자 가구는 근로장려금과 자녀장려금을 지원 받을 수 있습니다. 자세한 자격 요건과 지원 내용은 국세청 홈페이지(hometax.go.kr)에서 [신청/제출 ⇨ 근로장려금·자녀장려금신청] 코너를 통해 확인할 수 있습니다. 지급 신청은 관할 세무서 방문이나 국세청 홈페이지, 전화 등을 통해 할 수 있습니다. (문의 전화: 국세청 ☎1544-9944)

도움을 받을 수 있는 기관과 모임

민원서류 온라인 발급과 출력

- 정부 24(www.gov.kr)

나는 사별하였다

주민등록등본/초본 무료 발급

• 대법원 전자가족관계등록시스템(efamily.scourt.go.kr)
기본증명서, 가족관계증명서, 혼인관계증명서 발급

• 금융감독원(www.fss.or.kr)
상속인 조회 서비스 (고인의 금융거래 자료 조회)
금융감독원 콜센터: 1332

복지 도움 사이트

• 복지로(www.bokjiro.go.kr)
-정부가 제공하는 모든 복지 정보 제공 (지원 종류와 지원 방법까지)
-한부모가정, 저소득층 지원 정책 참조

• 대한법률구조공단(www.klac.or.kr)
-상속, 재산 분쟁, 산재 및 의료 사고 등에 대한 무료 상담을 받을
수 있음. (상담 예약: 132)

• 자살 유가족을 위한 심리상담과 자조모임
문의: 중앙자살예방센터 (02-2203-0053)

홈페이지: 어떻게들 살고 계십니까?(howau.co.kr/bereaved)

• 서울특별시 한부모가정지원센터(www.seoulhanbumo.or.kr)
한부모가정을 위한 자립/학습/주거 지원 등의 서비스 제공
상담전화: 02-861-3020

• (사)한국여성인력개발센터연합(www.vocation.or.kr)
-여성의 경제적 자립을 돕기 위한 교육지원과 취업지원 센터
-각 지역 센터에서 국비지원 포함 취업 교육 프로그램 운영

저자와 함께 하는 네이버 사별카페

• 별이 된 그대(https://cafe.naver.com/brownyohpk)

기독교 사별자 모임

• 야베스맘 (온누리교회 사별자 모임)
-사별을 경험한 여성 누구나 참여 가능 (비등록교인도 가능)
-문의: 온누리교회 서빙고 성전(02-793-9686)
-온누리교회 홈페이지(www.onnuri.org)에서 사별자 모임 참조

• 다비다자매회(하나님을 믿는 홀로된 여성들의 모임)

- 사별이나 이혼 등으로 홀로 된 여성들을 돕기 위한 기독교 신앙 커뮤니티
- 정기모임, 치유와 회복 사역, 자녀 지원, 위로와 돌봄 사역 등
- 다비다자매회 홈페이지(dabidasisters.com) 참조

편집후기

《나는 사별하였다》 역시 책을 덮고 나면 각자 다음 장면을 쓰기 시작할 것이다. 그래서 이 책을 읽는 것은 가혹하지 않으며 어리석지도 않으며 결코 불편하지 않다. 그래서 이 책은 아프기도 하지만 그보다는 고마운 책이다. 우리에게 자신의 사랑, 그 서사를 다시 쓰게 할 것이기 때문에.

김민웅

다시 쓰는 사랑의 서사

넘을 수 없는 게 죽음이다. 그러니 "죽음을 넘어"라는 말이 가당키나 할까? 그런데 그것을 해내는 이들이 있다. 그것도 자신을 넘어 남들을 위해서.

이들은 사랑하는 배우자가 세상을 떠난 후 겪는 충격과 고독 그리고 고통의 삶을 끌어안고 그 힘겨운 내면 풍경을 우리에게 드러낸다. 그런 이야기를 귀 기울여 듣는 것은 아무래도 고통스럽다. 그래서 슬며시 외면하는 것이 마음 편한 선택이다. 이들이 그걸 모를까?

폐허가 따로 없다

귀담아 들어주고 알아주는 이야기도 아닌 것을 세상에 내놓는 것은 어리석다. 그 어리석음을 모르지 않는 이들은 그동안 얼마나 외로웠을까?《나는 사별하였다》는 이 정직한 제목은 사실 가혹하면서 도발적이다. 책장을 넘기고 들춰보고 싶게 하지 않는다.

그 도발성은 죽음이라는 주제를 난데없이 평안한 일상에 끌어들이는 우격다짐처럼 여겨질 수 있기 때문이다.

바로 그것이다. 평안한 일상에 난데없이 습격해 들어온 배우자의 죽음. 그러자 지금까지 지탱해온 삶이 온통 구겨지고 허물어진다. 폐허가 따로 없다. 혼자 이 모든 폭풍을 견뎌내야 한다. 죽은 것은 배우자인데 온몸과 영혼이 산산조각이 나는 것은 그 자신이다.

시련은 언제나 혹독하다. 자비를 베풀지 않는다. 시간의 속도는 느려지고 그 시간 속에 잠겨가는 존재는 이전의 형체를 알아볼 수 없게 된다. 온 힘을 다시 끌어모아 일어나려 해도 마음은 끝없이 흩어지고 인생에 부는 바람은 그치지 않는다. 아침은 태양이 아니고 저녁은 고요가 아니다.

네 명의 사별자들은 이렇게 자신의 삶이 붕괴되는 것을 절절하게 겪는다. 지금까지 당연했던 것들이 하나도 당연하지 않으며, 계획했던 미래는 불투명한 안개의 강철같은 벽에 갇히고 만다. 그래서 하나씩 놓아버린다. 시간의 위로를 기다리기에는 이미 그 영혼이 지쳐 있고 육신은 제 것이 아니다. 그러다 퍼뜩 가슴에 날아드는 생각 하나가 이들을 살려내기 시작한다.

"배우자의 죽음을 부둥켜안고 마냥 슬픔에 잠겨 삶을 포기하거나 망쳐서는 안 된다. 우리는 먼저 간 배우자들이 그토록 살기 위해 몸부림쳤던 하루하루가 얼마나 귀한 시간임을 절감했고, 인생이 얼마나 무상하고 허망한 것인지도 체감했다. 우리는 상실의 고통과 시간을 통해 남들은 얻을 수 없는 또 다른 삶의 의미를 깨달았다"(37쪽).

온 세상에 자기만 가장 아프고 힘겨운 줄 알았다가 이들은 한걸음 더 내디딘다.

"우리가 누군가의 글을 통해 위로를 받은 것처럼 지금 어딘가에서 혼자 울고 있는 사별자에게 이 책이 조금이라도 위로가 될 수 있길 바랄 뿐이다"(38쪽).

죽음을 넘은 자리에 마련된 자리

하소연을 쏟아내려 한 것이 아니다. 슬픔의 강으로 우리를 데려가려는 것도 아니다. 이정숙, 권오균, 임규홍, 김민경. 이 네 분의 사별자들은 자기 삶의 테두리에 묶여 지내지 않게 되었다. 뜻하지 않은 여정이었으나 이들이 그렇게 밟아온 길이 뒤에 오는 이들에게 따뜻한 이정표가 되어주고 있다.

"나의 상실과 슬픔에만 집중해 있을 때 나의 슬픔과 고통은 거대해 보였다. 그러나 다른 이들의 상실과 아픔을 깊이 마주할수록 거

나는 사별하였다

대했던 나의 고통과 슬픔이 점점 작아진다. 나는 그들의 아픔을 깊이 마주하면서 위로를 받았고 내가 혼자 광야에 던져진 것이 아님을 알게 된다. 나는 그들을 통해 애통하는 가운데 광야를 건너는 법을 배우기 시작했다"(47~48쪽).

"애통하는 이여, 복이 있나니"라는 말씀이 다시 새겨진다. 이어지는 말씀은 무엇이었던가? "저들이 위로를 받을 것이니." 그런데 여기서 멈추지 않았다. 이들은 위로받는 이를 넘어 위로자가 되어가고 있었다. 죽음을 넘은 자리에 이들에게 마련된 자리다.

아프지만 고맙다

문득 돌아보니 당연한 것이 하나도 없었다는 것을 깨닫는다. 거기서 피어나는 것은 감사다. 인생사는 고난이 있을지라도 세어보면 축복 또한 적지 않다. 그걸 미처 알아보지 못하고 지나는 일이 얼마나 많은가? 그래서 후회스러움이 밀려온다.

"결혼생활을 할 때는 내가 훌륭한 남편이라고 생각했었는데, 네가 떠나고 나니 네게 잘해 준 것은 별로 기억이 나지 않고 못해 준 것만 자꾸 떠오른다. 하지만 이제는 그런 생각은 하지 않아. 나는 너로 인해 행복했고 너를 만났기에 내 삶은 의미가 있고 축복된 것이었어. 소중한 추억을 항상 기억하며 살고 싶구나"(131~132쪽).

생의 의미는 이렇게 복원되기 시작한다. 그리고 조각난 것들이 다시 하나의 그림으로 돌아온다. 치유와 회복이다.

과정이 쉬운 것은 아니다.

"상실의 슬픔은 하루아침에 무디어지지 않는다. 시간이 필요하다. 결국은 시간이 기억을 지우면서 천천히 슬픔을 지워 갈 것이다. 그러니 사별 초기라면 지금 슬픔에서 벗어나려고 너무 애쓰지 마라…. 나는 버리고 싶었고, 아이들은 어미의 흔적을 안고 싶어 했다. 나는 피하고 버리면서 잊으려 했고, 아이들은 품으면서 잊으려 했을 뿐이다. 세월이 더 지나 어머니를 잃은 슬픔과 그리움이 잦아들면 언젠가 본인들이 직접 처리할 것이다"(151, 154~155쪽).

사별자의 삶은 기력을 찾아간다. 그것이 사랑하는 배우자를 더는 슬프게 하지 않는 길이라는 것을 깨닫는다. 그리고는 꺼내기 어려운 이야기도 마침내 꺼낸다.

"사별 후 다시 누군가를 사랑하게 된다고 해서 인간적 도리에 어긋나는 것도 아니며 죽은 배우자의 사랑을 배신하는 것도 아니다. 그러니 다시 사랑하는 것은 두려워하거나 죄책감에 빠질 일이 아니다"(169쪽).

인간의 삶은 누구의 것이든 존중받아야 하며 그로써 다시 살아갈 길을 열어야 한다. 배우자의 죽음이 남은 이의 종착역이 아니다. 애도와 회복, 그 이후의 삶은 누구도 가늠할 수 없다. 그러나 고통의 사연을 하나 하나 내면화하면서 인간은 이전과는 다른 성숙한 인생의 지혜자가 된다.

"남편을 땅에 묻고 처음으로 친정의 현관문을 열고 들어서는 순간, 나는 큰 산과 같았던 아버지의 눈에서 눈물이 뚝뚝 떨어지는 것을 보았다. 평생 강한 분이신 줄 알았던 아버지는 남편을 잃은 딸로 인해 눈이 빨갛게 충혈되도록 우셨다"(188쪽).

나만 울고 있었던 것이 아니었다. 그 눈물 앞에서 사별자는 서서히 깨달아간다. "슬픔으로 인해 지금 내가 놓치고 있는 소중한 것이 무엇인지?"(202쪽)

상실했을 때 비로소 알게 되는 것들이 있다. 넘어져야 보이는 것이 있다. 보고 있다고, 알고 있다고 보는 것도 아니고 알고 있는 것도 아니다.

이들 사별자들의 고해성사는 아직 그 길에 들어서지 않는 이들에게 자신이 지금 누리고 있는 삶이 얼마나 놀라운 것인지를 깨닫게 한다. 사별자들이 고통으로 토로한 이야기 속에 자신을 새롭게 발견한다. 그리고 이들의 이야기에 감사를 하게 될 것이다.

고대 그리스는 희극과 비극을 발명해냈다. 비극은 언제나 죽음과 마주하는 시간이다. 신들의 농간과 인간의 어리석음이 하나가 되어 비극은 탄생한다. 그러나 그 비극을 넘는 길을 이들은 갈망했다. 카타

르시스는 그렇게 만들어진 언어다. 막은 비장하게 내리지만 극을 보고 흩어지는 관객의 마음속에는 그 다음 장면이 각기 이어질 것이다.

《나는 사별하였다》 역시 책을 덮고 나면 각자 다음 장면을 쓰기 시작할 것이다. 그래서 이 책을 읽는 것은 가혹하지 않으며 어리석지도 않으며 결코 불편하지 않다. 그래서 이 책은 아프기도 하지만 그보다는 고마운 책이다. 우리에게 자신의 사랑, 그 서사를 다시 쓰게 할 것이기 때문에.

김민웅 고교시절 시와 평론을 썼고, 대학에서 정치철학을, 미국으로 건너가 국제정치학과 신학을 비롯해 인문학과 사회과학 전반의 폭넓은 영역의 공부를 했다. 목회자, 언론인, 국제문제 전문가, 방송인으로 활동했다. 그는 오늘의 한국이 문명사적 전환의 대안적 주체가 되기 위해서 어떤 발상의 변화를 성취해야 하며, 어떤 실천적 사회운동을 벌여야 하는지 고민하고 있다. 학교 안팎의 다양한 현장에서 동화와 민담에 대한 새로운 접근과 해석을 중심으로 정치학, 철학, 문학의 융합적 교육에 힘을 쏟고 있다. 경희대 미래 문명원 교수를 지냈고, 최근에는 우리 사회의 정신사적 혁명을 위한 탐구에 진력하고 있다.

나는 사별하였다

한종호-꽃자리출판사 대표

저자들에게 고마움을 전하고 싶습니다

스물세 번째의 시도, 그렇게 해서 이 원고는 책으로 세상과 만났습니다. 사별, 그러니까 죽음에 대한 이야기를 마주하는 것은 결코 쉽지 않습니다. 배우자가 떠난 이들의 슬픔을 듣는 일은 괴롭습니다. 그러니 이 이야기를 담은 원고를 들고 여기 저기 문을 두드려보았지만 반기는 이가 별반 없는 것은 어쩌면 당연한 일인지도 모릅니다.

출판사 문은 열리지 않았다고 합니다. 스물두 번의 시도는 사별의 아픔에 더하여 좌절의 고통을 주었을 것입니다. 〈꽃자리〉는 이 원고들을 우연히 만나게 되었습니다. 그리고 빨려들 듯이 읽었습니다. 전문적으로 글을 써온 이들도 아닌데 이들이 토로하는 고통과 그 고통을 치유하고 일어나는 과정은 어느 글장이보다 더 깊게 가슴에 파고 들었습니다.

갑작스러운 상실과 충격, 혼자 남겨진 외로움과 감당해야 하는 현실의 삶. 방황할 수밖에 없고 비탄의 시간이 쉽게 멈추지 않았을 것입니다. 그렇지 않아도 코로나로 모두가 우울하게 지나는 세월에 이런 이야기를 귀기울여 듣는 것 자체도 힘겨움을 더할 수 있습니다. 그래서들 멈칫했을 것입니다. 그런 판단과 결정이 충분히 이해가는 일입니다.

하지만 그래서 더욱 절실했습니다. 초연결의 시대에 그 연결이 끊어지고 고립되고 만남 자체가 불안해진 시대에 우리는 살고 있습니다. 사별은 그런 고립감의 극단에 있는 경험이 됩니다. 그 지점에서 다시 사람들과 이어지고 위로하고 서로 격려하며 일으키는 마음이 만나야 우리는 살 수 있습니다. 이들 사별자의 경험과 지혜는 우리 시대 모두에게 일깨우는 바가 적지 않습니다.

잃어버리고 이어지지 못하는 삶을 어떻게 이겨내면서 다시 연결되는 "우리"가 될 것인가라는 문제의식이 여기에 녹아 있습니다. 당연히 배우자의 사별은 시간과 순서만 다를 뿐이지 우리 모두가 겪었거나 겪게 될 일입니다. 피할 수 없는 인생사의 사건입니다. 노년의 죽음이 당연한 듯하지만 그 역시도 충격이며 어쩌면 더 큰 상실감으로 남은 이는 예정보다 더 빨리 죽음에 이를 수도 있습니다.

그래서 우리는 사별자들의 고통이 남의 것이 될 수 없다는 자각을 하지 않을 수 없게 됩니다. 그건 경우와 상황만 다를 뿐이지 우리 모

나는 사별하였다

두의 이야기이기도 합니다.

이 책에 순서대로 실린 글의 주인공 이정숙, 권오균, 임규홍, 김민경의 사연은 각기 다릅니다. 그러나 이들 모두는 사별 이후의 삶에서 넘어지지 않고 일어섰습니다. 그리고 한걸음 더 내디디고 있습니다. 자기들만이 아니라 비슷한 처지에 놓이게 된 다른 이들을 위로하고 방황하지 않도록 안내자 역할을 하려는 것입니다. 참으로 고마운 일입니다.

이렇게 각자의 형편과 상황이 다른 이들이 하나의 마음으로 묶인 것은 참으로 소중합니다. 홀로 남겨져 이기기 어려운 고독과 싸우고 삶 자체의 무게로 무너지지 않고 "함께" 할 수 있는 일을 결국 찾아냈기 때문입니다. 물론 스물두 번의 좌절을 겪고야 비로소 책을 낼 수 있게 되긴 했으나 그 과정이 또한 이분들에게 사별자와 세상이 서로 대화하는 방식에 대해 깊게 생각할 수 있도록 만들어주었을 것입니다.

어쩌면 사별자들이 최초로 겪는 일은 바로 이 세상과의 대화가 단절되는 경험이었을 것입니다. "어떻게 자신의 고통을 남들이 이해할 수 있단 말인가? 어떻게 세상이 자신을 위로해줄 수 있단 말인가? 어떻게 자신의 처지를 아무렇지도 않게 그대로 내보일 수 있는가?" 이 모두가 다 고난도의 과제입니다. 그런데 이들은 자신의 마음을 세상에 내보이는 용기를 키워왔습니다. 그리고 이 용기가 다른 이들의 안내판이 되고 있습니다.

사실 우리 사회 또는 문화에서 죽음을 일상의 화제로 떠올리는 것은 대단히 어렵습니다. 그것은 두렵거나 불쾌해지거나 불편하던가 아니면 자신과는 관련이 없는 주제라고 여길 수 있기 때문입니다. 그렇지만 과연 그럴까요? 지금 누리고 있는 생명이 당연하다고 할 수 있을까요? 사별자들은 사별이 자신에게 어느날 갑자기 닥칠 일이라고 단 한 번이라도 생각해보았을까요?

그런 까닭에 이들의 증언과 고백 그리고 경험과 나름의 조언은 누구에게나 귀중하다 할 것입니다. 비극적인 일은 막상 겪으면 정신이 없게 되기 마련입니다. 그러나 이 책을 읽고 마음에 여러 상념과 준비가 되어 있다면 조금이라도 도움이 되지 않을까, 생각했습니다. 그런 점에서 이 책은 누구에게나 권하게 되는 책이라고 믿습니다.

서양의 경우, 사별자가 쓰거나 사별자를 위로하는 책들이 드물지 않습니다. 죽음과 관련된 문화적 차이가 있기 때문일 것입니다. 장례식의 풍속이 다른 까닭도 그렇게 보입니다. 우리도 요즈음은 서양식 장례 분위기로 가고 있습니다. 예전처럼 대성통곡을 하지 않습니다. 슬픔을 조용히 안으로 삭이는 분위기입니다. 그건 예전 같으면 장례 예법이 아니었습니다.

그러나 그렇기 때문에 더욱 슬픔은 밖으로 드러나 해소되지 못한 채 내면화되고 응어리지기도 합니다. 그건 충격 이후의 우울과 불안

나는 사별하였다

의 증세를 더 가중시킬 수 있습니다. 슬픔과 비탄을 내놓고 표현하지 못하니 속은 더욱 아프고 쓰리며 외로워집니다. 내색하지 않는 슬픔이란 언제나 비탄의 극단에 갈 준비를 하기 마련입니다. 장례가 끝나고 모두가 다 떠난 자리에서 사별자는 혼자 덩그렇게 남게 됩니다.

그리고 진짜 이야기는 이때부터 시작될 것입니다. 이 책은 바로 그 지점에서 풀어놓게 되는 속사정을 들려줍니다. 그리고 그걸 듣는 우리 자신이 이걸 말하는 이의 삶 속에 들어가 함께 아파하고 함께 슬퍼하며 함께 위로하고 함께 길을 찾아나서게 됩니다. 우리 인생의 시간에서 죽음은 언제인지는 모르지만 이미 예정되어 있습니다. 사랑하는 이와의 별리別離가 가져올 아픔은 상상하고 싶지 않으나 언젠가 닥칠 사건입니다. 그래서 이 책은 고맙습니다.

이미 겪은 이의 고통에서 위로의 길을 미리 발견한다는 것은 어쩌면 미안한 일이지만 그러나 결코 그렇지 않습니다. 사별자들은 그 "발견"이 곧 자신에게도 위로가 된다고 믿을 것입니다. 그렇게 우리는 서로 이어져서 서로 다독거리며 죽음의 강이 갈라놓은 인연의 무게를 새롭게 정리해낼 수 있을 것입니다.

스물세 번째의 시도는, 편집자로서는 감사이며 축복입니다. 낙담하고 좌절했다면 오지 않았을 기회였습니다. 그 기회를 열어준 저자들에게 고마움을 전하고 싶습니다. 그리고 이 책이 많은 이들에게 읽혀 우리 사회를 보다 건강하고 힘차게 만들 수 있으면 좋겠습니

다. 사별은 사랑의 종식이 아니라 확인이며 그 사랑으로 다시 살아
갈 길을 찾는 용기 있는 여정의 출발이 될 수 있기 때문입니다.

1.《모든 슬픔에는 끝이 있다》(로버타 템즈 지음, 정미현 옮김, 애플북스)

30년 간 200만 명을 치유한 위로의 심리학으로 사별의 슬픔을 위로해 주고 사별의 아픔을 잘 극복해 나가도록 도와주는 사별자 종합 가이드북과 같은 책이다. 많은 사별자들의 다양한 이야기를 토대로 사별 후 심리에 관한 연구 결과를 포함하고 있으며 책의 곳곳에 사별자들이 전하는 경험과 조언도 담고 있다.

2.《인생 수업》(엘리자베스 로스 퀴블러 지음, 류시화 옮김, 이레)

호스피스 운동의 선구자인 로스 퀴블러 박사가 임종이 임박한 수많은 사람들을 인터뷰하며 그들이 남긴 삶을 살아가는 지혜를 전해 주는 책이다. 이 책은 사랑, 관계, 상실, 두려움, 인내, 용서, 행복 등에 관해 죽음을 앞둔 사람들의 마지막 가르침을 우리에게 전하고 있다.

3. 《상실 수업》(엘리자베스 로스 퀴블러·데이비드 케슬러 지음, 김소향 옮김,
인빅투스)

사별자들을 위로하고 사별의 슬픔을 극복하도록 돕기 위한 책으
로 죽음을 받아들이고 상실과 함께 살아가는 방법을 가르쳐 준다.
이 책은 상실의 아픔을 체험한 이들이 겪는 슬픔과 고통을 구체적으
로 보여 주면서 어떻게 그 시간을 헤쳐 나갈 수 있는지에 대한 조언
을 담고 있다.

4. 《차마 울지 못한 당신을 위하여》(안 앙셀렝 슈창베르제 & 에블린 비손
죄프루아 지음, 허봉금 옮김, 민음인)

이별과 상실의 고통에서 벗어나 다시 살아가는 법을 배울 수 있
다. 프랑스의 저명한 심리학자인 저자가 실제 사례와 수십 년간의
연구를 통해 상실의 슬픔을 극복하고 다시 일상으로 되돌아가는 방
법에 대해 간결한 언어로 안내해 준다. 이 책에서 애도는 치유의 과
정이며 슬픔에 맞서 변화를 받아들이는 것이 애도의 상태를 벗어나
내적인 평화를 되찾는 방법이라고 조언하고 있다.

5. 《우리는 저마다의 속도로 슬픔을 통과한다》(브룩 노엘·패멀라 D.
블레어 지음, 배승민·이지현 옮김, 글항아리)

이 책은 사람들이 각자의 방식으로 슬퍼하며 일상을 회복하는 속
도와 방법도 다 다를 수 있으므로 자신만의 애도의 과정을 인정해야

한다고 설명한다. 저자는 애도의 과정을 자세히 설명하면서 사별 후 느끼는 다양한 감정들이 당연한 것이며 이것을 그대로 인정해 주는 것이 중요하다고 주장한다.

6. 《옵션B》(셰릴 샌더버그·애덤 그랜트 지음, 안기순 옮김, 와이즈베리)

갑작스럽게 남편을 잃은 페이스북의 최고운영책임자인 셰릴 샌더버그가 사별의 아픔을 극복해 나간 과정이 잘 드러나 있는 책이다. 책 곳곳에 사별자들에게 도움이 될 수 있는 좋은 글귀와 사별의 슬픔을 극복하기 위한 실천 방안들이 나와 있다.

7. 《우리는 왜 죽음을 두려워할 필요 없는가?》(정현채 지음, 비아북)

서울대 의대 교수였던 저자가 여러 가지 합리적인 이유를 들어가며 인간의 영과 사후의 세계에 대해 설명해 주는 책이다. 저자는 2007년부터 대중을 상대로 죽음학 강의를 하기 시작했고 사람들에게 '죽음은 소멸이 아니라 옮겨감'이라는 메시지를 전하기 위해 이 책을 썼다고 한다. (유튜브를 통해서도 관련 동영상 강의를 접할 수 있다.)

8. 《하나님 앞에서 울다》(제럴드 싯처 지음, 신은철 옮김, 좋은씨앗)

상실을 통해 우리 영혼이 어떻게 성장하는가를 보여준다. 상대방의 음주운전 교통사고로 어머니와 아내, 딸을 떠나보낸 저자가 남은 자녀와 함께 상실의 슬픔을 극복해 나간 이야기이다. 기독교 신앙 속에서 상실을 통해 우리의 영혼이 어떻게 성장해 나가는지를 보여주는 책이다.

9.《헤아려 본 슬픔》(C.S. 루이스 지음, 강유나 옮김, 홍성사) 이 책은 기독교 사상가인 C.S. 루이스가 아내를 암으로 잃은 후 사별이라는 극심한 고통을 겪으며 써 내려간 일기이다. 아내를 잃은 슬픔과 신의 섭리에 대한 의심, 그리고 다시 신에 대한 믿음이 회복되기까지의 과정이 잘 드러나 있다.

사별을 경험한 자녀를 돕기 위한 도서

10.《아이와 함께 나눈 죽음에 관한 이야기》(얼 에이 그롤만 지음, 정경숙·신중섭 옮김, 이너북스)

"아이에게 어떻게 죽음을 설명할 것인가?"에 관한 부모를 위한 지침서. 아이들이 죽음의 의미를 이해할 수 있도록 친절하게 안내해 주는 책이다. 아동의 나이에 따라 죽음에 대한 두려움과 상실의 감정을 어떤 식으로 이끌어 주는 것이 좋은지 상세히 설명되어 있다.

11.《아이에게 죽음을 어떻게 알릴 것인가?》(파트릭 벤 수쌍·이자벨 그라비옹 지음, 건양대학교 웰다잉 융합연구회 옮김, 북랩)

이 책은 가족의 죽음을 겪은 아이에게 어떻게 죽음에 대해 설명하고 그 아이를 위로하고 도와주어야 하는지에 대해 상세히 설명해 주고 있다. 사별을 겪게 될 또는 겪은 아이들에게 부모가 무엇을 어떻게 해 주어야 하는지에 대한 저자들의 답변이 실려 있다.

12.《사별을 경험한 아동·청소년 상담하기》(브렌다 맬런 지음, 안병은·문현호·서청희·백민정·김미숙 옮김, 한울)

사별을 경험한 아이들을 상담해 온 저자가 자신의 상담 경험을 토대로 어린 아동과 청소년들의 사별 애도를 어떻게 돕고 소통해야 할지 설명해 주는 책이다.

사별을 경험한 아동/청소년을 위한 도서

13.《그렇게 큰 사랑은 사라지지 않아요》(모니 닐슨 지음·요안나 헬그렌 그림, 신견식 옮김, 다림)

암으로 인해 죽어 가는 엄마를 떠나보내는 13살 레아의 슬프고도 따뜻한 사랑이야기이다. 엄마와 이별하는 레아의 감정이 잘 드러나 있어 사별을 경험한 아동에게 공감의 위로를 줄 수 있다.

14.《그리운 메이 아줌마》(신시아 라일런트 지음, 햇살과나무꾼 옮김, 사계절)

사랑으로 자신을 입양하고 길러 준 메이 아줌마를 떠나보낸 후 억제되어 있던 슬픔과 그리움을 눈물로 토로해 내기까지 12살 소녀 서머의 감정과 애도의 과정이 잘 드러나 있는 책이다.

15.《리버 보이》(팀 보울러 지음, 정해영 옮김, 다산북스)

죽음을 앞둔 한 할아버지와 15살 소녀 제스의 마지막 여행을 통해 삶과 죽음에 대해 생각하게 해 주는 청소년 소설이다. 판타지적 요소를 적절히 사용해서 삶과 죽음을 바라보는 주인공의 심리와 성장 과정을 잘 표현하고 있다. "모든 강물은 바다로 흐른다. 그래도 바다는 넘치지 않는다. 어딘가에서 흘러왔던 그 강물은 결국 다시 흘러왔던 곳으로 되돌아가는 법이니까."(《리버 보이》 본문 중에서)

삶과 죽음에 관한 아동용 그림 동화책

16. 《나는 생명이에요》(엘리자베스 헬란 라슨 지음·그림 마린 슈나이더 그림, 장미경 옮김, 마루벌)

17. 《나는 죽음이에요》(엘리자베스 헬란 라슨 지음·그림 마린 슈나이더 그림, 장미경 옮김, 마루벌)

18. 《오소리의 이별 선물》(수잔 발리 글·그림, 신형건 옮김, 보물창고)

19. 《지구별 소풍》(류일윤 지음 김나윤 그림, 글뿌리)

20. 《무릎 딱지》(샤를로트 문드리크 지음·올리비에 탈레크 그림, 이경혜 옮김, 한울림어린이)